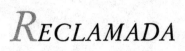

RECLAMADA

JULIANNE MACLEAN

*R*ECLAMADA

Titania Editores
ARGENTINA - CHILE - COLOMBIA - ESPAÑA
ESTADOS UNIDOS - MÉXICO - PERÚ - URUGUAY - VENEZUELA

Título original: *Claimed by the Highlander*
Editor original: St. Martin's Press, New York
Traducción: Camila Batllés Vin

1.ª edición Septiembre 2012

Copyright © 2012 de la traducción *by* Camila Batllés Vin
Copyright © 2012 *by* Ediciones Urano, S.A.
Aribau, 142, pral. - 08036 Barcelona
www.titania.org
atencion@titania.org

ISBN: 978-84-92916-29-0
E-ISBN: 978-84-9944-321-8
Depósito legal: B-24329-2012

Fotocomposición: Moelmo, SCP
Impreso por: Romanyà-Valls – Verdaguer, 1 – 08786 Capellades (Barcelona)

Impreso en España - *Printed in Spain*

IIAR 1 4 2013

Fue desterrado, y en su ausencia se perdió todo. Pero su momento no tardará en llegar. El león dormido se despertará, y cuando lo haga, los MacEwen oirán su rugido.

La pitonisa, 3 de marzo de 1718
Las Islas Occidentales de Escocia

Capítulo 1

Castillo de Kinloch
Las Tierras Altas de Escocia, julio de 1718

*E*l sueño la despertó de un sobresalto unos minutos antes de que comenzara el asedio.

Gwendolen MacEwen se incorporó en la cama, conteniendo el aliento, y dirigió la vista hacia la ventana. *Solo ha sido un sueño*, se dijo mientras se esforzaba en calmar su respiración. Más tarde diría que era una premonición, pero en estos momentos, estaba segura de que era una treta que le había jugado el sueño, provocando este terror en su corazón.

Abandonando toda idea de volver a conciliar el sueño, apartó las mantas, se sentó en el borde de la cama y tomó su bata. Se la puso para protegerse del frío amanecer mientras se levantaba y se dirigía descalza hacia la ventana, atraída hacia los cristales emplomados por el leve destello de luz que asomaba por el horizonte.

Había comenzado un nuevo día. Por fin. Cerró los ojos y rezó en silencio para que su hermano, Murdoch, regresara de sus viajes por el extranjero. Los MacEwen necesitaban a su jefe, y si éste no regresaba pronto y reclamaba lo que era suyo por derecho propio, Gwendolen temía que lo hiciera otra persona, pues corrían rumores de que en el pueblo cundía el malestar. Lo había oído de labios de su doncella, cuya hermana estaba casada con el tabernero. Y después del sueño que acababa de tener...

De pronto sonó el cuerno en el patio del castillo.

Como no estaba acostumbrada a oír ese estruendo mientras sus ocupantes dormían aún, la joven se volvió. *¿Qué diantres...?*

El cuerno sonó una segunda vez. Y una tercera.

Un chispazo de alarma le encendió la sangre, pues conocía el significado de esa señal. Provenía de la azotea, e indicaba peligro.

Echó a correr hacia la puerta, la abrió y subió apresuradamente la escalera de la torre.

—¿Qué ocurre? —preguntó al centinela, el cual se paseaba de un lado a otro bajo el frío matutino. Gwendolen vio las nubecillas de vapor que emitía su trabajosa respiración en el gélido ambiente.

—¡Mire allí, señorita MacEwen!

Ella se alzó de puntillas y se inclinó sobre las almenas, tratando de distinguir las sombras que se movían en el prado a la débil luz matutina. Era un ejército que avanzaba, aproximándose rápidamente desde las lindes del bosque. Algunos soldados iban a pie, otros montados a caballo.

—¿Cuántos hombres son? —preguntó.

—Doscientos como mínimo —contestó el centinela—. Quizá más.

Gwendolen se apartó del muro y le observó con expresión seria.

—¿De cuánto tiempo disponemos?

—De cinco minutos a lo sumo.

Ella se volvió y cruzó una mirada con otro miembro del clan, que acababa de salir apresuradamente de la escalera de la torre, empuñando un mosquete. Al verla, el hombre se detuvo aterrorizado.

—Han surgido de la nada —explicó—. Estamos perdidos. Huya antes de que sea demasiado tarde, señorita MacEwen.

Indignada, Gwendolen se acercó a él, lo agarró de la camisa con ambas manos y lo zarandeó bruscamente.

—*¡Repita de nuevo esas palabras, señor, y haré que le corten la cabeza!* —Luego se volvió hacia el otro miembro del clan y añadió—: Ve a avisar al administrador.

—Pero...

—*¡Haz lo que te ordeno!*

No tenían un jefe. Su padre había muerto, y el actual señor de la guerra era un borracho que ni siquiera se hallaba en el recinto del castillo, pues desde la muerte del padre de Gwendolen solía pasar las noches en el pueblo. El hermano de ésta aún no había regresado del Continente. Solo contaban con el administrador, Gordon MacEwen, que era un excelente tenedor de libros y contable, pero no era un guerrero.

—¿Está cargada su arma? —preguntó la joven al atribulado miembro de su clan—. ¿Tiene suficiente pólvora?

—Sí.

—¡Entonces apunte su mosquete y defienda las puertas del castillo!

El hombre se apresuró a ocupar su posición, mientras ella se inclinaba sobre las almenas para observar el patio del castillo, donde los hombres de su clan por fin se habían congregado en respuesta a la llamada. Habían encendido antorchas, pero todos gritaban provocando una tremenda algarabía, formulando demasiadas preguntas.

—¡Escuchadme, miembros del clan de los MacEwen! —gritó ella—. ¡Se aproxima un ejército por el este! ¡Pronto nos atacarán! ¡Armaos y apostaos en las almenas!

De repente, en el silencio del momento, cuando todos volvieron la vista hacia ella, Gwendolen se dio cuenta de que aún iba vestida con la bata.

—*¡Eh, tú!* —gritó, señalando a un joven—. ¡Toma una espada! Reúne a todas las mujeres y a los niños. Llévalos a la capilla, atranca la puerta y quédate con ellos hasta que haya terminado la batalla.

El chico asintió con gesto valeroso y se dirigió apresuradamente hacia el arsenal.

—¡Son los MacDonald! —gritó un centinela desde la torre situada en la esquina opuesta. Era Douglas MacEwen, buen amigo y excelente espadachín.

Gwendolen se recogió la falda y echó a correr para reunirse con él.

—¿Estás seguro?

—Sí, mira allí. —Douglas señaló el prado, que relucía bajo la bruma y el rocío de la mañana—. Portan el estandarte de Angus el León.

La joven había oído numerosas historias sobre Angus MacDonald, el hijo renegado del jefe de los MacDonald, caído en el campo de batalla y antiguo señor de Kinloch. No obstante, había sido un traidor jacobita, motivo por el cual el rey había concedido al padre de Gwendolen autorización para atacar a sangre y fuego el castillo y tomarlo en servicio a la Corona.

Se rumoreaba que Angus era el infame Carnicero de las Tierras Altas, un jacobita renegado que se dedicaba a destruir ejércitos ingleses enteros con su legendaria hacha mortal.

Otros decían que no era sino un canalla y un traidor, que había sido desterrado al norte por su padre debido a un misterioso y detestable crimen que había cometido.

En cualquier caso, tenía fama de ser un guerrero cruel e implacable, más rápido y feroz que una bestia espectral en el campo de batalla. Algunos aseguraban incluso que era invencible.

Lo cierto es que era un consumado espadachín, que no mostraba compasión alguna hacia los guerreros ni hacia las mujeres.

—¿Qué diantres es eso? —preguntó Gwendolen, inclinándose hacia delante y achicando los ojos, al tiempo que un nefasto presentimiento hacía presa en ella.

Douglas estiró el cuello para ver con claridad a través de la bruma, y palideció.

—Es una catapulta, y los caballos de los soldados arrastran un ariete.

Al oír el grave y sofocado estruendo del ejército que avanzaba hacia el castillo, la joven sintió que el corazón le daba un vuelco.

—Toma el mando de la situación aquí hasta que yo vuelva —dijo al miembro del clan—. Es preciso que defiendas las puertas del castillo a toda costa, Douglas.

Él asintió en silencio. Ella le dio una palmada en el brazo para infundirle ánimos y se dirigió apresuradamente hacia la escalera de la torre. Al cabo de unos segundos, abrió la puerta de su alcoba y entró en ella. Su doncella aguardaba nerviosa junto al lecho.

Gwendolen habló con firmeza.

—Nos están atacando —dijo—. No disponemos de mucho tiempo. Ayuda a reunir a las mujeres y a los niños, dirigíos a la capilla y permaneced allí hasta que todo haya terminado.

—¡Sí, señorita MacEwen! —La doncella salió apresuradamente de la habitación.

Después de cerrar la puerta tras ella, Gwendolen se apresuró a quitarse la bata y la dejó caer descuidadamente sobre la alfombra trenzada a mano. Luego corrió hacia el armario ropero en busca de unas prendas que ponerse.

De improviso, en ese preciso momento, sonaron unos violentos golpes en la puerta, como si un animal la embistiera para derribarla.

—¡Gwendolen! ¡Gwendolen! ¿Estás despierta?

La joven se detuvo de golpe. Ojalá estuviera dormida y esto no fuera sino un sueño, una broma pesada. Pero el tono alarmado de su madre disipó esa posibilidad. Se apresuró a abrir la puerta.

—Entra, mamá. Nos están atacando.

—¿Estás segura? —Parecía como si Onora se hubiese esmerado en vestirse para la ocasión. Llevaba su cabello largo y ondulado recogido en un apresurado pero elegante moño, y lucía un flamante vestido nuevo de seda azul y blanco—. He oído el cuerno, pero supuse que era una falsa alarma.

—No lo es. —Gwendolen regresó al armario y se puso una falda sobre la camisa—. En estos momentos los MacDonald están asaltando las puertas del castillo. No disponemos de mucho tiempo. Han traído una catapulta y un ariete.

Onora entró en la habitación y cerró la puerta tras ella.

—¡Qué medieval!

—En efecto. Están liderados por Angus el León. —Gwendolen miró brevemente a su madre con gesto de preocupación, y luego se puso a buscar sus zapatos.

—¿Angus el León? ¿El hijo renegado del jefe de los MacDonald? ¡Qué Dios nos asista! Si triunfa, tú y yo estamos perdidas.

—No digas esas cosas en mi presencia, mamá —replicó Gwendolen—. Aún no han entrado en el castillo. Conseguiremos impedir que lo hagan.

A fin de cuentas, este era el poderoso e imponente Castillo de Kinloch. Sus muros medían casi dos metros de grosor y veinte de altura. Solo un pájaro podía alcanzar las torres y las almenas. Estaban rodeados de agua, protegidos por un puente levadizo y un rastrillo de hierro. ¿Cómo conseguirían los MacDonald asaltar semejante fortaleza?

De pronto la joven sintió añoranza de su hermano. ¿Por qué no estaba aquí? Debió regresar en cuanto se enteró de la muerte de su padre. ¿Por qué había permanecido ausente tanto tiempo, dejándoles aquí sin un líder?

Su madre empezó a pasearse de un lado a otro.

—Siempre le dije a tu padre que debía desterrar a cada miembro de ese clan jacobita cuando reclamó este castillo para los MacEwen, pero no me hizo caso. Insistió en que debía mostrar misericordia y compasión, y ya ves adonde nos ha conducido.

Gwendolen se puso el corsé y su madre le ató los cordones.

—No estoy de acuerdo. Los MacDonald que eligieron quedarse aquí bajo la protección de papá se han portado de forma pacífica y leal hacia nosotros durante dos años. Adoraban a papá. Estoy convencida de que esto no es cosa suya.

—Pero ¿no has oído los inquietantes rumores que corren por el pueblo? ¿Las quejas sobre los alquileres, y ese ridículo debacle sobre la colmena?

—Sí —respondió la joven, recogiéndose el pelo en la nuca con una sencilla tira de cuero—. Pero solo protestan unos pocos, y solo porque no tenemos un jefe que resuelva las disputas. Estoy segura de que todo se solucionará cuando regrese Murdoch. Además, los que decidieron quedarse nunca apoyaron la causa jacobita. No desean participar en otra rebelión. Kinloch es ahora una casa hannoveriana.

Se arrodilló y sacó el baúl de debajo de la cama, arrastrándolo sobre el suelo.

—No, supongo que no es cosa suya —dijo Onora—. Son agricultores y campesinos. Esta es la venganza de los guerreros que se negaron a jurar lealtad a tu padre cuando se proclamó señor de este lugar hace dos años. Esto es a lo que nos enfrentamos ahora. Debimos imaginar que regresarían para recuperar lo que era suyo.

Gwendolen abrió el baúl y sacó un pequeño sable, tras lo cual se levantó y se lo sujetó alrededor de la cintura.

—Kinloch ya no les pertenece —recordó a su madre—. Pertenece a los MacEwen por orden del rey. Cualquiera que afirme lo contrario es un traidor contra Inglaterra y vulnera la ley. El rey no dejará que este poderoso bastión escocés caiga en manos de los enemigos jacobitas. No tardaremos en recibir ayuda, estoy segura de ello.

Su madre meneó la cabeza.

—Eres una ingenua, Gwendolen. Nadie acudirá en nuestra ayuda, al menos a tiempo para impedir que ese salvaje rebelde, Angus MacDonald, nos corte el cuello.

—Kinloch no caerá en manos de ellos —insistió Gwendolen—. Lucharemos, y con ayuda de Dios venceremos.

Su madre soltó un respingo de amargura mientras la seguía hacia la puerta.

—¡No seas tonta! ¡Son numéricamente superiores a nosotros y carecemos de un líder! Tendremos que rendirnos e implorarles misericordia. Aunque no creo que sirva de nada. Soy la esposa y tú la hija del miembro del clan que conquistó este castillo y mató a su jefe. ¡Ten por seguro que lo primero que hará el León será vengarse matándonos a nosotras!

Gwendolen no quería seguir escuchando a su madre. Salió rápidamente de la habitación y echó a andar por el pasillo, donde se detuvo para ajustarse el cinturón de su espada.

—Iré al arsenal en busca de un mosquete y pólvora —dijo—. Luego subiré a las almenas para luchar por lo que es nuestro, en nombre del rey. No permitiré que el mayor logro de nuestro padre muera con él.

—¿Estás loca? —Onora la siguió hacia la escalera—. ¡Eres una mujer! ¡No puedes luchar contra ellos! Debes quedarte aquí, donde estás a salvo. Rezaremos para que no nos maten e idearemos la forma de enfrentarnos a esos repugnantes MacDonald cuando derriben la puerta de tu alcoba.

Gwendolen se detuvo.

—Quédate tú aquí y reza, mamá, pero yo no puedo permanecer cruzada de brazos esperando a que me rebanen el cuello. Si he de morir hoy, sea, pero no me iré de este mundo sin luchar. —Empezó a bajar la escalera de caracol—. Y con suerte, viviré el tiempo suficiente para disparar una bala de mosquete a través del perverso corazón del mismísimo Angus MacDonald. ¡Reza para que lo consiga!

Cuando Gwendolen llegó a las almenas y apuntó contra los invasores que se hallaban sobre el puente levadizo, el ariete rematado por una punta de hierro había empezado a destrozar la recia puerta de roble. La joven sintió que los muros del castillo temblaban bajo sus pies, y tuvo que detenerse unos instantes para asimilar lo que ocurría.

De pronto comprendió la espantosa realidad y se sintió aturdida, como si contemplara un profundo abismo de ruido y confusión. No podía moverse. Los miembros de su clan gritaban malhumorados unos a otros. El humo y el olor a pólvora le abrasaban los pulmones y hacía que le escocieran los ojos. Un guerrero vestido con una falda escocesa dejó caer sus armas junto a ella y se acuclilló junto al muro, presa de un ataque de llanto.

Ella le miró unos momentos como a través de la bruma, sintiendo náuseas y mareo, mientras los disparos de mosquete estallaban a su alrededor.

—¡Levántate! —gritó, inclinándose y agarrándolo del brazo para obligarlo a ponerse en pie—. ¡Recarga tu arma y utilízala para combatir!

El joven miembro del clan la miró unos instantes sin comprender, luego, tras rebuscar torpemente en su bolsa, sacó la pólvora.

Gwendolen se asomó sobre las almenas para mirar hacia abajo. Los MacDonald penetraban en masa a través de la puerta, que estaba hecha añicos, reptando sobre el ariete de madera como insectos. Ella se apresuró a apuntar y disparó contra uno de ellos, pero erró el tiro.

—¡Al patio! —gritó, y el sonido de una docena de espadas al ser extraídas de sus vainas espoleó su determinación. Sin que las manos le temblaran, con firmeza de ánimo, recargó su mosquete. Se oían gritos e imprecaciones, hombres que corrían por doquier, dirigiéndose en masa hacia la escalera...

—¡Gwendolen! —gritó Douglas, deteniéndose junto a ella—. ¡No deberías estar aquí! ¡Deja que sean los hombres quienes luchen!

—No, Douglas, estoy dispuesta a luchar y morir por Kinloch si es preciso.

Él la miró con una mezcla de admiración y pesar.

—Al menos lucha desde la azotea, muchacha —dijo suavizando el tono—. El clan no sobrevivirá a tu pérdida.

Su significado no podía ser más claro, y ella comprendió que tenía razón. Era la hija del jefe de los MacEwen. Tenía que seguir viva para negociar los términos de la rendición, suponiendo que las cosas llegaran a ese extremo.

Gwendolen asintió con la cabeza.

—Vete, Douglas. Deja que permanezca aquí mientras cargo de nuevo mi arma. Este es un buen lugar. Haré lo que pueda desde aquí.

Él la besó en la mejilla, le deseó suerte y se dirigió apresuradamente hacia la escalera.

De inmediato se inició en el patio el combate cuerpo a cuerpo. Se organizó una tremenda barahúnda —cerca de cuatrocientos hombres gritando al mismo tiempo—, y el estruendo ensordecedor de acero contra acero retumbaba de forma incesante en los oídos de Gwendolen. Al poco rato tuvo que detenerse, pues los dos clanes se confundían en un cataclismo de gritos y muerte, y ella no podía arriesgarse a disparar contra sus propios hombres.

La campana de la capilla comenzó a tañer, llamando a los lugareños para que acudieran rápidamente y se unieran a la lucha, pero aunque en esos momentos se presentaran todos los hombres sanos y robustos, no habrían sido suficientes para alzarse con la victoria. Estos MacDonald eran unos guerreros rudos y curtidos en infinidad de batallas, armados con lanzas, mosquetes, hachas, arcos y flechas. Se estaban haciendo rápidamente con el control de la situación, y ella no podía hacer nada desde donde se encontraba, pues si bajaba al patio, sería un suicidio, y tenía que sobrevivir para su clan.

De pronto lo vio. Al líder de los MacDonald, Angus el León, combatiendo en el centro de la refriega.

Gwendolen se apresuró a recargar su mosquete y apuntó, pero él se movía con demasiada rapidez. No conseguiría alcanzarle.

Bajó el arma al tiempo que sentía un ardiente nudo de terror en el vientre. No era de extrañar que le llamaran el León. Lucía una espesa melena leonada que le llegaba por debajo de sus poderosos hombros, y rugía cada vez que descargaba un golpe mortal con su espada de doble filo, la cual esgrimía con asombrosa agilidad antes de abatir a un enemigo tras otro.

Gwendolen le miró fascinada, incapaz de apartar la vista de sus musculosos brazos, su pecho y sus piernas, unas piernas recias como troncos de árboles, como el ariete que se hallaba sobre el puente levadizo. Sus movimientos denotaban una simetría y un equilibrio perfecto y letal cuando atacaba y mataba, después de lo cual apartaba los mechones de pelo empapados de sudor que le caían sobre los ojos, se volvía rápidamente y volvía a matar.

El corazón de la joven latía aceleradamente debido a la fascinación y al asombro que sentía. Este hombre era poderoso como una bestia feroz, un soberbio guerrero, magnífico en todos los sentidos, y el mero hecho de verlo pelear, en toda su legendaria gloria, casi la hizo caer de rodillas. El León esquivaba todos los golpes con su sólido escudo negro, y esgrimía su espada de doble filo con una gracia exquisita. Ella jamás había visto a un hombre semejante, ni había imaginado que un ser humano pudiera poseer tal fuerza.

De repente comprendió que su madre había acertado en todas sus predicciones. Era imposible derrotar a este hombre. Estaban perdidos. El castillo caería sin duda en manos de estos invasores, los cuales no mostrarían misericordia alguna. Era inútil confiar en un desenlace distinto.

Gwendolen atravesó la azotea hacia la torre situada en la esquina donde se hallaba su alcoba, y al mirar hacia abajo observó los inútiles esfuerzos de sus hombres por ganar la batalla.

Este había sido un ataque muy fácil para los MacDonald. Seguir contemplándolo era pura agonía, y se sintió avergonzada al cerrar los ojos y volver la cara. Había deseado desesperadamente triunfar sobre estos atacantes, pero jamás, en sus veintiún años, había asistido a una batalla semejante. Había oído historias, como es natural, e imaginaba las funestas consecuencias de la guerra, pero no tenía ni idea de lo violentas y terroríficas que eran.

Al poco rato los gritos de guerra se hicieron menos frecuentes, y solo un puñado de empecinados guerreros seguía luchando hasta la muerte. Otros miembros del clan MacEwen, con unas espadas apuntándoles en el cuello, aceptaron su suerte. Depusieron sus armas y cayeron de rodillas. Los que se rindieron fueron obligados a colocarse en fila junto al muro opuesto.

Gwendolen, que no había dejado de observar al gran León durante la batalla, de pronto se dio cuenta de que éste había desaparecido, esfumándose como un fantasma entre el humo de los mosquetes. El pánico hizo presa en ella, y miró frenéticamente de un extremo al otro del patio del castillo, escudriñando todos los rostros en busca de esos ojos diabólicos y relucientes. ¿Dónde se había metido? ¿Le había abatido alguien? ¿O había entrado en la capilla para matar también a las mujeres y a los niños?

Al fin lo vio a lo lejos, a través de la azotea, en la torre situada en la otra esquina del castillo. Su espada estaba envainada y le colgaba del cinto, y llevaba su escudo sujeto a la espalda. Alzó los brazos, extendiéndolos a los lados, y gritó a los miembros de los clanes que se hallaban en el patio.

—¡Soy Angus Bradach MacDonald! ¡Hijo del jefe MacDonald, legítimo señor del Castillo de Kinloch! —Tenía una voz grave y atronadora, que retumbó en el pecho de Gwendolen—. ¡Kinloch me pertenece por derecho propio! ¡Por tanto me declaro su jefe y señor!

—¡Kinloch pertenece ahora a los MacEwen! —gritó alguien desde abajo—. ¡En virtud de la autorización para tomarlo a sangre y fuego emitida por el rey Jorge de Gran Bretaña!

—¡Si queréis recuperarlo —rugió Angus, avanzando hasta el borde de la azotea—, empuñad vuestras espadas y pelead conmigo!

Su desafío fue acogido con silencio, hasta que Gwendolen fue presa de un arrebato de cólera tan violento que no pudo reprimirlo.

—¡Escúchame, Angus Bradach MacDonald! —gritó con una furia que brotaba de los recovecos más insondables de su alma—. ¡Soy Gwendolen MacEwen, hija del jefe MacEwen que conquistó este castillo por medios justos y legítimos! ¡Soy la líder de estos hombres, y lucharé contra ti!

No fue hasta ese momento que cayó en la cuenta de que había avanzado hasta el borde de la azotea y había desenvainado su sable, con el que le apuntaba desde la otra torre.

El corazón le latía aceleradamente. Jamás había experimentado una euforia tan intensa. Lamentaba que estuvieran separados por esta distancia. De haber habido un puente tendido entre ambas torres, no habría vacilado en atravesarlo para pelear con él hasta la muerte.

—¡Gwendolen MacEwen! —gritó él en respuesta—. ¡La hija de mi enemigo! ¡Has sido derrotada!

Con esas palabras despachó el reto que ella le había lanzado y se dirigió a los miembros de los clanes que se hallaban en el patio más abajo.

—¡Todos aquellos que hayáis participado en la usurpación de este castillo, y poseáis tierras que no os pertenecen, debéis entregárselas a los miembros del clan a quienes se las arrebatasteis!

Gwendolen sintió que la ira la invadía de nuevo, con más ferocidad que antes.

—¡*Los MacEwen se niegan!* —replicó.

Él apuntó de inmediato su espada hacia ella en un agresivo gesto de advertencia, pero al cabo de unos instantes la bajó y prosiguió como si ella no hubiera pronunciado palabra.

—¡Si ese miembro del clan ha muerto o se halla ausente —declaró—, podéis quedaros, pero debéis serme leales, jurar vuestra lealtad a mi persona como señor de Kinloch!

Se produjo otro largo y tenso silencio, hasta que uno de los hombres tuvo el valor de replicar:

—¿Por qué debemos serte leales? ¡Eres un MacDonald, y nosotros somos los MacEwen!

El León guardó silencio unos momentos. Parecía mirar profundamente a los ojos de cada hombre que se hallaba en el patio más abajo.

—¡Sabed que nuestros dos clanes se unirán! —Apuntó de nuevo con su espada a Gwendolen, que sintió el intenso calor de su mirada como un fuego que invadía su cuerpo—. ¡Pues me propongo reclamar a esta mujer, vuestra intrépida y noble líder, como esposa, y un día nuestro hijo será el señor de Kinloch!

El grupo de guerreros MacDonald estalló en vítores, mientras Gwendolen asimilaba las palabras del León entre asombrada e incrédula. ¿Se proponía reclamarla como su esposa?

No, era imposible.

—¡Esta noche celebraremos una fiesta en el gran salón —rugió el León—, y aceptaré el juramento de lealtad de todos los hombres que deseen permanecer aquí y vivir en paz bajo mi protección!

Unos murmullos de rendición ascendieron por el aire desde el patio y alcanzaron los oídos de Gwendolen, que se había sonrojado hasta la raíz del pelo. Crispó la mandíbula y clavó las uñas en las frías y ásperas piedras de la torre. Esto no podía estar sucediendo. Era imposible. Rogó a Dios que no fuera sino un sueño, del que pronto se despertaría. Pero el cálido sol matutino que sentía en las mejillas le recordó que los sueños de una noche agitada habían dado paso a la realidad, y que el castillo de su padre había sido asaltado y conquistado por un guerrero implacable. Para colmo, había decidido hacerla su esposa y obligarla a darle hijos. ¿Qué podía hacer ella?

—¡No estoy conforme con esto! —gritó. El León ladeó la cabeza y la miró con curiosidad, como si ella fuera una criatura sobrenatural que jamás había visto—. ¡Deseo negociar los términos de nuestra rendición!

Gwendolen sintió que su cuerpo no dejaba de temblar mientras esperaba la respuesta del León. Quizás enviara a uno de sus hombres para que la decapitara en presencia de todo el mundo, como ejemplo para quienes tuvieran la osadía, o cometieran la imprudencia, de resistirse. Parecía más que dispuesto a hacerlo. Pese a la distancia que les separaba, de una esquina a otra de la azotea, ella sintió las ardientes llamas de su ira.

De pronto ocurrió algo muy curioso. Uno tras otro, todos los guerreros MacEwen que se hallaban en el patio alzaron la vista hacia ella e hincaron una rodilla en el suelo. Todos inclinaron la cabeza en silencio, mientras los MacDonald permanecían de pie, observando ese gesto de respeto con cierta turbación.

Durante largo rato Angus permaneció de pie en la torre norte, en silencio, observando cómo los hombres le lanzaban ese inesperado desafío. En el castillo se impuso una creciente y brutal tensión, y Gwendolen temió que todos murieran asesinados.

Por fin, el León volvió la vista hacia ella.

Gwendolen alzó el mentón, pero el feroz desprecio que él manifestaba hacia ella le atenazaba la garganta, impidiéndole respirar con normalidad.

Al fin el León habló con serena y grave autoridad.

—Gwendolen MacEwen, escucharé tus condiciones en el gran salón.

Temerosa de no ser capaz de articular palabra, ella asintió con la cabeza y envainó su sable. Luego se encaminó con gesto orgulloso hacia la escalera de la torre, mientras sus piernas, ocultas por las faldas, temblaban de forma incontrolada y sus rodillas amenazaban con doblarse.

Cielo santo...

Sentía náuseas y estaba mareada.

Inclinándose hacia delante y apoyando la palma de la mano en las frías piedras, cerró los ojos y se preguntó cómo conseguiría negociar con este guerrero, que había derrotado a su clan en una brutal y encarnizada batalla y ahora la reclamaba como si le perteneciera. Gwendolen no tenía absolutamente nada con que negociar. Pero quizá se les ocurriera algo a su madre y a ella, algún otro medio de resolver la situación, al menos hasta que regresara su hermano.

Ojalá Murdoch estuviera aquí...

Pero no, era inútil desear lo imposible. Su hermano no estaba aquí, y ella tenía que valerse por sí misma. Tenía que ser fuerte y proteger a su gente.

Les dirigió una última mirada. Angus el León había abandonado la azotea para regresar junto a sus hombres. Mientras impartía órdenes se paseaba entre los muertos y los heridos, sin duda calibrando la magnitud de su triunfo.

Una ligera brisa agitaba su espesa cabellera dorada, que relucía a la luz matutina. Su falda escocesa se movía alrededor de sus musculosas piernas, al tiempo que él ajustaba la correa de cuero que sujetaba el escudo que llevaba a la espalda.

De pronto alzó la vista y vio que ella le observaba. La miró a la cara, sin apartar la vista.

Gwendolen contuvo el aliento. Las rodillas apenas la sostenían, y sentía un extraño aleteo en el estómago. Ignoraba si se debía al temor o a la fascinación. Sea como fuere, no auguraba nada bueno en sus futuras negociaciones con él.

Nerviosa y temblando, se apartó del muro y bajó apresuradamente la escalera de la torre.

Capítulo 2

*D*e pie en el suelo empapado de sangre, Angus observó a la hija de su enemigo entrar en la torre este. En cuanto ésta desapareció, el guerrero se llevó una mano al hombro y se lo frotó para aliviar el dolor, pero comprendió que la lesión era más grave de lo que había supuesto. Torciendo el gesto, se lo oprimió con fuerza con la palma de la mano para colocar de nuevo el hueso de la articulación en su sitio, pues se lo había dislocado. Lentamente, se dirigió hacia el otro lado del patio, donde se detuvo unos momentos para recobrarse.

La batalla había sido dura. Sus ropas estaban manchadas de mugre, sudor y sangre —en parte la suya—, pero había merecido la pena, pues éste era su hogar. Su castillo. Los MacEwen no tenían ningún derecho a él.

Y su padre había muerto.

Se volvió para contemplar la carnicería, y sintió que renacía en él su espíritu combativo al recordar a la valerosa muchacha que había alzado la voz e interrumpido su momento de triunfo. Era una radiante belleza de cabello oscuro, lo cual de alguna forma atizó el fuego de su antagonismo. No deseaba una esposa bella, y ni siquiera se había parado a pensar en el aspecto que pudiera tener la hija de su enemigo. Su hermosura —o escaso atractivo— no le preocupaba. No era sino un instrumento, motivo por el cual su belleza y osadía habían hecho que se le erizara el vello de la nuca.

Angus se frotó de nuevo el hombro para aliviar el dolor, y decidió olvidarse por ahora de la joven. No dejaría que ésta arruinara este momento. Había llegado demasiado lejos para no saborear su victoria.

Emitiendo un apasionado grito de triunfo que reverberó entre los muros del castillo y atrajo la atención de sus hombres, desenvainó su espada y la clavó en la tierra. Luego hincó una rodilla en el suelo y apoyó la cabeza sobre la reluciente empuñadura de cesta.

Sintió que le invadía una inmensa sensación de alivio, aunque no exenta de dolor. Hacía dos años que su padre había muerto, y Angus no se había enterado de ello hasta hacía pocos meses. Entretanto, Kinloch había caído en manos enemigas, y su clan había sido asimilado a otro.

Había esperado demasiado tiempo para regresar.

Su primo Lachlan se acercó a él.

—No parece justo —comentó, clavando también su espada en el suelo.

Angus alzó la cabeza.

—¿Qué?

—El que un hombre tenga que reunir a un ejército para invadir su propia casa.

Angus se levantó y miró a su primo y amigo, quien después de pasar casi dos años buscándolo, lo había hallado en las Hébridas Exteriores y le había ayudado a reunir un ejército y luchar por lo que les pertenecía.

—Quizá sea cosa del destino —respondió—, pues un hombre no puede tener un propósito más noble que éste. He empuñado mi espada en aras de mi casa, mi clan y mi amado Kinloch. Tal vez sea ésta mi redención, la oportunidad de expiar mis pasados pecados.

Dirigió la vista hacia la destrozada puerta del castillo y luego contempló los cuerpos que yacían postrados en el suelo. Ambos bandos habían sufrido numerosas bajas.

—¿Y los muertos? —preguntó Lachlan, tratando de asimilar el espectáculo de los guerreros caídos en combate.

—Les honraremos. Los MacEwen lucharon valientemente. —Angus se volvió hacia Lachlan—. ¿Quizás un testimonio de la grandeza de su líder?

—Sí, esa chica era una bola de fuego, y muy guapa por cierto. —Lachlan fijó sus ojos oscuros en él con expresión inquisitiva—. ¿Crees que podrás manejarla?

—¿Dudas de mí, Lachlan?

—Le has arrebatado su casa y destruido a la mitad de su clan. Dudo que le complazca la perspectiva de compartir su lecho contigo.

Angus arrancó su espada de la tierra que cubría el suelo y se la enfundó.

—Me tiene si cuidado lo que sienta. —Las mujeres emotivas le irritaban, y esto no era una historia de amor. Ella lo sabía tan bien como él—. Su padre nos robó Kinloch. Ella saldará su deuda.

Tras estas palabras echó a andar hacia el gran salón.

Lachlan sacó una petaca de su escarcela y bebió un trago.

—Supongo que no tengo que advertirte que te andes con cuidado —dijo—. Puede que el sable de esa joven fuera pequeño, pero tenía una punta afilada.

Angus oyó la advertencia, pero no respondió.

Gwendolen entró en su alcoba y encontró a su madre esperando nerviosa junto a la ventana.

—¡Cariño! —exclamó Onora—. ¡Gracias a Dios que estás viva! Me temía lo peor. ¿Qué ha sucedido?

Gwendolen cerró la puerta tras ella y respondió sin rodeos:

—Los MacDonald derribaron la puerta principal y lograron entrar. Se enzarzaron en una batalla, y han tomado el castillo. Angus el León se ha proclamado el jefe, y se propone reclamarme como su esposa para que le dé un heredero y unir así a nuestros dos clanes. —Le sorprendió la calma con que relató lo ocurrido a su madre, cuando en su fuero interno estaba muerta de miedo.

Su madre la miró sin comprender durante un momento y luego soltó una carcajada.

—¿Se propone *reclamarte*? Dios santo, ¿no sabe en qué siglo vivimos?

—Está claro que no. —Gwendolen se detuvo—. Deberías verlo, mamá. Todas las historias sobre él son ciertas. Es tal como dicen: poderoso, violento y temible. Me quedé estupefacta al verlo pelear con algunos de nuestros guerreros más fuertes y diestros, y al oírle hablar se me cortó la respiración.

Su madre avanzó unos pasos, fascinada.

—¿De modo que es verdad? ¿Que es un hombre feroz e inconquistable?

—Sin duda.

—¿Y se propone tomarte como esposa?

—Sí. No sé qué hacer.

Onora alzó los brazos en un gesto de incredulidad.

—¿Estás loca, Gwendolen? Debes aceptarlo, por supuesto. ¿Qué otra opción tienes? —Se volvió hacia el espejo, se pellizcó las mejillas para darles color y se alisó con los dedos su larga cabellera ondulada de color castaño rojizo. Para una mujer de su edad, era asombrosamente guapa. Tenía los labios carnosos, los pómulos pronunciados y una figura bonita y esbelta—. Es una noticia excelente —dijo—. Debo decir que me siento muy aliviada.

—¿Aliviada? ¿Cómo puedes sentirte aliviada?

Onora se volvió.

—No seas tan idealista. No hay forma de salirse de este apuro. El León ha tomado el castillo, y estamos a su merced. Podría matarnos a las dos, pero está dispuesto a perdonarte al menos la vida a ti, y no solo eso, sino que desea casarse contigo. ¿Qué más puedes pedir? Tu posición aquí no cambiará. De hecho, mejorará. La mía, sin embargo... —Onora se detuvo y se miró de nuevo en el espejo—. Eso está por ver. —Se humedeció los labios e hizo un mohín—. Pero no te preocupes por mí. Negociaré para salvar mi vida y mi posición.

Gwendolen soltó una risa amarga.

—¡Negociar! Eso es justamente lo que debo hacer dentro de unos minutos. Pero ¿con qué? Como has dicho, estamos a su merced. No tenemos poder alguno. Se ha proclamado el jefe de Kinloch y ha aterrorizado a todos los guerreros que siguen vivos. Los que se negaron a rendirse están muertos.

Onora se volvió hacia su hija con ojos centellantes.

—Por eso debes someterte a él. En todos los aspectos.

—Someterme...

—Sí. —Su madre la agarró por la muñeca—. Harás exactamente lo que te pida que hagas, Gwendolen, y si tienes un ápice de sensatez en esa bonita cabecita, fingirás que gozas con ello.

La joven apartó el brazo bruscamente.

—¿Por qué no te sometes tú a él, mamá? Si alguien sabe cómo complacer a un hombre, eres tú, no yo.

—Te aseguro que no vacilaría en someterme si fuera la mujer que él desea. Pero te desea a ti, y a fe mía que te tendrá, o ambas moriremos. Ahora escúchame. Debes mostrarte dócil y agradable. Y por lo que más quieras, procura presentar un aspecto más atrayente. Ponte tu vestido más bonito. —Onora alargó las manos para desatar los cordones del corsé de Gwendolen—. Te ha ofrecido un regalo, la oportunidad de que ambas conservemos nuestra posición aquí. Debes darle las gracias, e invitarlo a tu lecho.

—¿Invitarlo a mi lecho? —Gwendolen apartó las manos de su madre—. Ha asaltado nuestra casa. Me niego a cruzarme de brazos y esperar a que asalte también mi cuerpo. Iré a reunirme con él en el salón, con dignidad, como habría hecho papá.

—¿Y qué le dirás?

—Negociaré los términos de nuestra rendición.

Onora soltó un respingo.

—Olvidas que hemos sido derrotadas. La rendición ya no es una opción. Se reirá de ti.

Gwendolen retrocedió, y de pronto comprendió que de hecho tenía cierto poder.

—En eso te equivocas, mamá. Desea algo de mí, un hijo, y le informaré de que no permitiré que me conquiste tan fácilmente como ha conquistado este castillo. Lo que es más importante, si consigo ganar algo de tiempo, quizá Murdoch regrese a tiempo para restituirnos nuestra libertad.

—¡Gwendolen!

Con el corazón latiéndole aceleradamente, la joven salió de la habitación, cerró la puerta tras ella y bajó apresuradamente la escalera de caracol, haciendo caso omiso de las indignadas protestas de su madre, cuyo eco resonaba en los corredores abovedados de piedra.

Cuando se aproximó al salón, sintió que el corazón le daba un vuelco. Iba a encararse y desafiar a un guerrero feroz e implacable, al que no le temblaba el pulso a la hora de derribar la puerta de un castillo y liquidar a ejércitos enteros antes de desayunar.

Físicamente, ella no podía medirse con él. Eso era evidente. Era un hombre fuerte y atlético, capaz de matarla también a ella sin pestañear siquiera. Pero al margen de lo que ocurriese, ella no estaba dispuesta a mostrar temor. Era la hija de un jefe de las Tierras Altas y contaba con la lealtad de su gente. Se enfrentaría a él en pie de igualdad.

Por fortuna, cuando llegó al salón comprobó que estaba vacío, lo cual le concedió unos minutos para poner sus pensamientos en orden y decidir cómo iba a dirigirse exactamente a Angus Bradach MacDonald. Se detuvo nada más atravesar el arco de la entrada, detrás del estrado, y contempló la impresionante colección de blasones de los MacEwen. En los muros colgaban pesados tapices de seda, y el escudo de la familia había sido esculpido recientemente en la piedra.

Dirigió la vista hacia la pesada butaca que su padre había ocupado hasta hacía poco. Cuando presidía en este salón, los festejos y celebraciones estaban a la orden del día. Risas, música y poesías llenaban las noches de cultura y entretenimiento. No existía la amenaza de guerras o tiranía. Era un buen hombre, un líder fuerte y justo, pero todo eso no tardaría en cambiar si ella no se enfrentaba a este nuevo conquistador. Esta noche habría rendiciones, juramentos forzados, y peligro para quienes se negaran a someterse.

A menos, claro está, que ella lograra ejercer cierta influencia, por insignificante que fuera...

La joven subió al estrado y se acercó a la butaca que estaba vacía. *Ayúdame a ser valiente, papá, pues deseo cumplir con mi deber hacia los MacEwen.*

Lamentablemente, su ruego fue interrumpido por el sonido de unos pasos que se aproximaban desde el patio. Gwendolen alzó la vista. Su pulso se aceleró al ver a su enemigo, Angus el León, en el otro extremo del salón.

Sin percatarse aún de su presencia, el guerrero se detuvo en el umbral. Alzó la vista para observar las partes más elevadas del techo y luego paseó su fría mirada por la colección de estandartes de los MacEwen que colgaban de las grandes vigas de madera.

Gwendolen observó los pequeños detalles de su atuendo: la falda escocesa y el tartán de color oscuro que llevaba drapeado sobre el hombro, prendido con un grueso broche de plata que había sido pulido hasta hacer que resplandeciera. Era un hombre gigantesco. Eso ella ya lo sabía. Pero de cerca, observó que tenía también unas manos enormes, lo cual la turbó profundamente, por no hablar de las armas que portaba. Aparte del escudo sujeto a la espalda y la pesada espada de doble filo que colgaba de su cintura, llevaba también dos pistolas en el cinto y un cuerno de pólvora cruzado sobre el pecho. Llevaba un puñal metido en la bota.

Al observar su rostro más de cerca, experimentó cierta inquietud.

Era un rostro a la vez duro y hermoso, bien proporcionado, con una boca carnosa y sensual y una nariz elegante y patricia. Sus ojos eran de un azul pálido, límpidos como el hielo de un lago invernal, sin embargo emitían un fuego abrasador. Gwendolen sintió una extraña conmoción en su interior, una insólita agitación, un escalofrío de calor que se extendió hasta los dedos de sus pies y que le costó no poco esfuerzo controlar.

Después de contemplar los tapices, los muros e incluso las piedras del hogar, el gran León apoyó su manaza en la empuñadura de su espada de doble filo y dirigió la vista hacia ella.

Antes de hoy, Gwendolen no sabía lo que significaba el que un hombre tan imponente como él fijara sus ojos en ella. Tuvo que centrarse en su sentido del equilibrio para no caer redonda al suelo.

Angus, por el contrario, daba la impresión de sentirse totalmente relajado, aunque había algo intenso y alarmante en la forma en que la miraba. Sin duda, después de la batalla todavía persistía en él cierta sed de sangre.

La joven comprendió que si quería salir airosa de este trance, debía tener presente que él deseaba algo de ella. Lo cual le confería cierto poder.

Sin apartar la mano de la empuñadura de su espada, el León atravesó el salón con gesto resuelto y amenazador. El corazón de Gwendolen latía con furia. Cuando Angus alcanzó el estrado, ella sintió la misma embriagadora y temeraria euforia que había experimentado en la azotea, cuando le había desafiado con su pequeña espada, declarándose lo bastante valiente para pelear contra él.

—Baja de ahí —dijo él.

—¿Por qué? ¿Para tratar de intimidarme con tu estatura?

—Exacto. Tu familia me robó mi casa. Sois unos ladrones. Todos, sin excepción.

La cólera se apoderó de ella, y temió que de pronto perdiera el conocimiento debido a la fuerte tensión.

—Te has puesto pálida, muchacha. ¿Estás indispuesta?

—No, estoy perfectamente —contestó ella, pero se apresuró a rectificar—. Disculpa. Deseo retractarme. No estoy perfectamente. Estoy indignada.

Él avanzó un paso y dio un respingo.

—¿Indignada? ¿Por mi presencia aquí?

—Sí. ¿Acaso esperabas otra cosa?

Él la miró con amenazadora determinación.

—No es la respuesta que esperaba, pero no importa. Este castillo me pertenece ahora. Y te reclamo como mi esposa. Ésta es la realidad.

Ella respiró lentamente para hacer acopio de todo su valor. Él se expresaba de forma inquietantemente sucinta y sin ambages, sin ninguna concesión a la cortesía.

—¿Y qué se supone que debo hacer ante esa realidad? —replicó ella—. ¿Convocar a todo el mundo y ponerme a brincar de alegría por el salón?

—No es necesario que te pongas a brincar en público, muchacha. Te guste o no, esta noche dormirás en mi lecho..., lo cual haremos en privado.

Ella respiró hondo, esforzándose por aplacar su creciente hostilidad.

—¿Tan pronto?

—A decir verdad, estoy impaciente por harcerte mía. No esperaba desposarme con una belleza como tú.

Gwendolen soltó una carcajada.

—¿Crees que conseguirás lo que deseas con halagos?

Él esbozó una sonrisa tan siniestra como despectiva.

—Ya ha conseguido lo que deseaba, muchacha. No necesito halagar a nadie.

—¿Y qué era exactamente lo que deseabas?

—¿No quedó claro cuando derribé las puertas del castillo? Deseaba Kinloch, y lo he conseguido.

Ella tragó saliva.

—Por supuesto.

Ninguno de los dos dijo nada durante unos momentos. Gwendolen se esforzaba por mantener cierta compostura y dignidad, mientras que él se mostraba descaradamente fascinado por la curva de sus pechos y sus caderas.

—¿No te he pedido que bajaras de ahí? —repitió él, ladeando la cabeza—. ¿O tengo que agarrarte como un saco de nabos y obligarte a bajar de una vez? Lo haré si es lo que deseas, pero estoy cansado de pelear y no tengo ganas de acarrear sacos de hortalizas. De modo que baja de una vez de ahí, mujer. No me obligues a repetírtelo.

Gwendolen tomó buena nota del tono amenazador y autoritario que denotaba su voz, de modo que se acercó al borde del estrado. Se bajó, enderezó la espalda y alzó la cabeza para mirarle. Él la examinó de arriba abajo, tras lo cual saltó sobre el estrado y se paseó de un extremo al otro, como si lo estuviera midiendo.

Gwendolen guardó silencio cuando él se sentó en la butaca de su padre y se reclinó cómodamente, estirando sus largas y musculosas piernas ante él.

—Por fin he regresado a casa —dijo.

Alzó de nuevo la vista y contempló los blasones de los MacEwen. No dijo nada, y ella comprendió que meditaba sobre el futuro. O quizás evocaba el pasado.

Ella observó su rostro en busca de algún indicio sobre su estado de ánimo y sus intenciones. Sentado en la butaca como un imponente león, parecía controlar perfectamente la situación, sin dudar por un momento que ahora era el señor de Kinloch, y que ella se convertiría en su sumisa esposa y sierva.

Pues iba a llevarse un buen chasco, pensó Gwendolen.

—¿Dónde está tu hermano, Murdoch? —preguntó él—. ¿Por qué no está aquí para defender Kinloch y proteger a su gente?

—Se ha marchado al extranjero para visitar Roma y formarse. Opina que un líder fuerte debe ser culto y conocer mundo, una aspiración que dudo que puedas comprender. Partió antes de que mi padre falleciera.

—Pero ¿cómo es que no ha regresado después de la muerte de vuestro padre?

Ella sostuvo su mirada con firmeza.

—No estoy segura de que esté enterado de ello. Le enviamos una carta, como es natural, pero ignoro si la ha recibido. No obstante, confío en que regrese a no mucho tardar. Quizás inesperadamente.

Era un pulla intencionada contra la arrogancia del León. Deseaba que supiera que por fácil que le pareciera su victoria esa mañana, los MacEwen no se resignarían a ser una presa fácil. Le convenía estar en guardia.

Angus apoyó un codo sobre el brazo de la butaca.

—¿Se mostrará difícil?

—Eso espero.

Él la observó con calma y detenimiento.

—Supongo que la verdadera pregunta es si tú te mostrarás difícil.

—De eso puedes estar seguro.

Angus frunció el ceño en un gesto de contrariedad, y ella se arrepintió de su descarada respuesta, pues había venido aquí para negociar con él de forma civilizada. Supuso que él se levantaría de la butaca y le propinaría un bofetón. Pero siguió sentado tranquilamente, relajado pero observándola con una insistencia que hizo que la joven se sintiera como si estuviera desnuda ante él. Se sonrojó hasta la raíz del pelo.

—¿Has comprendido, muchacha, que te he reclamado como mi esposa?

—Te oí decirlo cuando gritaste tu propuesta de matrimonio desde la azotea, en lugar de pedírmelo a mí.

Él ladeo la cabeza.

—¿Acaso deseas que me arrodille ante ti?

—No.

Él asintió como si en esos momentos, basándose en las respuestas de ella, hubiera llegado a algunas conclusiones sobre su carácter y temperamento.

Se reclinó en la butaca y dijo:

—Bien, porque no soy un tipo romántico.

—¡No me digas! Estoy asombrada.

En esto se oyó un aleteo entre las vigas y él alzó los ojos. Vio a un pajarillo que llevaba anidando en el salón desde que ella tenía uso de razón. Al cabo de unos instantes salió volando a través del arco de la puerta hacia el patio del castillo.

—Nadie ha sido capaz de arrojar a ese pájaro de aquí —le explicó ella—. Quizá tú tengas más suerte. O quizás ese pobre e indefenso pajarillo se haya dado cuenta de la calamidad que ha caído sobre esta casa y ha decidido abandonar el nido.

—Ya veremos —respondió él, levantándose como si la conversación empezara a aburrirle y tuviera asuntos más importantes que atender.

Ella se apresuró a avanzar un paso antes de que la despachara.

—Dejando a un lado todo eso —dijo—, quisiera negociar las condiciones de mi rendición.

Él fijó de nuevo la vista en ella y respondió con tono condescendiente:

—Tu rendición...

—Sí. Te dije que me resistiría a ti, y lo haré, en todos los aspectos, a menos que podamos resolver esta situación de modo satisfactorio para mí.

Él la observó durante unos momentos, como si apenas alcanzara a comprender lo que acababa de oír. En su semblante se pintó una expresión de enojo, pero había algo más... ¿Era posible que su insolencia le complaciera?

—De modo satisfactorio para *ti* —repitió.

—Sí.

En la mandíbula de Angus se crispó un músculo, al tiempo que se esfumaba todo indicio de interés, y ella comprendió que había cometido un grave desliz. Por la creciente furia que reflejaban sus ojos era evidente que no estaba acostumbrado a oír semejantes exigencias de la gente, y menos de una mujer que acababa de reclamar como suya. Estaba acostumbrado a que le temieran.

Bajó del estrado y se acercó a ella. Gwendolen retrocedió un paso. Una cosa era dirigirse a un señor de la guerra y conquistador sentado en una butaca, a tres metros, y otra muy distinta hallarse cara a cara con él, tan cerca que ella vio las manchas de sangre en el tejido de su camisa y percibió el olor a sudor.

Lentamente, con cautela, ella alzó la vista.

Él la miró con evidente antagonismo.

—Bien, escucharé tus condiciones —dijo él.

Dando gracias a Dios de que su espada siquiera envainada y no le hubiera cortado la cabeza, Gwendolen carraspeó para aclararse la garganta.

—Deseo que respetes las condiciones que acabas de ofrecer a los miembros de mi clan, pero quiero añadir algo más.

—Adelante.

Ella se humedeció los labios, que tenía resecos.

—A quienes deban abandonar sus hogares, pero elijan quedarse y jurarte lealtad, les concederás una compensación de la tesorería de Kinloch. Entiendo que no concederás compensación alguna a quienes decidan marcharse, pero quiero que me asegures que aunque tomen esa decisión, les permitirás marcharse libremente, sin temor a sufrir represalias o a que tus guerreros los maten.

—Conforme —respondió él.

Sorprendida por la rapidez y facilidad con que él había aceptado su primera petición, prosiguió no obstante con cautela.

—Exijo también que mi madre sea tratada con el debido respeto, como viuda del anterior señor de Kinloch. Conservará sus apartamentos y sus joyas, y se sentará a nuestra mesa.

—Conforme —contestó él—. ¿Algo más?

Ella tragó saliva.

—Todos los miembros del clan MacEwen gozarán de los mismos derechos que los MacDonald en todas las cuestiones.

Él reflexionó unos momentos sobre esa petición.

—Si me juran lealtad esta noche, te doy mi palabra que gozarán de los mismos derechos.

De repente ella se dio cuenta de que estaba sudando, y se pasó el dorso de la mano por su húmeda frente.

—Por último, con respecto a nuestra unión conyugal... —De improviso sintió un furioso aleteo en el estómago, y tuvo que tragar saliva de nuevo para evitar que la voz le temblara—. Exijo que no reivindiques tus derechos conyugales en nuestra noche de bodas.

Curiosamente, esa petición fue la única que hizo que Angus se detuviera unos momentos antes de responder. Acto seguido la miró con un creciente y abrasador deseo sexual.

—¿Eres virgen, muchacha?

—Por supuesto —respondió ella con incredulidad.

Él observó la expresión de su rostro, y luego fijó la vista en un punto más abajo. El tiempo pareció detenerse cuando él alzó la mano y deslizó un dedo lentamente por la mandíbula de Gwendolen, por el centro de su cuello hasta el valle entre sus pechos y a través de su escote, de un hombro al otro, como si dibujara una sonrisa con la áspera y callosa yema de su dedo.

La joven se estremeció, pues ningún hombre la había tocado jamás de esa forma, y éste la intimidaba más que todos cuantos había conocido. Él la miró con expresión seductora, y las bravuconadas que ella había soltado hacía unos momentos se evaporaron como el agua. La piel le ardía al contacto con el dedo de él como si tuviera fiebre, la cabeza le daba vueltas y sentía vértigo.

De golpe se sintió incapaz de negociar con él. Quizá su madre estuviera en lo cierto. Quizá debía limitarse a darle las gracias.

—Es una petición considerable, muchacha. Me atrevería a calificarlo de desfachatez, pero no me interesa desposarme con una mujer que no sabe estar en su lugar.

—¿Y cuál es mi lugar exactamente?

—Tu lugar estará en mi lecho. Complaciéndome.

A ella le costaba lo indecible respirar.

—Entiendo —dijo con voz temblorosa— que si voy a ser tu esposa, tendré la obligación de darte un heredero. Solo te pido que me concedas tiempo para prepararme para esa... *obligación*.

Él achicó los ojos con enigmática y sensual determinación.

—¿Qué sentido tiene aplazar lo inevitable? Sea como fuere, te acostarás en mi lecho y te haré mía. Quizás incluso goces con ello.

—¿Gozar? —replicó ella con desdén—. No lo creo.

Él posó la vista en sus labios, y ella sintió como si sus entrañas se fundieran en un cálido mar de sensaciones mientras él apoyaba la mano en su mejilla y sus dedos jugueteaban con unos mechones sobre su oreja.

—Puesto que estamos negociando los términos de tu total y completa rendición a mí —dijo—, accederé a tu candorosa petición, que has formulado ruborizándote, con dos condiciones.

—Te escucho. —Ella se esforzó por dejar de sonrojarse.

—Dejaré tu dulce y maravillosa virginidad intacta si accedes a ser amable conmigo a partir de ahora hasta que llegue ese momento. No volverás a desafiarme delante de los clanes como hiciste esta mañana, ni te opondrás o negarás mi autoridad sobre Kinloch. Apoyarás las reglas que imponga, tanto en público como en privado.

¿Podía acceder a esas condiciones?, se preguntó ella turbada.

Sí. Estaba dispuesta a acceder a lo que fuera con tal de que él no volviera a tocarla de esa forma, ni pretendiera hacerla suya esa misma noche. Y quizás, antes de que llegara el momento, si la fortuna le sonreía o el Señor se mostraba misericordioso con ella, su hermano llegaría y la salvaría de semejante suerte.

—De acuerdo. ¿Cuál es la segunda condición? —Gwendolen trató de ignorar el hecho de que él le acariciaba ahora suavemente el mentón con el pulgar.

—Cuando tu hermano regrese como un héroe montado en su corcel blanco —respondió él, como si le hubiera leído el pensamiento—, como estoy seguro que hará, me jurarás lealtad a mí, tu esposo, y no traicionarás ese juramento.

—Pero ¿qué será de mi hermano? Este castillo también le pertenece por derecho propio. No puedes esperar que él...

Los ojos del León traslucían una expresión de ira.

—No le pertenece por derecho propio. Me pertenece a mí. Pero tu hermano tendrá la oportunidad de elegir. Podrá jurarme lealtad, lo cual le proporcionará tierras y una posición de rango e importancia. Si se niega, será libre de marcharse.

Ella se detuvo, pues no le creyó.

—¿Me prometes..., me das tu palabra de honor como escocés de que no le matarás?

Angus retrocedió.

—No. Pues si tu hermano alza la espada contra mí, o contra otro miembro del clan MacDonald, le rajaré por la mitad sin vacilar.

Gwendolen fijó la vista en el suelo. No dudaba de su palabra a ese respecto, y por primera vez sintió que la invadía una auténtica sensación de derrota. Él era un enemigo poderoso, y ella se sentía impotente.

—Accedo a esas condiciones —dijo, consolándose con el hecho de que al menos había conseguido cierta compensación para su gente. Y el León no trataría de acostarse con ella esa noche. Con suerte, su hermano quizá llegaría pronto con un ejército de casacas rojas y conduciría a este rebelde jacobita a prisión por traidor. Ella trataría de enviar recado a Murdoch sobre la gravedad de la situación en que se hallaban, y se aferraría a la esperanza de que incluso después de perder su inocencia, pudieran reclamar el castillo. No toda esperanza estaba perdida.

Suponía que era el sacrificio que tenía que hacer. Su virtud a cambio de la futura libertad de su clan.

Gwendolen alzó la vista y le miró a los ojos, unos ojos azules e implacables.

—¿Hemos terminado? —preguntó él—. ¿Has conseguido lo que querías?

—Sí —respondió ella. Pero se sentía muy agitada.

—Entonces sella el pacto. Demuéstrame que puedo fiarme de tu palabra.

—¿Cómo?

De repente el tono del León mudó. Dijo con voz grave y ronca:

—Séllalo con un beso.

Antes de que Gwendolen pudiera protestar, él oprimió su boca contra la suya, y ella sintió que el suelo se movía debajo sus pies. Jamás, en toda su vida, la había besado un hombre. Había llevado una existencia virtuosa, decidida a convertirse en una mujer muy distinta de su madre, quien utilizaba el sexo como instrumento de poder sobre los hombres.

Pero esto no era lo mismo. Era muy distinto. Ella, ahora, no tenía aquí ningún poder. Se sentía completamente cautivada y no podía hacer nada más que doblegarse y someterse a la firme determinación del León.

Él la tomó por la cintura y la atrajo hacia sí, y ella inclinó la cabeza hacia atrás bajo la presión del beso, tan insistente y apasionado que hizo que se sintiera mareada. De pronto, esa simple e ingenua promesa que ella había hecho le pareció una promesa que encerraba un profundo compromiso e intimidad física. Él le exigía una rendición y capitulación total, ahí mismo, en esa habitación, a través de la unión de sus bocas y sus cuerpos, y no supo qué hacer sino responder.

Él ladeó la cabeza y apoyó la mano en su nuca, obligándola a entreabrir los labios y metiéndole la lengua dentro de la boca para que se enredara, empapada de la saliva, con la suya. El beso hizo que Gwendolen emitiera un involuntario gemido de sumisión.

De improviso, cuando ella empezaba a acostumbrarse a la sensación de que sus labios y lenguas chocaran suavemente, él se apartó y le acarició su ruborizada mejilla con un dedo.

—Estoy convencido de que cuando llegue el momento —dijo con voz ronca—, gozarás con ello, muchacha.

Ella sintió que sus rodillas estaban a punto de doblarse.

—Te aseguro que no.

Él se volvió y echó a andar hacia el patio.

—¡Espera! —exclamó ella.

Él se detuvo, pero no se volvió.

—Hay una cosa más. —Gwendolen avanzó, tensa.

El volvió la cabeza hacia un lado.

—Quiero que los blasones de mi familia sigan en este salón, junto con los tuyos.

Él permaneció de espaldas a ella durante un largo rato, negándose a responder. Ella sintió un nudo de incertidumbre en el estómago.

Entonces se volvió por fin.

—Lo estabas haciendo muy bien, muchacha. ¿Por qué has tenido que estropearlo?

—¿Estropear, qué? Solo te pido lo que nos pertenece por derecho propio. El rey de Gran Bretaña concedió a mi padre este castillo, y no puedes borrar nuestro nombre de sus muros.

En ese momento entró otro guerrero en el salón. Tenía un aspecto tan imponente como Angus, pero su pelo era negro como ala de cuervo y sus ojos oscuros como el pecado. Se detuvo en el umbral.

Angus habló sin volverse.

—Lachlan, acércate y escolta a mi futura esposa a mi alcoba. Necesita aprender un par de lecciones sobre las reglas de la guerra y el significado de la rendición. Enciérrala allí y coloca a un centinela junto a la puerta.

—¿*Qué?* —El corazón de Gwendolen empezó a latir de forma desbocada—. Creí que habíamos llegado a un pacto.

—Así es, y confieso que he disfrutado con las negociaciones. Pero no debiste pasarte de la raya, muchacha. Ya te lo dije, no me interesa casarme con una mujer que no sabe estar en su lugar. Es hora de que aprendas cuál es tu lugar y comprendas los límites de mi tolerancia. —La miró con el ceño fruncido—. No soy un hombre benevolente.

—No me he pasado de la raya. Solo te hice una última petición.

—Las negociaciones habían concluido —respondió él—. Se ha terminado. Ahora ve con Lachlan y espérame en mi lecho.

El otro guerrero atravesó el salón y la sujetó del brazo.

—No se resista, muchacha —dijo—. Solo conseguirá empeorar su situación.

—¿Cómo podría ser peor de lo que es? —preguntó ella.

El guerrero rió suavemente.

—No conoce a Angus.

Capítulo 3

*E*n cuanto la puerta se cerró de un portazo detrás de Gwendolen y la llave giró en al cerradura, ella cerró los ojos. Tuvo que esforzarse en reprimir el acuciante deseo de gritar como una posesa y aporrear la puerta con los puños. Estaba lo bastante desesperada como para hacerlo, pero nunca había sido el tipo de mujer que sucumbe a los arrebatos de ira. Con ellos no se consigue nada.

Por lo demás, Angus el León le daba la impresión de no ser un hombre que se dejaba impresionar por esas pueriles exhibiciones. De hecho, ella dudaba de que se dejara impresionar por nada, pues parecía que su corazón estaba forjado en acero. No había ningún rasgo amable en él. Ella no había observado un ápice de ternura o compasión en su carácter. La había tratado como un objeto. Esperaba que ella le temiera y le obedeciera, y había dejado muy claro que si no lo hacía, utilizaría su cuerpo para darle unas cuantas lecciones sobre la insubordinación. Asimismo, se proponía utilizarla para que le diera hijos con fines políticos, y tal vez para satisfacer su salvaje lujuria.

Gwendolen alzó la vista y miró alrededor de la alcoba de su padre. Nadie había utilizado esa habitación desde que éste había muerto, pero ella había ordenado a los sirvientes que entraran una vez a la semana a limpiar el polvo y cambiar las ropas de la cama, pues quería que la alcoba estuviera preparada en todo momento para el regreso de su hermano. Ahora parecía como si la hubiera preparado para su enemigo. Y para que éste la desvirgara en ella.

Se acercó al lecho, donde el sol que penetraba a través de las ventanas emplomadas arrojaba unos alegres rectángulos de luz sobre la colcha de color rojo. El libro que su padre había estado leyendo estaba abierto sobre la mesita de noche, junto a la lámpara. Nadie lo había tocado, al igual que nadie había movido sus zapatos, que seguían en el mismo lugar donde su padre los había dejado, junto a la cama, la noche en que había fallecido.

Gwendolen los miró. Estaban gastados y habían adquirido la forma de los pies de su padre.

¿Qué tenían los zapatos de un hombre que daban la impresión de que éste seguía vivo en el mundo, y que al cabo de un tiempo regresaría? Supuso que constituían una prueba tangible de su existencia, una parte de su ser físico. Le recordaban el valor y la entereza que su padre había demostrado siempre.

Se arrodilló y pasó un dedo sobre la punta de cuero de un zapato, prometiéndose que ella también seguiría siendo valiente. Al margen de lo que ocurriera, al margen de lo que su conquistador le hiciera, no se vendría abajo. No sucumbiría al influjo que éste había ejercido sobre ella hacía un rato en el gran salón, cuando había sellado su pacto con un beso. La había pillado desprevenida, eso es todo, y no volvería a suceder. La próxima vez estaría preparada para sus caricias, y las sensaciones que le suscitaban, sin dejarse cautivar. Si él aparecía en estos momentos, ella cumpliría con su parte del acuerdo con valor, dignidad y decoro.

Sonaron unos pasos en el pasillo, y una llave giró en la cerradura. Su conquistador entró en la habitación, y ella lamentó de pronto que el destino prestara tanta atención a sus nobles aspiraciones.

Se puso de pie.

—Te dije que me esperaras en el lecho —dijo él señalándolo con la mano—. No obstante, te encuentro de pie ante mí, haciendo lo contrario. ¿Acaso eres estúpida, muchacha? ¿O simplemente incapaz de obedecer órdenes?

—Soy la hija de un gran señor, no una de tus criadas.

—Pero pronto serás mi esposa.

—Tal vez lo sea pronto —respondió ella—. Pero aún no estamos casados, ni lo estaremos nunca si sigues comportándote como un salvaje.

Con una expresión de advertencia en sus fríos ojos, él la observó alejarse del lecho.

—¿No has aprendido nada hace un rato en el salón? No permitiré que me manipules, ni toleraré una esposa desobediente.

—¿Y qué harás conmigo si te desobedezco? ¿Azotarme? ¿Matarme? En tal caso no conseguirás el hijo que deseas.

Él la miró con creciente curiosidad.

—Podría emplear una docena de medios para obligarte a entregarte a mí al instante, muchacha, tanto si estamos casados como si no, y ninguno de ellos sería delicado o caballeroso, de modo que te aconsejo que sujetes esa lengua tan afilada que tienes.

Ella se volvió hacia la ventana, presa de nuevo de la desesperación.

—¿No has tenido suficiente violencia hoy? Además, ¿no sería más agradable para ti que yo me mostrara dispuesta y deseosa de entregarme a ti?

Que Dios la asistiera, pues se estaba jugando la última carta.

Él avanzó pausadamente.

—Eso suena muy interesante. ¿Hasta qué punto te mostrarías deseosa? Dame un ejemplo.

Era muy astuto, muy intuitivo, pues sin duda sabía que ella no tenía ni la más remota idea de cómo transmitirle lo «deseosa» que se sentía cuando él comenzara el temible acto de desvirgarla. La pregunta la pilló desprevenida.

—Vamos —dijo él—, no seas tímida. ¿Hasta qué punto te mostrarías deseosa cuando yo empezara a desatar los cordones de tus prendas?

Ella se humedeció los labios y sintió que se echaba de nuevo a temblar.

—Eso depende de lo compasivo que te muestres.

Gwendolen se enorgullecía de la habilidad con que había logrado desviar la pregunta.

—No hay duda de que eres una consumada actriz. —Él se acercó más, al tiempo que su pesada espada de doble filo le golpeaba ligeramente la cadera, y ella se preparó para el abrumador impacto de su proximidad. Era un hombre alto y atlético, y la perfección de sus dorados rasgos conseguía distraerla de sus degeneradas intenciones. La joven no pudo por menos de observar esos labios suaves y carnosos y esos ojos azules e intensos, preguntándose cómo era posible que existiera tal perfección en un ser humano, por canalla que fuera.

—Te seré sincero —dijo él, acariciándole la mejilla con el dorso de un dedo—. Compasivo o no, te tendré en mi lecho, de modo que ya puedes abandonar tus necias esperanzas de que me deje manipular fácilmente o distraer por tu preciada inocencia o tus encantos femeninos, por numerosos que sean. Tampoco me mostraré benevolente con tus ruegos o súplicas. No lograrás debilitarme ni embaucarme, ni ablandarás mi corazón con estos inútiles intentos de distraerme. Verás, en realidad carezco de corazón, de modo que no te molestes en perder el tiempo. Limítate a someterte, y acepta que así es como están las cosas. No me comportaré con dureza o crueldad contigo, siempre y cuando tengas presente que no debes contrariarme, y quizá llegues incluso a gozar con ciertas cosas.

—¿Ciertas cosas? ¿Cuáles, exactamente? ¿Sintiendo tu cuchillo apoyado en mi cuello por las noches?

Los ojos de él dejaban entrever algo —algo que ella no había visto con anterioridad—, y se preguntó si esa situación le divertía.

—Eso es un tanto melodramático —respondió él—. Concedes demasiada importancia a mis armas. Pero no te inquietes, muchacha. Me despojaré de ellas cuando vaya a hacerte el amor.

—¿Hacerme el amor? ¿Así es como quieres que lo llamemos?

—¿Prefieres que utilice otra expresión? Estaré encantado de complacerte, aunque no me pareces el tipo de mujer que suele decir «follar» o «jo...»

—¡Basta! ¡Por favor! —Ella retrocedió, y dio un traspié—. Abstengámonos de... No es necesario llamarlo de ninguna forma. Prefiero no hablar de ello.

Los ojos de él relucían con renovado interés mientras la seguía a través de la habitación.

—¿Por qué?

—Porque no es fácil hablar sobre ello sin caer en la ordinariez o la grosería.

Él se acercó al lecho con paso decidido y arrogante, como un depredador, y apoyó uno de sus poderosos hombros contra la columna.

—No estoy de acuerdo. Algunos hombres no se muestran en absoluto groseros a la hora de seducir a una muchacha tan bonita como tú. Yo no soy uno de ellos, pero si quieres, puedo tratar de cortejarte con un soneto.

—Ahora te burlas de mí.

—Sí. —Los ojos de él eran fríos e implacables—. Ya te lo he dicho, no soy un tipo romántico.

Ella alzó el mentón.

—No creo que sepas ningún soneto.

—Mm, tienes razón. Para colmo, soy un ignorante patán. Solo sé conquistar. Y saquear, saquear y saquear.

Él avanzó hacia ella y Gwendolen sintió que se le nublaba la vista.

—Si pudiera, invocaría a mi padre para que se levantara de su tumba y te atravesara con su espada. Lo cual te aseguro que haría. Esta era su alcoba, como quizá sepas, y era un gran guerrero.

Cuanto más se aproximaba él, más desesperada se sentía ella.

—No me cabe duda, y admiro tu devoción por él, muchacha, pero en última instancia lo que cuenta es la disciplina, no los fantasmas.

—¿Y cómo piensas imponer tu disciplina sobre mí? ¿Arrojándome sobre la cama como la bestia feroz y salvaje que eres y tomándome por la fuerza?

—¿Es que tratas de excitarme?

Ella contuvo el aliento.

—¿O me azotarás y me encerrarás para siempre?

Él la acorraló contra la pared y paseó su hambrienta mirada sobre ella, de la cabeza a los pies, lentamente.

—Ninguno de esos métodos me atrae demasiado en este momento. Ya he peleado bastante por un día. Lo único que deseo es sentir tu cuerpo suave y desnudo debajo del mío, y me sorprende que sigamos aquí, de pie, hablando del asunto. Puedes sentirte satisfecha de ti misma, muchacha, por haber conseguido demorar la cuestión.

Gwendolen crispó los puños.

—¿Por qué no buscas a otra mujer con la que satisfacer tu lujuria? Yo no estoy dispuesta.

—De modo que eres una fierecilla, ¿eh?

Sus labios le rozaron la mejilla. Estaba tan cerca, que ella percibió el olor varonil que exhalaba su piel.

—Si ello de disgusta, sí, lo soy.

Sin previo aviso, él la tomó en brazos y la arrojó sobre la cama. Antes de que Gwendolen pudiera emitir una palabra de protesta, se montó sobre ella, oprimiéndola con tal fuerza contra el suave y mullido colchón, que ella temió no poder salir de allí.

—Quizá debería tomarte ahora y completar la invasión —dijo él con voz grave mientras deslizaba la mano debajo de sus faldas para acariciarle el muslo—. ¿Por qué esperar a nuestra noche de bodas?

—Hemos hecho un pacto. En el salón... Me prometiste...

—Quizás estaba jugando contigo. —Él restregó suavemente la punta de la nariz contra la suya, luego la deslizó a través de su mejilla hasta la oreja mientras colocaba la palma de su enorme mano debajo de su trasero y apretaba sus caderas contra las suyas.

Gwendolen recordó la promesa que se había hecho hacía un rato de ser valiente al margen de lo que él le hiciera, y trató de hallar una respuesta digna a este feroz asalto contra su inocencia.

—Puede que mi cuerpo se rinda al tuyo —dijo—, pero mi alma jamás se rendirá.

Él se rió en su oído.

—Basta de frases melodramáticas, muchacha. ¿No te das cuenta de lo cómica que eres? Parecen frases sacadas de una pésima obra de teatro. ¿Qué tipo de libros has leído últimamente?

Sus palabras la enfurecieron y humillaron. Cada palmo de su cuerpo temblaba y ardía de vergüenza, haciendo que se sintiera vulnerable ante él.

—No pretendía divertirte.

—Confieso que me siento fascinado. Si no tuviera que inmovilizarte, aplaudiría tu actuación y arrojaría rosas sobre tu escenario.

Él oprimió su boca contra la suya, y ese contacto íntimo fue demasiado para ella. Sus labios, ardientes y deseosos de besarlo, no tardaron en ceder a la insistencia con que él trataba de introducir la lengua en su boca, rindiéndose a sus irresistibles caricias.

¡Ay, Señor! ¿Cómo lograría mantener su entereza durante este sacrificio?

Aunque la palabra «sacrificio» le parecía cada vez menos indicada para describir lo que sucedía en esos momentos, pues sentía como si se alejara flotando rápidamente en una embriagadora bruma de sensaciones.

Él depositó unos besos húmedos y delicados sobre sus párpados y su frente, al tiempo que subía su cuerpo poco a poco sobre el de ella, moviéndose contra el suyo con ondulaciones suaves y regulares que le recordaban el mar. Al cabo de un momento, los besos se extendieron hasta la sensible piel de su cuello, provocándole un exquisito cosquilleo, y él introdujo su lengua en el hueco situado en la base del mismo.

Gwendolen se centró en su respiración, esforzándose en resistirse, o al menos dar la impresión de indiferencia.

Contempló el baldaquín de color carmesí sobre su cabeza, reprochándose el haberse rendido con tanta facilidad cuando hoy había estado dispuesta a luchar y afrontar una muerte digna junto a los miembros de su clan que habían luchado con tanto valor. En lugar de ello, se derretía como un pastelito de azúcar caliente en brazos de su conquistador.

Se dijo que era porque antes de hoy jamás la había besado un hombre, por lo que carecía de la experiencia necesaria para utilizar el sexo como arma de poder, como sin duda habría hecho su madre —con gran eficacia— de haber estado en su lugar.

Por otra parte, tenía la sensación de que quizá su madre no habría obtenido mejores resultados. Probablemente se habría derretido también como un pastelito de azúcar caliente.

De improviso, el rostro de Onora apareció ante sus ojos.

—Por favor, debo pedirte una cosa —dijo respirando de forma entrecortada—. ¿Mi madre está bien? Dime que no la habéis lastimado.

Angus la besó en un lado del cuello y siguió moviendo las caderas en sentido circular.

—¿Estás ansiosa por saberlo?

—Sí —respondió ella—. Prometo que si me dices que está viva y a salvo, no volveré a contrariarte. Haré lo que me pidas.

En los labios de él se dibujó una sonrisa de satisfacción mientras la besaba en el borde del escote.

—Muchacha, hoy ya me has demostrado en dos ocasiones que tienes un talón de Aquiles muy bonito y delicado. Justo lo que un rudo guerrero busca en una situación como ésta. Una fisura en la armadura, una grieta en la puerta...

—¿Qué dices?

Sus labios rozaron los de ella.

—Me lo pones casi demasiado fácil. Vas a estropearme la diversión.

—Puede que a ti te parezca divertido. A mí, no.

El León se incorporó sobre ambos brazos y la miró a la brillante luz matutina que penetraba a raudales a través de las ventanas.

—Tú y tu preciosa y sacrosanta virtud —dijo—. Deberías renunciar a ella.

Gwendolen se esforzó por pensar con claridad.

—Espera... ¿A qué te refieres con lo de una fisura en la armadura?

Él volvió a besarla en la boca. Ella jamás había imaginado que los labios y el cuerpo de un hombre eran capaces de suscitar unas sensaciones tan delirantes. Era como beber fuego líquido, o caerse de una nube.

—¿A qué te referías? —insistió ella. Él se alzó y se tumbó a su lado.

Apoyó la mejilla en una mano, y sus ojos asumieron una expresión gélida.

—Lo que trataba de decirte, muchacha, es que si vuelves a contrariarme, no te encerraré a ti, sino a tu adorada madre.

—¿Cómo dices?

Él respondió con tono malicioso:

—Eres como un libro abierto para mí, y demasiado abnegada. Creo que de haberte presionado antes con mis exigencias en el gran salón habrías estado dispuesta a morir por tu clan. Y ahora finges estar dispuesta a rendirte a mí, abriéndote como una delicada flor primaveral, cuando los dos sabemos que preferirías matarme de un tiro que dejar que meta la mano debajo de tus faldas.

—No —contestó ella de forma absurda—, eso no es del todo cierto.

Él se levantó de la cama y se remetió la camisa en su falda escocesa. Luego sacó el puñal de su bota y apuntó su afilada hoja hacia ella.

—Hicimos un pacto —dijo—, y cumpliré mi palabra. No reclamaré tu virginidad hasta que estemos casados, y tu madre conservará sus joyas y se sentará a nuestra mesa. Concederé los mismos derechos a todos los MacEwen que esta noche me juren lealtad, siempre y cuando tú cumplas lo que prometiste.

Gwendolen se incorporó sobre los codos esforzándose en controlar su respiración entrecortada.

—¿Y qué es lo que te prometí... exactamente?

¡Ay, Señor, no conseguía recordarlo! Estaba ofuscada. Era como si hubieran pisoteado sus pensamientos cual uvas para elaborar vino. Se sentía totalmente embriagada.

—Me diste tu palabra de que a partir de hoy serías amable conmigo. No me desafiarás ni te opondrás o negarás mi autoridad sobre Kinloch. Apoyarás las reglas que imponga, tanto en público como en privado. Y cuando regrese tu hermano, seguirás siéndome leal a mí, a tu esposo. No a él.

¿Significaba eso que no se acostaría con ella? ¿Qué no la forzaría? Era la única condición que le importaba.

—¿Estamos de acuerdo? —preguntó él.

Ella se apresuró a asentir con la cabeza.

—Bien. Por fin te muestras obediente. Ahora levanta tu flaco cuerpo de mi cama, muchacha. Te necesitan en el patio. Tienes que atender a los heridos.

Tras estas palabras Angus dio media vuelta y salió de la habitación.

Gwendolen se tumbó de nuevo en la cama y emitió un respiro de alivio. Él le había adivinado el pensamiento, utilizando todos sus temores y debilidades en su contra. Estaba claro que no era un ignorante patán. Era inteligente y astuto, y tenía una mente hábil para urdir estrategias de guerra, incluso en la alcoba.

Pero ella también era una mujer inteligente. Su padre, que en paz descansase, la había inducido a utilizar su cerebro. Por consiguiente, dedicaría el resto del día a pensar en lo que el León le había mostrado. Él también se convertiría en un libro abierto para ella, y esta noche, después de haberlo descifrado y descodificado, empezaría a forjar su propia estrategia de combate para sobrevivir.

Capítulo 4

*E*sta noche el gran salón pulsaba con las risas de los hombres, acompañadas por la animada música de un violinista que se paseaba por la habitación, su arco danzando alegremente sobre las cuerdas. Los coloridos vestidos de las mujeres MacEwen prestaban una atmósfera festiva a la reunión, y el aroma a pan recién horneado y a asado de cordero con especias, con la promesa de dulces de postre, contribuía a la impresión de que celebraban algo.

Pero Gwendolen no tenía nada que celebrar. Entró en el salón luciendo un sencillo vestido de seda gris, sintiéndose como si descendiera a las abrasadoras llamas del comedor de Satanás.

Todos los blasones de los MacEwen habían sido retirados. No quedaba nada de ellos, salvo los que habían sido esculpidos en las piedras sobre el hogar. Todos los presentes aparentaban alegría, pensó ella, excepto los MacEwen, cuya risueña cortesía hacia sus invasores no era sino una máscara que lucían para ocultar su temor y su odio.

Principalmente temor, gracias a su nuevo líder.

Gwendolen se adentró en el salón, paseándose entre la multitud. Después de haber pasado el día atendiendo a los heridos de ambos bandos, se sentía física y emocionalmente agotada. Las heridas de la mayoría de guerreros que habían sobrevivido a la batalla eran por lo general leves. Algunos estaban presentes esta noche, tras haberles aplicado las oportunas curas y vendajes, dispuestos a beber y divertirse, aunque un miembro del clan —Douglas, su viejo amigo— ha-

bía sufrido un doloroso fin cuando el médico había tratado de extir-
parle una bala de mosquete del hombro.

Así pues, la música y el tentador aroma del festín no mejoraron
el estado de ánimo de Gwendolen. No obstante, sabía que debía ocultar su dolor, pues los miembros de su clan necesitarían su entereza y
aliento en los días sucesivos.

Vio a su madre al otro extremo del salón, radiante con un vestido
de color verde salvia que ponía de realce su cabello castaño rojizo. La
joven se alegró al comprobar que Onora lucía sus mejores joyas, lo
cual significaba que Angus había cumplido su palabra y no la había
despojado de su rango.

Gwendolen miró alrededor del salón en busca de su futuro esposo, al que no había visto desde esa mañana, pero solo reconoció al
moreno y atractivo guerrero —el que se llamaba Lachlan—, que la
había escoltado hasta la alcoba de su padre. Pero éste se había fijado
en Onora y se dirigía hacia ella a través de la habitación con paso decidido.

Gwendolen se apresuró a reunirse con su madre, y como la tercera punta de un triángulo, llegó justo cuando todos confluyeron en
el centro.

—¿A quién, si se me permite preguntar, tengo el placer de dirigir-
me? —inquirió Onora, cuando Lachlan le entregó una copa de vino
que había tomado de manos de un criado.

—Soy el primo de Angus —respondió Lachlan con marcado acen-
to escocés—. Lachlan MacDonald, señor de la guerra. Antes que yo,
mi padre también fue un señor de la guerra, muerto en combate cuando hace dos años nos invadió su marido. —El escocés la miró con
varonil arrogancia, aunque un tanto socarrona.

La madre de Gwendolen, también con gesto socarrón y sin dejarse amedrentar, le dirigió una radiante sonrisa.

—Es un honor conocer a un hombre tan valiente y heroico. Encantada —dijo ofreciéndole la mano.

Él se inclinó y la besó, sin apartar los ojos de los suyos, y Gwendolen se sintió como si fuera invisible.

—Tiene usted unos labios muy suaves, señor.

—Y sus ojos, señora, son tan elegantes como sus joyas.

Gwendolen avanzó un paso para interrumpirles.

—Nos conocimos esta mañana, señor —dijo.

Él se enderezó y se volvió hacia ella.

—Ah, sí. La señorita MacEwen.

—¿Dónde está esta noche nuestro gran conquistador y señor? —preguntó ella—. Confío en que no tarde en honrarnos con su presencia.

Lachlan sonrió ante el descarado sarcasmo de Gwendolen.

—Yo también, porque no tengo el menor interés en ocupar su silla esta noche. Tengo otros planes.

Onora tocó el broche que lucía Lachlan en el hombro y le ajustó el tartán.

—¿Y qué planes son esos, señor?

—Aún no lo sé, señora. De momento estoy calibrando la situación.

—Bien —respondió Onora con ojos chispeantes—, si necesita ayuda para orientarse por el castillo, venga a verme. Estaré encantada de echarle una mano en lo que necesite. Sea lo que sea...

Gwendolen carraspeó para aclararse la garganta.

—Si nos disculpa, Lachlan, quisiera hablar con mi madre.

Él se inclinó ante ellas y retrocedió hacia un grupo de guerreros que entrechocaban sus jarras de peltre, derramando cerveza sobre el suelo, echando la cabeza hacia atrás para beber con avidez.

Gwendolen condujo a su madre a un rincón apartado.

—¿Es preciso que coquetees con cada miembro del clan enemigo? ¿No puedes comportarte con decoro al menos esta noche?

Onora menó la cabeza.

—En primer lugar, nunca coqueteo por coquetear. Ese hombre era un señor de la guerra. Ahora explícame qué ocurrió esta mañana cuando el feroz León te encerró en la alcoba de tu padre. Tengo entendido que la cosa no fue fácil. ¿Estás bien?

—Perfectamente, mamá. Me he pasado el día atendiendo a los heridos.

Onora la condujo hacia las sombras.

—No me importa lo que hicieras durante todo el día. Quiero saber lo que sucedió en la alcoba. Puedes contármelo todo, cariño. De hecho, quiero que me lo cuentes todo. ¿Qué pasó?

Gwendolen miró a su alrededor para cerciorarse de que nadie las escuchaba, luego se acercó a su madre y murmuró:

—Me costó lo mío, desde luego. Él utilizó la amenaza del sexo para controlarme y obligarme a rendirme, porque sabía que yo me negaba a someterme.

Onora se apartó un poco.

—¿Solo la amenaza?

—Sí. Bueno..., me arrojó en la cama y se echó sobre mí... Se tomó... ciertas... libertades. —Su cuerpo temblaba con solo recordarlo.

—¿No trataste de rechazarlo?

—Por supuesto, pero es muy fuerte.

—Mm. Ya me he dado cuenta.

—¿Le has visto?

—Sí. Entró en tu dormitorio esta mañana para cambiar unas breves palabras conmigo después de haberse entrevistado contigo. Atravesó la puerta con el ímpetu de un toro, y me informó de que era el nuevo señor de Kinloch. Luego me dijo que regresara a mis apartamentos, y que podía conservar mis joyas.

—¿Y tú que dijiste?

—Nada. Se fue antes de que yo pudiera abrir la boca. No parecía interesado en oír lo que yo le dijera. Se mostraba muy impaciente. Parecía tener prisa.

En ese momento la multitud enmudeció cuando el gran León entró en el salón y ocupó la silla del padre de Gwendolen en la mesa principal, que estaba cubierta con un mantel blanco y adornada con recipientes de peltre que contenían frutas y flores. Un criado apareció con una copa de vino incrustada con gemas y la depositó frente a él. Angus la tomó y se recostó en la silla.

Onora le observó con curiosidad.

—Hoy me he enterado de que estuvo desterrado en las Hébridas durante los dos últimos años, y mientras estuvo allí tuvo como amante a una pitonisa.

—¿Una pitonisa? —Aunque Gwendolen no deseaba saber nada sobre las antiguas amantes del León, no podía negar que esta información le parecía fascinante—. ¿Era auténtica? ¿Podía predecir cosas?

—Eso parece. Dijo a Angus que conseguiría su deseo de recuperar el control de Kinloch, que no tardaría en llegar su momento de gloria y que todos sus sueños se cumplirían. Ya sabes, el tipo de cosas que estimulan las pasiones de un hombre. —Onora jugueteó con un mechón de su cabello—. Quizá debería considerarme una pitonisa.

Gwendolen hizo caso omiso del absurdo comentario.

—¿Dónde está ahora esa pitonisa? Por favor, no me digas que lo ha seguido hasta aquí.

—No. Él la dejó en las Hébridas. Por lo que me han contado, era una astuta bruja. Lo digo en el peor de los sentidos. —Onora bebió un sorbo de vino y observó a Angus por encima del borde de la copa—. ¿Qué tal se portó, en los momentos de intimidad?

—¿A qué te refieres?

—¿Es un buen amante?

Gwendolen emitió un suspiro de contrariedad.

—¿Cómo quieres que lo sepa? Era la primera vez que me ocurría algo semejante, por lo que no estoy capacitada para juzgarlo. Por favor, ¿no podríamos hablar de otra cosa? Ese hombre es mi enemigo. Me tiene sin cuidado que sea un buen amante o no. Para mí no tiene importancia.

Su madre bebió otro sorbo de vino.

—Quizá descubras que sí la tiene, y mucha. Más aún por el hecho de ser tu enemigo.

Gwendolen observó a su futuro esposo conversar con un guerrero MacEwen, que se hallaba al pie del estrado, sin duda tratando de causarle una buena impresión.

—No te comprendo.

—Está claro, pero con el tiempo me comprenderás y acudirás a mí para que te aconseje, en cuyo caso tendrás un mundo de sabiduría al alcance de tu mano. Entonces veremos quién controla a quién. Quizá te sorprenda comprobar que eres tú quien lleva la voz cantante. —Onora se llevó de nuevo la copa a los labios y observó a Angus mientras bebía lentamente un largo trago de vino—. Al menos es guapo. Imagínate que tuviera la cara de verraco.

—¡Mamá!

Onora observó a Gwendolen con ojos chispeantes.

—Prométeme que al menos procurarás encandilarlo. Ya sabes lo que dicen, que es más fácil atrapar a una mosca con miel...

—No me interesa atraparlo. Quiero que se vaya. Por eso debemos enviar recado a Murdoch explicándole lo ocurrido. Cuanto antes regrese, mejor. Si pudiera venir acompañado de un ejército...

—Mm —respondió su madre—. Supongo que es lo más sensato.

Gwendolen miró alrededor de la habitación consternada.

—A veces me pregunto por qué te tengo tanto cariño.

Onora la miró sonriendo.

—Porque soy tu madre, y me adoras.

Diez criados entraron en el salón portando bandejas de pan caliente, recién salido del horno, que depositaron sobre las largas mesas de caballete. El murmullo de conversaciones y risas en la habitación se disipó mientras los hombres y mujeres de los clanes se afanaban en buscar sitio en los bancos.

—Supongo que ha llegado el momento de reunirnos con nuestros enemigos —observó Gwendolen. Hizo ademán de alejarse, pero su madre la sujetó del brazo.

—Espera —dijo con tono serio—. Debes saber, Gwendolen, que Angus ha ordenado a sus hombres que se abstengan de acosar sexualmente a nuestras mujeres, especialmente a aquellas que han perdido hoy a sus maridos en la batalla. Deben concederles tiempo para llorar a sus muertos. Solo entonces podrán los hombres del clan MacDonald convertirlas en sus esposas.

—¿Por qué me cuentas esto?

Onora se encogió de hombros.

—Supuse que querrías saberlo. Quizás esta información sobre tu esposo en ciernes haga que te resulte más fácil hacer lo que debes hacer. La primera vez nunca es fácil.

Gwendolen miró a su madre con un gesto cargado de significado y una breve sonrisa de silenciosa gratitud.

—Agradezco lo que tratas de hacer —dijo—, pero no creo que nada consiga que esto me resulte menos duro. Recemos para que termine cuanto antes.

Angus se repantigó en su silla cuando se acercó un criado para rellenarle la copa. No obstante, estaba distraído observando a su futura esposa atravesar el salón para reunirse con él.

Le maravillaba su inesperada fortuna de haber reclamado por esposa a una mujer que no tenía cara de nabo. Incluso con ese feo vestido gris, eclipsaba a todas las mujeres que estaban presentes, pues había algo intangible y extrañamente etéreo en su belleza, algo radiante que ardía en esos penetrantes ojos castaños. Su tez era blanca como el marfil, mientras que su pelo negro y espeso constituía un exótico y llamativo contraste oscuro. Como remate, esos labios rojos como las cerezas eran suaves y carnosos, y el efecto de su aspecto en general bastaba para hacer que la cabeza le diera vueltas.

Pero mientras la observaba aproximarse —sintiendo un deseo carnal de levantarse de la mesa y arrastrarla de la mano a su lecho—, empezó a preguntarse si no había sido maldecido más que bendecido, pues no le interesaba enamorarse de nadie, y menos de una esposa.

Había visto el efecto que las obsesiones románticas tenían sobre los hombres. Había visto cómo su mejor amigo, Duncan MacLean, había depuesto su espada y renunciado a su vida de guerrero por el enloquecido amor que sentía por una mujer.

Una mujer que, para colmo, era inglesa. Angus se había sentido tan disgustado por esa relación —y por su incapacidad de hacer que Duncan entrara en razón—, que él mismo había enloquecido un poco. Había enloquecido de furia ante una traición tan impensable. Y al fin había enloquecido de vergüenza.

—Pareces absorto en tus pensamientos —comentó Lachlan, sentándose a su lado y arrancando un trozo de pan caliente y crujiente—. No te lo reprocho. Esa mujer es un trofeo más que apetitoso.

Gwendolen se detuvo entre la multitud para hablar con una mujer mayor.

Angus tomó su copa y arrugó el ceño.

—Sí, es atractiva, desde luego, y lleva en la sangre el fuego de un guerrero escocés. Pero no te confundas. El auténtico trofeo es Kinloch.

Lachlan se recostó en su silla.

—Sí, pero ¿qué sería Kinloch sin sus gentes? Sin ellas, no es más que una mole de piedra y argamasa.

Angus le miró irritado.

—¿Piedras y argamasa, Lachlan? ¿Acaso la batalla de esta mañana te ha afectado el cerebro? Sin estos muros, no existiría un hogar. No existiría nada.

Él mismo podía atestiguarlo. Había pasado dos años desterrado, viviendo en las frías y húmedas Hébridas Exteriores en una choza con techado de paja con Raonaid, otra renegada como él. Una mujer diabólicamente astuta que había sido desterrada por sus talentos sobrenaturales y no tenía adónde ir. Durante ese tiempo, Angus se había sentido como un náufrago tratando de mantenerse a flote en las gélidas aguas del mar, sin avistar tierra y sin poder apoyar los pies en el enfangado fondo. Jamás se había sentido tan perdido e inexistente. No había imaginado que fuera posible sentirse como un espectro viviente.

Bebió otro trago de vino y observó a Gwendolen por encima del borde de su copa. Ella y su madre —otra peligrosa belleza— seguían charlando con la mujer, que se enjugó una lágrima en la mejilla. Gwendolen le ofreció un pañuelo doblado que llevaba dentro de la manga.

—Tu futura suegra parece ser una mujer de armas tomar —comentó Lachlan en voz baja, inclinándose hacia su amigo—. Te aconsejo que no la pierdas de vista. Hoy he averiguado que el día del funeral por su esposo se acostó con el administrador de éste, al que no ha dejado de manipular desde entonces.

—Cierto, pero hay más —respondió Angus—. Lleva acostándose con él desde hace más de un año, gobernando Kinloch en la sombra durante todo el tiempo. Su esposo también era un títere.

Lachlan bebió un trago de vino.

—Acabo de conocerla y confieso que no me sorprende. ¿Lo sabe su hija?

Angus observó a Gwendolen, que se hallaba en el otro extremo de la habitación.

—No estoy seguro. Es difícil imaginar que no sabía lo que ocurría. Es una joven inteligente y decidida. Pero parece demasiado virtuosa para aprobar semejante conducta.

Pensó en la suavidad de su piel mientras la acariciaba, y en la forma en que había respondido a sus caricias reprimiendo su deseo sexual. Se preguntó si era como su madre y no había sido más que una astuta pantomima para hacerle creer que había logrado conquistarla —para infundirle un falso sentido de poder y seguridad—, o si se había sentido realmente excitada por su beso y en el futuro se mostraría dócil y maleable.

—¿Y qué has averiguado hoy sobre el hijo? —preguntó Angus, reconduciendo sus pensamientos por otros derroteros—. Mi futura esposa cree que regresará a casa en cualquier momento y recuperará lo que considera que es suyo.

—Me temo que no es mentira. Le enviaron recado de la muerte del padre, pero no han recibido respuesta, de modo que podría presentarse a las puertas del castillo mañana. También he averiguado que su partida no fue amigable. Él y su padre llevaban varias semanas peleados. Algunos dicen que a cuenta de una mujer con la que le prohibían casarse, lo cual explica que no estuviera junto al lecho de muerte de su padre, pues estaban distanciados.

De nuevo, Angus pensó en la obsesión romántica de su amigo Duncan por una mujer, y que ese tipo de pasiones podían distraer a un hombre de su propósito como guerrero y líder.

—¿Crees que Murdoch conseguirá reunir un ejército?

—Cuenta con el apoyo del rey Jorge. Fue por eso que los Mac-Ewen lograron conquistar Kinloch.

—Debido a las sempiternas pasiones jacobitas de mi padre. —Angus bebió un trago de vino y recordó toda la política y las campañas a favor de la corona de los Estuardo, y que todo había concluido en una derrota en el campo de batalla de Sherrifmuir.

Lachlan arrancó otro trozo de pan.

—Tu padre reclutó a un ejército para destronar a un rey, y los monarcas reinantes no perdonan esas cosas, Angus. El rey Jorge sin duda te vigilará muy de cerca durante los próximos meses, por si detecta alguna maniobra secreta por tu parte.

—No tengo intención de maquinar contra él —contestó Angus—. Al menos de momento. Deseo que haya paz en Kinloch. Estoy cansado de ver derramar sangre.

Lachlan observó su perfil.

—Jamás pensé que llegaría el día en que Angus el León dejaría de sentirse sediento de guerra.

—Ni yo. Lo cual no significa que algún día en el futuro no vuelva a sentir esa comezón. Pero hoy por hoy, tengo un deber que cumplir aquí: restituir Kinloch a las gentes de mi clan y procurarles estabilidad.

—Una esposa y un hijo facilitarían la labor.

—Así es, y en vista de ello, debemos eliminar toda posibilidad de futuras invasiones por parte de otro ambicioso caudillo MacEwen.

Lachlan se inclinó hacia delante.

—Pensé que habías dicho que estabas cansado de ver derramar sangre.

—Y lo estoy —respondió Angus—. Preferiría que las cosas no llegaran a ese extremo. No creo que a mi prometida le complaciera. A fin de cuentas, es su hermano.

—Entonces, ¿qué quieres que hagamos?

Angus bajó la voz.

—Enviaremos a un hombre para que trate de localizar a Murdoch y le ofrezca tierras y una posición digna. Si desea la paz, aceptará.

—¿Y si no acepta?

Angus miró con gesto serio a Gwendolen, que se dirigía hacia la mesa.

—Haremos cuanto sea preciso para garantizar la paz. No habrá más invasiones.

Lachlan asintió con la cabeza y se recostó en el asiento.

—Entiendo. En cuanto amanezca enviaré a unos cazadores en su busca.

El tumulto y las risas remitieron en el salón cuando Gwendolen subió al estrado. Angus se levantó y le ofreció la mano. Ella dudó unos instantes, observándola con recelo antes de deslizar sus menudos dedos en la palma de la mano de él y volverse hacia los miembros de sus respectivos clanes. En el salón se hizo el silencio, hasta que Angus y Gwendolen se sentaron juntos a cenar.

Capítulo 5

Gwendolen miró el cuenco de sopa que tenía ante ella, y aspiró el suculento y humeante aroma de carne nadando en un espeso caldo aromatizado con especias. En el centro de la mesa, un cerdo asado, dorado y crujiente, descansaba sobre una bandeja, esperando que lo trincharan y devoraran. La joven observó abatida los recipientes de fruta, las relucientes arañas y los criados que se movían por el salón con bandejas de comida, y sintió un violento caos en su cabeza que no remitía.

—He oído rumores —dijo Angus— de que hoy fuiste muy útil en la sala de operaciones. Que trabajaste incansable y denodadamente, y que te mostraste bondadosa y compasiva con los heridos. Al parecer, te comportaste como un ángel misericordioso.

Gwendolen trató de recordarse que había prometido ser amable con él.

—Hice lo que pude, aunque algunas pérdidas fueron inevitables. Y muy importantes.

—Los hombres de tu clan pelearon valerosamente —observó él—. Deberías sentirse orgullosa de ellos.

—Es posible, pero mi orgullo no devolverá su hijo a esa mujer —respondió señalando a Beth MacEwen, la madre de Douglas, con la que había estado conversando.

Angus la miró irritado.

—Y mi triunfo hoy no restituirá a mi padre en esta silla, muchacha. Yo debo ocupar su lugar.

Ella captó la nota de disgusto en su voz y dejó que transcurrieran unos instantes para que la tensión se disipara antes de responder.

—Lamento la muerte de tu padre. Nunca es fácil asimilar semejante pérdida. Como sabes, yo también perdí a mi padre, y mi dolor es muy reciente.

Él inclinó la cabeza.

—¿Acaso se trata de una competición? ¿Crees que porque mi padre falleció hace dos años, tu sufrimiento es mayor que el mío?

—No, me refería a que...

—Me enteré de la muerte de mi padre hace un mes. Durante dos años, viví en el exilio sin tener conocimiento de ella. No estuve aquí para luchar junto a él, lo cual lamentaré siempre con amargura.

Ella guardó silencio, metiendo la cuchara en el caldo.

—Lo siento. No lo sabía. —Al cabo de unos breves momentos de silencio, añadió—: Supongo que eso significa que tenemos algo en común.

—¿A qué te refieres? —inquirió él irritado.

—Al dolor. Desde hace cuatro semanas.

Él observó su perfil durante unos instantes, y luego se volvió para decirle algo a Lachlan, que estaba sentado a su izquierda.

Asimismo, Gwendolen observó a su madre, que estaba sentada a su lado, elogiando la comida y el vino mientras conversaba con el miembro del clan MacDonald que estaba sentado a su derecha.

—¿Has averiguado algo? —preguntó Onora discretamente a su hija, al tiempo que tomaba una reluciente manzana roja.

—Eso intento.

—Sigue intentándolo, querida. Debes descubrir la forma de conseguir que este hombre se rinda ante ti.

En otras circunstancias, ese tipo de conversación sobre un hombre habría ofendido a Gwendolen, quien creía en la verdad y la sinceridad entre los sexos, no en esos tejemanejes y estrategias. Pero este inminente matrimonio no era natural. Se había fraguado a partir de encarnizadas batallas y el afán de poder, por lo que ella no podía permitirse aparecer como una gazmoña o una romántica, ni podía renunciar a su deber.

—No sé qué preguntarle.

—Averigua si se propone seguir los pasos de su padre y organizar otra rebelión a favor de los Estuardo. En tal caso, podríamos encontrarnos en una posición comprometida cuando el rey Jorge se entere de ello. Concedió este castillo a nuestro clan como recompensa a su lealtad. No podemos permitir que nos tilden de jacobitas. Es preciso que averigües las intenciones de Angus.

Gwendolen se volvió hacia su futuro marido, pero Onora le tocó el brazo.

—Espera. En primer lugar, procura averiguar si es el Carnicero de las Tierras Altas. Esa información podría tener un valor inestimable. El Carnicero es el rebelde más buscado en Escocia, y si pudiéramos revelar su identidad y denunciarlo, el rey estaría en deuda con nosotros.

Reconociendo la brillantez de ese plan, Gwendolen se volvió hacia Angus y trató de abordar el tema de su pasado sin que se notara su marcado interés.

—¿Puedo hacerte una pregunta?

—Sí.

—¿Por qué te ausentaste de Kinloch durante tanto tiempo? ¿Y por qué te marchaste, si amas tanto este lugar?

—¿No has oído los rumores? —Él la observó con expresión un tanto fría.

Decidida a no eludir la pregunta, ella le miró a los ojos.

—He oído algunos, sí, pero no les doy demasiada importancia. Especialmente cuando se refieren a un hombre como tú, que atrae los chismorreos como una plaga.

—No pretendo atraer ese tipo de atención —dijo él.

—Ya, pero no puedo evitarlo. Aún no has respondido a mi pregunta.

—Y tú no me has dicho qué tipo de rumores has oído.

Ella bebió un sorbo de vino.

—Circulan diversas historias. Algunas sostienen que eres el tristemente famoso Carnicero de las Tierras Altas, el notorio rebelde jacobita que desapareció hace dos años después de huir de una prisión inglesa. Nadie le ha visto o ha tenido noticias de él desde entonces. Su identidad sigue siendo un misterio, y muchos creen que se dedica a reclutar en secreto fuerzas para organizar otra rebelión. ¿Es eso cierto? —le preguntó sin ambages—. ¿Has tomado Kinloch para crear una plaza fuerte para los jacobitas?

Él calló durante largo rato.

—No. No quiero organizar una rebelión. Quiero vivir en paz.

Ella escrutó su rostro, buscando en sus ojos la verdad —fuera la fuera—, pero todo en él era duro como el acero. Su expresión era impenetrable, no mostraba un ápice de vulnerabilidad, en su armadura no había ninguna fisura.

—De todos modos no me lo dirías, ¿verdad? —preguntó ella—. Aunque esto fuera a convertirse en un baluarte jacobita, te llevarías ese secreto a la tumba, pues ya conoces mis opiniones al respecto.

—Sí.

—Pero ¿si fueras el Carnicero me lo dirías? —inquirió ella—. Porque quisiera saber si voy a casarme con alguien tan... —Iba a decir «sanguinario», pero se abstuvo—. Famoso.

Angus le dirigió una mirada cargada de significado, la miró como si supiera exactamente lo que iba a decir antes de cambiar de parecer.

—¿Es que sigues sus correrías, muchacha?

—Sí, y aunque no comparto sus ideales políticos o sus salvajes métodos para alcanzar sus objetivos, me siento intrigada y curiosamente conmovida por sus pasiones. Dicen que hizo cuanto pudo por vengar la muerte de su amada, a quien amaba tanto que no podía vivir sin ella.

Angus bebió lentamente un trago de vino.

—Supuse que le censurarías por sus métodos, no que le elogiarías por sus motivaciones.

Ella metió de nuevo la cuchara en la sopa.

—No le elogio. Simplemente, me intriga la situación, eso es todo. Como sabes, soy una defensora de la paz, y claro está que sus métodos me parecen inaceptables.

Angus se volvió en su silla para mirarla de frente.

—Pero a veces la violencia es la única forma de alcanzar la paz. No olvides que tu propio padre atacó este castillo en nombre de ella. Muchos miembros de los clanes se vieron obligados a combatir, y muchos murieron ese día.

Gwendolen asintió con la cabeza, pues Angus estaba en lo cierto a ese respecto.

—Y no, no soy el Carnicero de las Tierras Altas —añadió él—. Te doy mi palabra.

Ella se alegró al averiguar que no iba a casarse con ese sanguinario rebelde, cuya reputación era aún más notoria que la de Angus el León, pero entonces pensó que si él hubiera sido el Carnicero, el ejército del rey Jorge habría atacado el castillo sin vacilar y habría liberado a su clan de las garras de ese escocés fugitivo en un instante.

—¿Me crees? —preguntó él.

Ella le miró y asintió con la cabeza.

Pero los ojos de Angus asumieron de nuevo una expresión fría. Tomó su copa de vino.

—Bien. Porque es imposible que yo sea él. Nunca he tenido una amada, ni soy capaz de semejantes pasiones en lo tocante a una mujer. Esas cosas nublan la razón a un hombre y lo debilitan.

Ella le miró a los ojos, comprendiendo que él intentaba de nuevo colocarla en su lugar, para darle a entender que jamás lograría controlarlo o influir en él con sus encantos femeninos. Ella era una mera ovejita para él. No representaba una amenaza.

—Prefieres que las personas te teman —dijo.

Él se recostó contra el respaldo de la silla y la miró con un renovado deseo sexual que parecía haber surgido inopinadamente.

—Celebro que empieces a comprenderlo.

Ella sintió que el corazón le latía con furia, pues no había nada débil ni indefinido en las pasiones de este hombre. Deseaba acostarse con ella con el propósito de satisfacer su apetito carnal, y estaba convencido de que llegado el momento oportuno lo haría, sin que nada ni nadie se interpusiera en su camino.

A Gwendolen le ofendía la idea de procurarle simplemente un medio de satisfacer sus impulsos sexuales. Puede que fuera un guerrero frío y nada romántico, pero ella era una persona sensible. Antes de que invadieran su casa, ella había soñado con encontrar un día el gran amor. Había imaginado a un caballero escocés que se entregaría a ella apasionadamente hasta exhalar su último suspiro.

En el fondo era una romántica, siempre lo había sabido, pero al parecer había llegado el momento de asumir una realidad más dura. Dentro de poco se casaría con un despiadado guerrero incapaz de mostrar la menor ternura, una perspectiva que la aterrorizaba.

No volvieron a dirigirse la palabra durante el resto de la cena, y en los postres Gwendolen cayó en la cuenta de que él no había respondido a su pregunta sobre el motivo de haberse ausentado de Kinloch hacía dos años.

—¿Vas a decirme por qué te ausentaste durante tanto tiempo? —le preguntó sin mirarle—. ¿O vas a utilizar el misterio de tu ausencia para mantenerme intrigada sobre tu ferocidad?

Él engulló su postre de un bocado y se limpió la boca con una servilleta de hilo.

—Mi padre y yo tuvimos una disputa —le explicó—. Hice algo deshonroso y probablemente me abrasaré en el infierno por ello. Mi padre dijo que ya no era su hijo, y me ordenó que me fuera y no regresara jamás. Acaté sus deseos hasta que Lachlan me encontró después de buscarme durante dos años, y me informó de la derrota de mi clan y de que tu padre nos había arrebatado Kinloch.

Gwendolen le miró con persistente curiosidad.

—¿Qué fue eso tan deshonroso que hiciste para merecer semejante castigo?

Aguardó conteniendo el aliento a que él le explicara la ofensa que había cometido.

—Traicioné a un amigo.

—¿Por qué? ¿Te hizo algo? ¿Os peleasteis?

—Sí, nos peleamos en repetidas ocasiones. Digamos que yo no aprobaba la mujer que había elegido por esposa, y me mantuve en mis trece.

Ella reflexionó sobre su respuesta.

—¿Estabas enamorado de ella?

—¡Por supuesto que no! ¿No has escuchado una palabra de lo que he dicho antes?

Gwendolen supuso que se sentía un tanto nerviosa desde que se había sentado a la mesa.

—Disculpa. Ha sido una torpeza.

Él tomó su copa de vino y la sostuvo sobre su regazo.

—Lo cierto es que la detestaba. De haberme salido con la mía, no habría permitido que esa mujer sobreviviera el tiempo suficiente para embrujarlo y conseguir que se casara con ella.

—¡Santo cielo! ¿La habrías matado? —El horror brotó de Gwendolen como un chorro de sangre.

En la mandíbula de Angus se crispó un músculo, y respondió con tono quedo e inquietante:

—¿Tú qué crees?

Gwendolen se recostó en su silla.

—¿Por eso traicionaste a tu amigo? ¿Porque la eligió a ella en lugar de a ti?

Él desvió la vista.

—Sí.

—No se lo reprocho —dijo ella—. El amor siempre debe triunfar sobre el mal.

Él se inclinó hacia ella, sorprendentemente impertérrito.

—¿De modo que crees que soy malvado?

—Tú mismo dijiste que te abrasarías en el infierno por lo que hiciste.

—Cierto. Y estoy convencido de que así será.

Un violinista pasó ante ellos. Entonó una animada canción en gaélico, distrayéndoles durante unos momentos, y después se dirigió hacia el otro extremo de la mesa.

—¿Has tratado alguna vez de reconciliarte con tu amigo? —preguntó Gwendolen, tomando su copa.

—No.

—¿Por qué?

—Porque sigo pensando que él estaba equivocado.

Ella apartó su plato.

—¿Sigue con la mujer contra la que le previniste?

—Sí.

—¿Son felices?

Irritado, él empezó a tamborilear con un dedo sobre el brazo de la silla.

—No lo sé y no me importa. No los he visto desde hace dos años.

El violinista terminó su canción y Angus se puso en pie. El silencio cayó sobre la habitación como una fría brisa, pues los presentes sabían que había llegado el momento de que todos los MacEwen juraran lealtad a su nuevo señor.

Sintiendo cierta aprensión, Gwendolen se reclinó en la silla y analizó todo cuanto había averiguado sobre su marido en ciernes durante la última hora.

Nada de ello hizo que se sintiera más aliviada con respecto a su situación.

Esa noche después de la fiesta, Gwendolen yacía en la cama, meditando aún sobre la inquietante conversación que había tenido con su prometido.

Éste aseguraba que no tenía ninguna intención de utilizar Kinloch para otra rebelión jacobita. Pero ella no estaba convencida de que dijera la verdad.

Por lo demás, Angus no creía en el amor romántico. No es que ella se hiciera ilusiones de que su matrimonio fuera otra cosa que un acuerdo político, pero había confiado en que él se hubiera enamorado en alguna ocasión de una mujer, o que al menos comprendiera ese sentimiento en los demás. Sin embargo, cada palabra y gesto suyo confirmaba las impresiones iniciales que ella había tenido de él: que era un instrumento de guerra, una hoja con el filo de acero, y que tenía un corazón de piedra.

No obstante... Esa noche ella había averiguado algo que indicaba que en el oscuro abismo del alma de ese hombre existía cierta compasión. Angus había insistido en que a las viudas de los MacEwen se les concediera el tiempo necesario para que lloraran a sus muertos antes de que los miembros del clan de los MacDonald pudieran cortejarlas.

¿Había partido esa orden directamente de él?, se preguntó Gwendolen. ¿Se compadecía de la desgracia de esas mujeres? ¿O había sido idea de su primo Lachlan?

Al menos ese hombre parecía sintonizar con la mente femenina. Se había mostrado comprensivo con el temor que ella había experimentado cuando esa mañana la había escoltado hasta el salón, y no cabía duda de que sabía encandilar a su madre.

A Angus, por el contrario, no le interesaba encandilar a nadie. Parecía más bien una almádena a la hora de conseguir lo que quería.

En ese momento alguien llamó a la puerta y ella se incorporó sobresaltada en la cama, escrutando la oscuridad.

—¿Quién es?

La puerta se abrió con un chirrido y, sin esperar a que ella le invitara a pasar, su prometido entró en la habitación, portando el candelabro de plata de la alcoba de su padre.

Aunque ahora pertenecía a Angus. Todo le pertenecía. Incluso ella.

Él depositó las velas sobre la cómoda, cerró la puerta con llave detrás de él y se aproximó lentamente a los pies de la cama.

Gwendolen le observó en un tenso silencio.

—¿Qué haces aquí?

Él rodeó la cama pausadamente, mientras la luz de las velas arrancaba unos reflejos dorados de su ondulado cabello.

Capítulo 6

Gwendolen se esforzó en reprimir su temor.

—Prometiste dejarme tranquila hasta nuestra noche de bodas. Te ruego que te vayas.

—No, prometí que respetaría tu virginidad. No prometí dejarte tranquila. Estoy aquí, y te guste o no, pienso quedarme.

Ella arrugó el ceño.

—Si voy a ser tu esposa, al menos podrías tratar de ganarte mi afecto.

Era realmente un hombre cruel, a quien solo le interesaba una cosa: ejercer su poder sobre los demás. Y practicar de vez en cuando sus libertinas tendencias.

—No, solo me quieres para satisfacer tus groseros apetitos. Pero soy una mujer con sentimientos y criterio propio. No soy un perro sometido a tus órdenes.

—Pronto serás mi esposa, muchacha, y me obedecerás, pues soy el dueño y señor de este lugar.

—Eres el señor de Kinloch, no el dueño de mi cuerpo. Y aún no me he convertido en tu esposa, de modo que te lo repetiré: te ruego que salgas de mi alcoba.

Él avanzó junto a un lado del gigantesco lecho y empezó a tirar de las ropas. Ella las sujetó contra su pecho, negándose a dejar que él las arrancara de la cama.

—Creo que eres *tú* quien olvida las promesas que nos hicimos hoy —dijo él—. Me diste tu palabra de que serías amable conmigo hasta nuestra noche de bodas. Sin embargo, te empeñas en ofenderme, llamándome grosero —le espetó mientras seguía tirando de las ropas de la cama.

—Suelta —dijo ella entre dientes.

Él utilizó ambas manos, como si jugaran al frívolo juego de tirar de la cuerda y estuviera decidido a ganar. Ambos siguieron tirando de las mantas durante unos segundos, hasta que Gwendolen comprendió que era inútil continuar. Él tenía las manos más grandes que ella, las piernas más fuertes, y firmemente apoyadas en el suelo. En efecto, antes de que ella pudiera protestar, él arrancó las ropas de la cama y las arrojó a su espalda.

Cubierta solo con el camisón, Gwendolen se abrazó las rodillas, apretujándolas contra su pecho.

—Eso está mejor —dijo él, mirándola irritado—. No me gusta que te ocultes de mí.

—Pues más vale que te acostumbres, porque no tengo intención de ofrecerme a ti en bandeja de plata.

Él se sentó en el borde de la cama.

—¿Qué has venido a hacer aquí? —preguntó ella—. ¿Por qué no me dejas en paz?

—No podía conciliar el sueño.

—Yo tampoco, pero eso no me da derecho a colarme de rondón en las alcobas de los demás y obligarles a compartir mi insomnio.

Él mostraba siempre un aspecto serio, sombrío, enojado y agresivo. Ella aún no le había visto sonreír o mostrar un ápice de afabilidad. Aunque cerrara los ojos, no podía imaginárselo.

—¿De modo que crees que me he colado aquí de rondón? —preguntó él.

—Sí.

Él echó una ojeada alrededor de la habitación, que estaba iluminada tan solo por las velas que había traído y un pequeño rectángulo de luz de luna que penetraba a través de la ventana.

—Ésta era mi alcoba antes de que mi padre me echara.

Sorprendida ante esa información, ocultó sus pies desnudos debajo del dobladillo de su camisón.

—No lo sabía. Supuse...

—¿Qué?

—No lo sé. No se me ocurrió tratar de adivinar cuál era tu alcoba.

¿Habría dormido ahí de niño? Gwendolen tampoco podía imaginárselo.

El corazón le latía aceleradamente, y en vista de que él no decía nada más, se sintió obligada a seguir hablando.

—Hemos cambiado las ropas de la cama —le explicó—. Aparte de eso, todo sigue igual. Los muebles, la alfombra...

Él miró la alfombra trenzada a mano y las mantas apiladas sobre ella, y siguió encerrado en su mutismo.

¿Qué diantres quería?, se preguntó ella.

—Si deseas volver a ocupar esta habitación, puedo trasladarme a otra —sugirió, preguntándose si ése era el motivo por el que había venido—. Hay una alcoba justo debajo de ésta.

—No, es la alcoba de mi hermana. Ahora ocupo los aposentos de mi padre.

—¿Tienes una hermana? —preguntó ella sorprendida.

—*Tenía*. Ha muerto.

Impresionada por su tono brusco, Gwendolen suavizó el suyo.

—Lo lamento. ¿Cuánto hace que murió? —preguntó con cautela.

—Hace unos años. —Él desvió la vista.

Luchando todavía con las mariposas que sentía en el estómago debido a su nerviosismo, Gwendolen guardó silencio, confiando en que él se cansara de la conversación y decidiera dejarla en paz.

Pero no tuvo esa suerte. Lentamente, él se volvió sobre la cama y se tendió a su lado. Cruzó sus musculosas piernas a la altura de los tobillos y colocó un brazo debajo de su cabeza, apoyando el otro sobre la cama.

Ella tomó nota del hecho que no iba armado. De su cinturón no colgaba espada, cuchillo o pistola alguna. Pero eso solo hizo que fuera aún más consciente de su gigantesca figura, pues ahora podía pasear la mirada tranquilamente sobre su cuerpo, desde sus enormes pies calzados con botas y sus recios muslos debajo de la falda escocesa, hasta su musculoso torso y pecho. La postura de su brazo, doblado debajo de su cabeza a modo de almohada, acentuaba el increíble contorno de sus poderosos bíceps y la anchura de sus hombros.

La joven sintió que cada nervio de su cuerpo se estremecía con esa mezcla de temor y fascinación que había experimentado esa mañana. Tampoco le pasó por alto el hecho de que permaneciera acostado en la cama apaciblemente, sin tocarla ni amenazar con forzarla. Era consciente de cada vez que respiraba, de cada movimiento que hacía, mientras ella se esforzaba en no hacer nada por llamar su atención o despertar su lujuria.

Quizás había venido simplemente para contemplar la alcoba que había ocupado de niño y demostrarse que había logrado recuperar su casa. Pese a todo, ella podía comprender ese deseo. Confió en que ése fuera el motivo de su presencia en su lecho, y que cuando hubiera satisfecho su curiosidad, se marcharía.

Debió de transcurrir un cuarto de hora mientras ella permanecía incorporada en la cama. Las estrellas que relucían a través de la ventana le ofrecían una útil distracción, hasta que el sonido acompasado de la respiración de Angus le dio a entender que se había dormido.

Le miró sorprendida, pues el hecho de contemplar a este guerrero curtido en multitud de batallas durmiendo pacíficamente junto a ella, era como contemplar la cambiante niebla en un sueño. No parecía real. Era imposible que Angus el León fuera este hombre que yacía en su lecho, quien hace años había sido un niño, que había dormido en esta habitación, tal vez acunado en los brazos de su madre.

Se inclinó sobre él para examinar su rostro. En estos momentos no había nada feroz en él. Los ojos duros como el acero estaban cerrados; su expresión era serena. Gwendolen observó su cuello, sus amplios hombros y el broche prendido en el tartán. Miró la falda escocesa y dedujo lo que había debajo de ella. Un día él utilizaría esa parte de su anatomía para reivindicar sus derechos conyugales sobre su cuerpo. Se colocaría sobre ella, desnudo, y ella tendría que entregarse a él.

Presa de un repentino arrebato de pánico, apoyó una mano en la cama para tranquilizarse, y entonces se percató de que se le ofrecía una oportunidad única. Su conquistador yacía dormido y vulnerable junto a ella. ¿No estaba obligada a tomar alguna medida contra él? Decían que era invencible, pero ella sabía que esas historias no eran sino fábulas y leyendas que la gente relataba junto al fuego.

No obstante, ¿lograría matarlo si lo intentaba? ¿Tendría el valor de hacerlo?

Suavemente y con cautela, Gwendolen se deslizó hasta al borde de la cama y extendió la mano para tomar el puñal que esa mañana había ocultado debajo del colchón. Sus dedos localizaron la empuñadura, y la aferró con la mano. Lentamente, se deslizó de nuevo hacia Angus. Él no se había movido, ni su respiración había cambiado en los últimos segundos. Era muy posible que consiguiera hundirle el puñal en el pecho, o degollarlo, para liberarse ella y a su clan.

Lo miró a la luz de las velas, su cuello desnudo y vulnerable. Observó el latir de su pulso. En ese momento se apoderó de ella un violento ataque de náuseas. Jamás había matado a nadie, y no estaba segura de poder hacerlo ahora, pese a que él era su enemigo y ella le había visto matar a docenas de miembros de su clan esa mañana.

¿Iría al infierno por asesinar a un hombre dormido, desarmado, a sangre fría? No era una pelea justa, pero era en defensa propia, suponiendo que uno pudiera ampliar esta definición para incluir ciertas generalidades como la necesidad de protegerse de un matrimonio no deseado...

De repente él abrió los ojos. Con la rapidez del rayo, le arrebató el puñal de las manos y la tumbó de espaldas sobre la cama. Oprimió la afilada hoja contra su cuello, mientras ella permanecía inmovilizada, sin poder respirar, sintiendo que su corazón latía con furia debido al pánico que la invadía.

—Debiste hacerlo cuando tuviste la oportunidad —dijo él con tono amenazador—. Pudiste acabar conmigo y ahorrarte el horror de que te desvirgara.

Ella le miró espantada.

—Jamás he matado a nadie. Ni siquiera podría matarte a ti. No soy una guerrera.

Era una cobarde sin paliativos.

Él fijó sus ojos azules en sus labios y oprimió el borde romo del puñal debajo de su mentón. El terror pulsaba a través de las venas de Gwendolen al enfrentarse a la renovada ira del León, sintiendo su mano sujetándola con fuerza por el hombro. Su pesado cuerpo la mantenía inmovilizada sobre la cama. Después de varios y angustiosos momentos, él se inclinó sobre ella y dejó el puñal en la mesita de noche.

—No te conviertas en una asesina —dijo—, a menos que sea absolutamente necesario, e incluso en tal caso, piensa en el daño que le harás a tu alma, y en si merece la pena que te condenes para toda la eternidad en el infierno.

Ella trató de incorporarse, pero él le sujetó los brazos sobre la cabeza.

—¿Te ha merecido a ti la pena todas las muertes que has provocado?

—Mi alma ya estaba dañada de muy jovencito, muchacha, de modo que apenas tenía nada que perder. Ahora dame tu boca. No he venido aquí para hablar de muertes.

Él le soltó las muñecas y deslizó las manos debajo de su trasero, apretando sus caderas contra las suyas. La intensa sensación física hizo que ella arqueara el cuerpo, que estaba ardiendo. El temor hizo presa en su mente. Sintió como si su cuerpo se derritiera y un hormigueo en la piel, mientras él le acariciaba las caderas con las manos al tiempo que movía las suyas contra ella en un ritmo potente y sistemático.

Luego la besó. Ella abrió la boca instintivamente, y fue un beso apasionado, húmedo y ardiente.

Él le había prometido que no le arrebataría su virginidad, pero esto no era menos depravado. Ella sintió que perdía su inocencia, que se deslizaba hacia un extraño mundo de deseo. Por la mañana había sido perfectamente capaz de resistirse a estos sentimientos, pero ahora lo único que sentía era alivio por no haberlo matado. Lo cual no tenía sentido. Porque le odiaba —sí, le *odiaba*— y no quería esto.

Pero ¿qué tenía la oscuridad que hacía que el hecho de tocarle se le antojara una alucinación? La ira que sentía remitía lentamente, y tuvo que esforzarse en recordar que él era su enemigo. Lo único que ella sentía ahora era el intenso deseo de que la acariciara, procurándole unas sensaciones deliciosas. Era un hombre viril con unas manos voraces y unos labios expertos en besar, y tenía la facultad de hacer que su cuerpo se convirtiera en fuego líquido.

—No entiendo qué haces aquí —dijo ella con voz queda y entrecortada, esforzándose por controlar el pulsante e intenso calor que se extendía desde su vientre hasta sus muslos—. No puedes hacerme el amor. Me lo prometiste. Pero eso es justamente lo que haces.

—Puedo hacerte el amor sin romper tu virginidad, muchacha, y tú, puedes complacerme esta noche y seguir siendo virgen mañana por la mañana.

—¿Cómo?

Él se retiró un poco.

—¡Qué inocente eres!

Ella trató de apartarlo, pero sus brazos habían perdido toda su fuerza. Él la besó de nuevo en los labios, y su húmeda e insistente lengua, que metía y sacaba de su boca reiteradamente, hizo que Gwendolen se estremeciera y anhelara en su fuero interno algo más, cuando en realidad no quería experimentar esas sensaciones. Ojalá fuera de acero como él, pensó.

Él deslizó los dedos sobre un lado de su pierna y tiró de su camisón, alzándolo sobre su tembloroso muslo.

—No, por favor —dijo ella, agarrando el borde de la prenda y bajándola de nuevo para erigir una barrera entre ambos, por más que le tentara el peligro y el temor a lo desconocido.

Curiosamente, él apartó la mano de su pierna y la apoyó en su nuca, besándola más profundamente al tiempo que restregaba su fornido cuerpo contra el suyo.

Ella no había imaginado la agitación que podía apoderarse de una persona en semejante situación, y comprobó que respondía a cada una de sus caricias, a cada beso, a cada increíble y erótica sensación.

—Ah —suspiró él—. Lo haces muy bien, muchacha. ¿Sabes lo apetecible que eres?

—No es necesario que me des coba —replicó ella bruscamente—. Soy tu prisionera. Estoy bajo tu control. Por consiguiente, debo complacerte al margen de mis reparos.

Él inclinó de nuevo la cabeza hacia atrás y la miró a la luz de las velas.

—Pero empiezo a caerte bien. Lo siento en tu beso, lo percibo en tu voz.

—Solo oyes lo que deseas oír, porque no empiezas a caerme bien. Angus. Te lo aseguro.

Gwendolen se sorprendió al percibir el odio que había conseguido imprimir a esas palabras, a pesar de derretirse de deseo y debido a un extraño éxtasis que jamás había experimentado.

Pero le sorprendió aún más la severidad de la reacción de él. La miró frunciendo el ceño con evidente furia, y se colocó en cuclillas sobre la cama.

Gwendolen no estaba segura si su furia iba dirigida contra ella o contra él mismo.

—¿Qué ocurre? —preguntó, más asustada ahora que hacía unos momentos, cuando él había tratado de deslizar la mano por la parte interior de su pierna.

Él se levantó de la cama.

—No me interesa seguir con esto.

Estupefacta, y sintiéndose absurdamente humillada por esta inesperada reacción, ella se incorporó.

—¿Te vas?

—Sí. Tengo cosas que hacer,

—¿En plena noche?

Angus no le ofreció explicación alguna cuando se encaminó hacia la puerta, salió y la cerró tras él. La corriente de aire en el pasillo agitó las llamas del candelabro. Luego todo se sumió en el silencio.

Gwendolen se tumbó en la cama y emitió un suspiro de alivio, pues aún conservaba su virtud y no se había deshonrado rindiéndose en una fiebre delirante a las seductoras tácticas del León, cuando esto representaba mucho más que el mero deseo carnal.

Se esforzó en recobrar la cordura, sabiendo que tenía que conservar la cabeza fría y recordar hacia qué lado se decantaba su lealtad. Debía resistir el impúdico deseo de conceder al León rienda suelta sobre su cuerpo, pues era posible que su hermano no tardara en regresar, y cuando lo hiciera, ella debía estar preparada para reivindicar su libertad y la independencia de su clan.

No podía sucumbir a esta tentación.

Capítulo 7

A la mañana siguiente, Gwendolen se despertó y vio que el sol penetraba a raudales a través de su ventana. No era de extrañar que se despertara tan tarde, pues había pasado la mitad de la noche en vela, recuperándose de la presencia de Angus en su lecho, de las diversas formas en que la había acariciado y de lo asombrada que estaba por lo dócil que se había mostrado en sus brazos. Menos mal que él había abandonado la habitación en el momento justo, de lo contrario lo más probable es que esa mañana ella ya se hubiera convertido en una mujer experimentada en las artes amatorias.

Estiró los brazos para desperezarse, se incorporó en la cama, tomó su bata y se apresuró hacia su vestidor, pues tenía algo importante que hacer esa mañana, antes de que las mujeres que trabajaban en la cocina se dirigieran al mercado del pueblo.

Iba a intentar enviar recado al Fuerte William, la plaza fuerte inglesa más próxima, para informarles del ataque que habían sufrido ayer. El gobernador del fuerte estaba obligado a informar de todas las actividades de los jacobitas a la Corona, y sin duda le interesaría saber que el hijo de un jacobita rebelde acababa de tomar un castillo de unos hannoverianos y se había proclamado jefe del mismo. Era una información que el gobernador valoraría, y quizá reconocería la amenaza que representaba para Inglaterra y enviaría ayuda.

La joven pensó en ir a ver a Gordon MacEwen, el administrador del castillo, para compartir su plan con él, pero decidió abstenerse, pues no estaba segura de quién podía fiarse. Durante las últimas semanas Gordon se había dejado manipular por la madre de Gwendolen, por lo que era obvio que era un hombre que se dejaba seducir con facilidad. Y Dios sabe cuánto tiempo hacía que duraba esa relación. Su madre no era una santa.

Así que se lavó, se puso una falda a rayas con un corpiño de color azul y se trenzó rápidamente el pelo. Bajó apresuradamente la escalera de caracol de piedra y se dirigió a través de los corredores abovedados hacia la cocina, donde el olor a pan cociéndose en los hornos hizo que la boca se le hiciera agua.

—Buenos días, señorita MacEwen.

Ella se volvió bruscamente, percatándose de que estaba hecha un manojo de nervios.

—Me has sorprendido, Mary. Buenos días. Eres justamente la persona que busco. ¿Vas a ir al mercado del pueblo esta mañana?

—Sí. El banquete de anoche acabó con las provisiones. Necesitamos de todo. —La criada emitió un suspiro de irritación—. Tendré que llevarme dos carros, y quizás obligue a algunos miembros del clan de los MacDonald que están muertos de hambre a que se pongan unos arneses y tiren de ellos en lugar de las mulas, ya que fueron ellos quienes agotaron las provisiones y esta mañana muestran unas barrigas bien saciadas.

—Me parece una idea perfecta.

Después de mirar a su alrededor para cerciorarse de que nadie las observaba, Gwendolen tomó a Mary de la mano y la condujo hacia un rincón oscuro de la cocina, donde nadie podía verlas.

—¿Puedes hacerme un favor?

—Haré lo que sea por usted, señorita MacEwen. Ya lo sabe.

—Sí. Por eso he acudido a ti. —Gwendolen sacó de su corsé una carta sellada—. Entrega esta carta a Marcus MacEwen, el vinatero, y dile que se la dé a su hermano, John. Ellos sabrán qué hacer con ella.

—La joven depositó la nota en manos de Mary.

—No sé leer, señorita, por lo que seguro que no fisgonearé en sus asuntos personales, pero ¿puede decirme de qué se trata?

—No, Mary, es mejor que no lo sepas. Lo único que debes hacer es mantenerlo en secreto y asegurarte de que nadie te vea entregar esta carta. Y cuando salgas del castillo asegúrate de ocultarla bien, por si te registran.

Mary ocultó la carta en las profundidades de sus generosos pechos y se alisó su rizado cabello.

—Confíe en mí, señorita MacEwen, haré lo que me ha mandado. El vinatero y yo somos viejos amigos. Estará más que encantado de aceptar el mensaje. Le llevaré detrás de un almiar y nos divertiremos un rato mientras me registra mis prendas interiores.

Gwendolen apoyó una mano en el brazo de Mary.

—Eres una buena amiga. Agradezco tu sacrificio, pero te ruego que te andes con cuidado.

Luego regresó a la concurrida cocina, donde los otros empleados amasaban unas bolas de masa sobre las encimeras.

—¿Puedo desayunar? Estoy famélica.

Mary le mostró una bandeja de tortitas de avena, recién salidas del horno, y un cuenco de crema fresca.

Al poco rato, cuando Gwendolen atravesó el gran salón hacia la alcoba de su madre, oyó que alguien la llamaba desde la mesa principal.

La voz profunda de Angus reverberó entre las vigas del techo, haciendo que ella se detuviera. Cerró los ojos, respiró hondo y se volvió hacia él. Estaba sentado a la mesa solo, desayunando.

—Aquí me tienes —dijo, extendiendo los brazos—, sentado de nuevo en la silla de mi padre. —Se recostó hacia atrás con gesto despreocupado—. Y no tengo a nadie con quien hablar salvo ese pajarillo que está ahí arriba.

Alzó los ojos y señaló a la golondrina, que estaba posada en una viga sobre la puerta.

Gwendolen levantó la vista.

—Aún está aquí. Después de ayer, supuse que no volveríamos a verla. Está claro que no es consciente del peligro que corre.

Él ladeó la cabeza.

—¿Cómo se te ocurre decir algo tan hiriente, muchacha? ¿Crees que soy un monstruo tan cruel que acosaría a una criatura tan pequeña e indefensa como ésa?

—Has acosado a todo mi clan, y a mí también. Anoche, por si no lo recuerdas.

—Tu clan no es pequeño —replicó él—. Y tú no eres una criatura indefensa, ni de día ni de noche. ¿Olvidas que me pusiste un puñal en el cuello? —Sus penetrantes ojos la examinaron de arriba abajo. Luego se enjugó la boca con una servilleta, la arrojó sobre la mesa y se levantó.

Gwendolen sintió que se le crispaba la boca del estómago cuando le vio bajar del estrado y acercarse a ella. No pudo evitar retroceder unos pasos, lo cual sentó el tono del encuentro entre ambos. Él era el depredador, ella la presa nerviosa.

En un tardío intento de reafirmar su posición, la joven se detuvo en seco y enderezó la espalda.

—Dime, muchacha —dijo él al alcanzarla, observándola con alarmante curiosidad—. ¿Qué te traes entre manos esta mañana? Tienes un aspecto... *taimado*.

Ella arqueó las cejas.

—¿Taimado? ¿Qué quieres decir? No sé a que te refieres.

Él le tomó el mentón con su enorme manaza, la obligó a alzar ligeramente el rostro y lo examinó desde todos los ángulos.

—Te has sonrojado. Tienes las mejillas coloradas.

—Quizá sea porque no me gusta que me pongas las manos encima.

Él reflexionó sobre su respuesta.

—No es eso.

—¡Te aseguro que sí!

Angus retiró la mano de su mentón y acercó su dorada cabeza a la suya. Ella sintió su aliento cálido y húmedo en su mejilla.

—Creo que mis manos te gustan mucho, y por eso tienes tanta prisa por abandonar el salón cuanto antes, rogando que te rescaten antes de nuestra memorable noche de bodas.

—Eso no es verdad —protestó ella.

Intuyó que en el rostro de Angus se pintaba una breve sonrisa y se volvió rápidamente para mirarlo, confiando en poder captarla, pero fue demasiado tarde. Él retrocedió, asumiendo de nuevo una expresión peligrosa.

—Supongo que estoy en deuda contigo —dijo.

—¡Cielo santo! ¿Por qué? —Gwendolen no alcanzaba a imaginar el motivo.

—Por no haberme matado anoche. En parte deseaba que lo hicieras, y quizás hubiera dejado que lo hicieras de haber puesto tú más empeño.

Ella observó sus ojos azul pálido.

—¿Por qué lo deseabas? Acabas de alcanzar una gran victoria y has reclamado el castillo de tu padre. Cualquiera supondría que tienes motivos para celebrarlo.

—Sí, sería lo lógico..., si yo fuera un hombre feliz. —Dio media vuelta y se encaminó hacia la puerta.

—¡Espera!

Él se detuvo y se volvió hacia ella. Ella deseaba preguntarle por qué se sentía desgraciado, pero le pareció una pregunta demasiado personal, demasiado afectuosa, y no deseaba sentir afecto por él.

—Déjalo —dijo.

Él la miró durante unos tensos momentos que parecieron eternizarse, luego regresó junto a ella, como si hubiera escrutado su alma y hubiera percibido cada emoción y pensamiento íntimo, y quisiera seguir interrogándola sobre su aspecto «taimado».

—Esta noche cenaremos de nuevo en el salón —dijo—. Es importante que los clanes se sientan unidos. ¿Te ocuparás de organizarlo todo? —La miró esperando su repuesta.

—Desde luego —respondió ella. ¡Que Dios se apiadara de ella! El corazón le retumbaba con furia en el pecho.

—Y no te pongas ese vestido tan feo que llevabas anoche —le dijo él—. Ponte uno de colores vivos. Este lugar necesita algo que lo alegre.

—En tal caso podrías tratar de sonreír de vez en cuando.

Él achicó los ojos y avanzó un paso.

—¿Te gustaría que lo hiciera, muchacha? ¿Contribuiría a que me tomaras afecto?

Ella reflexionó sobre cómo responder a su pregunta, y decidió ser esta vez la primera en abandonar la estancia. Dio media vuelta y se dirigió hacia la puerta.

—No. Por lo que a ti respecta, se requiere mucho más que una sonrisa para conquistar mi afecto.

Gwendolen era consciente de que él no se había movido de donde estaba, observándola desde el otro extremo del inmenso salón. Lo cual hizo que esbozara una pequeña sonrisa de satisfacción.

Angus encontró a Lachlan en el patio, supervisando la reconstrucción de la puerta principal, que habían hecho añicos durante la invasión la mañana anterior. El estruendo de los martillos remachando pernos de madera reverberaba entre los muros del castillo, mientras que numerosos miembros de los clanes trabajaban juntos para aserrar la madera recién cortada y acarrear los pesados tablones hasta el puente frente a la torre.

—Buenos días —dijo Lachlan a Angus, dejando a un grupo de tres hombres para que continuaran con su tarea—. ¿Has dormido bien, en tu propia cama por fin?

—No he pegado ojo —respondió Angus—, pues debo ocupar la cama de mi padre, no la mía, y te juro que su fantasma no cesaba de pasearse por la habitación, gritándome.

Lachlan se rió.

—¿Y qué te decía su malhumorado espíritu?

—Me decía que le había desobedecido al regresar a casa, y me asesté una colleja con un libro.

Lachlan soltó una exclamación despectiva.

—Eso es absurdo, Angus —dijo—. Tu padre detestaba leer.

—Sí, pero el jefe de los MacEwen dejó una novela en la mesita de noche.

—Quizá fuera su fantasma quien te golpeó en la cabeza. Eso tendría más sentido, ¿no crees?

Angus alzó la vista y contempló el cielo azul y despejado; luego paseó la mirada por las almenas, desde una torre situada en una esquina a la otra.

—Ordena que alguien vigile hoy las idas y venidas de la cocina, pero hazlo con discreción.

—¿Te preocupa alguien en particular?

Angus miró a su primo con frialdad.

—Para empezar, me preocupa que envenenen mi comida. Sustituye al cocinero principal por alguien de los MacDonald, pero deja a los demás donde están. Y asegúrate de que un MacDonald vaya hoy al mercado. Envía a una persona observadora.

—Entendido.

Angus se volvió para marcharse.

—¿Adónde vas? —preguntó Lachlan.

—A la tesorería. Debo examinar los archivos y buscar otro puesto menos influyente para Gordon MacEwen, ese administrador que se deja manipular como un pelele. Necesitaré también a un MacDonald allí. —Se dirigió con paso decidido hacia la puerta del salón, pero antes de salir gritó una última e importante orden—: Seguid trabajando para restaurar la puerta, Lachlan, y procurad que sea más resistente que antes.

—¿Por qué? ¿Acaso esperamos visita?

Angus se limitó a hacer un ademán ambiguo.

Sabiendo lo importante que era que eligiera con cuidado sus batallas con su futuro esposo, Gwendolen decidió obedecerle en el insignificante tema de la elección de un vestido para la velada. Él le había dicho que se pusiera algo colorido, de modo que seleccionó un vestido de seda y terciopelo carmesí, adornado con un ribete dorado a través del corpiño, y pequeños ramilletes de flores blancas a lo largo del bajo de la falda.

Entró en el gran salón y estuvo un rato conversando con miembros de ambos clanes, mientras repasaba en su mente lo que había conseguido ese día. Se preguntó cuánto tardaría en llegar el recado que había enviado al Fuerte William, y si acudiría el ejército inglés. Era su única esperanza, pues ignoraba si Murdoch estaba enterado de la muerte de su padre, y menos aún de la invasión de los MacDonald. Hacía tres meses que no tenían noticias de él, y quizás estuviera muerto.

Su madre se acercó y le apartó un mechón de pelo que le caía sobre la frente.

—Estás preciosa esta noche, cariño, pero trata de presentar un aspecto impecable. No puedes permitirte el menor descuido, ahora que eres la esposa del señor del castillo.

—Todavía no soy su esposa —le recordó Gwendolen.

—Cierto, pero pronto lo serás. Más vale que empieces a desempeñar ese papel. ¿Por qué esperar?

La joven arrugó el entrecejo.

—Esto no es una obra teatral, mamá. Si voy a ser su esposa, me tomaré mi posición seriamente, y la utilizaré para servir a mi clan.

Onora miró hacia otro lado.

—¿Has averiguado qué planes tiene Angus con respecto a Kinloch? ¿Se propone utilizarlo como base para otra sublevación jacobita?

Gwendolen bajó la voz.

—No. Dice que no le interesa organizar una rebelión. Desea vivir en paz aquí.

—¿Y tú le crees?

—No estoy segura.

Onora meneó la cabeza.

—Utiliza la sesera, Gwendolen. Es un guerrero impenitente. Se aburrirá mortalmente cuando el olor de la batalla se disipe de su camisa. Es un montañés de sangre caliente. Buscará otra pelea.

—Quizá no. Quizás esté harto de tanta violencia.

Su madre le dirigió una mirada de frustración.

—Es un hombre, Gwendolen. A los hombres les atrae la violencia. Aunque durante un tiempo permanezcan tranquilos, al fin sienten la necesidad de dar rienda suelta a sus instintos. —Onora sonrió a un miembro del clan MacDonald que pasó junto a ellas—. Además, quizá te haya mentido. Si planeara algo, no te lo revelaría justamente a ti. Al menos, de momento. Motivo por el cual debes tratar de conquistar su corazón.

—Él no es capaz de esas cosas.

Su madre puso los ojos en blanco.

—Entonces sus apetitos carnales. Como quieras llamarlo. Me temo que eres un poco torpe, Gwendolen. No tienes la menor idea del poder que podrías ejercer sobre él, y sobre los demás.

Ella suspiró irritada.

—No quiero ejercer ningún poder sobre mi marido. Lo único que ambicionaba era amor y respeto. Deseaba ser la compañera de mi marido, su apoyo, y quizá de vez en cuando su consejera.

Onora tomó a su hija por el mentón.

—Cariño, baja de las nubes. Somos mujeres, y el amor no nos conduce a nada. No somos como los hombres, por consiguiente debemos protegernos utilizando la astucia discretamente.

Gwendolen sintió que se apoderaba de ella una profunda melancolía.

—A veces pienso que tienes razón, mamá, pero otras, deseo algo más. Deseo tener influencia, pero a través de medios honestos. Deseo conquistar el respeto de mi esposo, para que pueda confiar en mí. Soy inteligente. Puedo ofrecerle mi opinión.

Ambas guardaron silencio unos minutos. Luego los ojos de su madre se suavizaron mostrando comprensión. A Gwendolen le sorprendió sentir la mano de ésta en su espalda.

—Quizá no seas tan torpe. Quizá seas más lista y ambiciosa que el resto de nosotros. Pero no estoy segura de que seas realista.

En esos momentos entró su futuro esposo en el salón, y Gwendolen se preguntó si era realmente una soñadora. De todos los hombres que existían en el mundo, éste era el menos propenso a dejarse influir o permitir que nadie ejerciera poder sobre él. Ya le había explicado sin rodeos que el amor romántico debilitaba a un hombre, cosa que él se proponía evitar a toda costa.

Se mostraba no menos decidido a evitar toda manipulación femenina de tipo sexual. En lo concerniente a la alcoba, era *ella* la que se había derretido con sus artes de seducción, lo cual no auguraba nada bueno para su futura influencia como dueña y señora de Kinloch.

Era una noche perfecta para una fiesta, pensó Angus al entrar en el gran salón y detenerse de golpe al ver a su futura esposa al otro lado de la habitación, ataviada con un vestido de terciopelo rojo sangre que acentuaba la curva de sus caderas y realzaba sus generosos y espléndidos pechos. El adorno dorado la transformaba en un trofeo de incalculable valor, y su pureza se combinaba sensualmente con el color rojo vivo de su vestido en contraste con su tez marfileña y su lustroso cabello negro. Era una mezcla de sexo ardiente y dulce inocencia, envuelto en un bonito y tentador paquete, lo cual suscitó una intensa y descontrolada agitación en él.

Alguien chocó con él y se disculpó, tras lo cual se pusieron a conversar. En efecto, era una magnífica noche para una reunión. Angus necesitaba divertirse, pues durante el día le había costado concentrarse en asuntos más importantes, como la administración de Kinloch, del que ahora era jefe.

Había pasado muchas horas revisando los libros de cuentas en la tesorería y había comprobado que todo estaba en orden; quizás incluso mejor administrado que cuando su padre era el señor del castillo. Todas las partidas de ingresos habían aumentado, los gastos diversos habían disminuido o habían sido eliminados de las cuentas. Por consiguiente, había decidido dejar que Gordon MacEwen conservara su puesto de administrador del castillo, y que uno de sus hombres asumiera solo el papel de ayudante, para vigilarlo de cerca.

Un coro de risas procedentes del fondo de la habitación atrajo su atención. Encontró a Lachlan en el centro del grupo y lo llevó en un aparte para comentar con él el asunto, pero observó de nuevo, preocupado, a su futura esposa, que se paseaba por la habitación derrochando un encanto natural y una sonrisa más deslumbrante que el sol.

En ese momento comprendió que ese matrimonio acordado iba a constituir un problema, pues se sentía completamente fuera de su elemento. Era un guerrero experimentado que se había enfrentado a ataques mortales en el campo de batalla y los devolvía con no menos ferocidad. Cuando peleaba, lo hacía con arrojo, pero ahora no se hallaba en un campo de batalla. Esto era para él territorio desconocido, y no tenía ni la más remota idea de cómo «conquistar» debidamente a una esposa. Ella no era una pelandusca, como las mujeres con las que solía acostarse, las cuales se mostraban más que dispuestas a levantarse las faldas ante el famoso León escocés. No podía retarla a un duelo con espadas. Ni podía obligarla a que se acostara con él. La experiencia que había recabado a lo largo de su vida vedaba ese tipo de cosas.

De modo que si no podía tomarla por la fuerza, tendría que seducirla para que ella lo deseara, lo cual resultaba ser más difícil de lo que él había supuesto. Porque no quería tener una relación íntima con ella. No en esos momentos. Ni nunca. El amor y la intimidad debilitaban a un hombre. Le conducían por un sendero que le hacía creer que la dicha era posible, y que podía olvidar todos los males que aquejaban al mundo.

Angus no podía permitirse el lujo de depender de otra persona para alcanzar la dicha. Ni podía olvidar ciertos males. No podía bajar la guardia. No podía convertirse en un hombre débil.

—Me choca —comentó Gwendolen a Onora esa noche después de la fiesta— que Angus no me haya obligado a acostarme con él. Ha tenido dos oportunidades, y no tenía ninguna necesidad de negociar los términos de mi rendición. Podía haberme tumbado sobre la mesa del salón y reclamarme como su propiedad allí mismo.

Avanzaban a través del corredor iluminado por antorchas hacia su alcoba. La joven abrió la puerta, entró y se sentó en el borde de la cama.

—Esta noche he averiguado algo sobre él —dijo Onora, quitándose los zapatos y colocándolos juntos en el suelo—. Su primo Lachlan es todo un seductor, y con cierta persuasión por mi parte, no vaciló en responder a algunas delicadas preguntas que le hice.

Gwendolen se volvió sobre la cama para mirar a su madre.

—¿Qué has averiguado exactamente? —No recordaba haberse sentido nunca tan impaciente por obtener una información.

Onora se sentó en una butaca.

—Me dijo que la hermana menor de Angus había sido violada y asesinada por los soldados ingleses hace unos años. Es parte del motivo por el cual fue desterrado. Su enloquecido afán de venganza contra los ingleses le llevó a traicionar a su mejor amigo, el cual se casó con una inglesa. Todo fue muy desagradable. A Lachlan no le extraña que Angus espere a vuestra noche de bodas para acostarse contigo. Dijo que no soporta ver llorar o suplicar a una mujer, pues le recuerda los últimos momentos de su hermana. Por eso ha ordenado a sus hombres que se mantengan alejados de las mujeres MacEwen. No está dispuesto a tolerar violaciones o pillajes.

Gwendolen reflexionó sobre esto con una curiosidad morbosa no exenta de comprensión.

—Y, sin embargo, me dijo que había sentido deseos de matar a esa inglesa.

—Pero no lo hizo. Y Lachlan me aseguró que tuvo numerosas oportunidades. —Onora se levantó—. Por lo que he podido deducir de la situación, ese amigo al que traicionó está ahora casado con esa mujer, y siguen muy enamorados. Tienen un hijo y esperan otro.

Gwendolen se quitó las horquillas del pelo.

—Me lo contó todo sobre su amigo, y que le había traicionado, pero no me explicó el motivo. No sabía que era debido a lo que le había ocurrido a su hermana.

Onora se encogió de hombros.

—Al menos le ha dado un motivo para dejarte tranquila durante una semana aproximadamente. Tendrás tiempo para prepararte para vuestro primer encuentro íntimo. No será tan horrible, cariño. Ya lo verás.

Gwendolen se levantó de la cama para desnudarse, preguntándose si estaría realmente preparada para ello. Pese a todo lo que su madre acababa de revelarle, le asombraba que Angus hubiera mostrado tanta compasión hacia ella y su clan. En sus ojos se reflejaba con toda claridad un feroz y amargo afán de venganza. Su profunda ira y desprecio hacia el mundo era evidente, lo cual no dejaba de inquietarla.

No, aún no estaba preparada para capitular y entregarse a él sin temor. Era un hombre peligroso, y aunque en algunos aspectos se mostrara misericordioso, parecía incapaz de sentir auténtica ternura o amor. Sí, aún le temía.

Capítulo 8

*A*ngus no dejaba de revolverse en la cama. Era inútil visitar de nuevo la alcoba de Gwendolen, se decía una y otra vez. Le había dado su palabra de que no se acostaría con ella antes de su boda, y esta noche había bebido demasiado vino. En su presente estado de ánimo, un solo momento a solas con ella podía convertirlo en un embustero, o algo peor.

No obstante, dado que el sueño seguía eludiéndole, algo le indujo a levantarse. Encendió una vela, se puso su camisa y su falda escocesa y salió sigilosamente del dormitorio de su padre. Echó a andar por los fríos corredores del castillo hacia la torre este, donde se detuvo. La antorcha al pie de la escalera se había apagado, de modo que utilizó su vela para encenderla de nuevo, subió por la escalera de caracol y se detuvo, desconcertado, frente a la puerta de Gwendolen.

Se sentía como un perro que había captado el olor de algo suculento y no podía resistirse a hurgar a su alrededor tratando de localizarlo. Después de sacar de su escarcela la llave de la habitación de la joven, la insertó en la cerradura, la giró procurando no hacer ruido y entró, con la única intención de comprobar si estaba acostada.

Al aproximarse a la cama, alzó la vela sobre su cabeza y observó que estaba dormida. La llama arrojaba un tenue resplandor dorado sobre la suave curva de su cuerpo. Gwendolen había apartado las mantas y estaba tumbada boca abajo con una pierna doblada y el camisón enredado alrededor de sus voluptuosas caderas y su trasero. Su cabellera estaba desparramada a su alrededor como exquisitas cintas de seda negra. La suave piel marfileña de sus muslos relucía eróticamente a la luz de la vela.

Él sintió que se le aceleraba el pulso, y tuvo que afrontar la incómoda realidad de que su capacidad de ser paciente con ella se disipaba rápidamente. Durante dos años, había vivido apartado de la sociedad con la pitonisa, Raonaid, una mujer hermosa pero insensible que, en cierto modo, era idéntica a él. No tenía nada de inocente o vulnerable. Carecía de ternura, y juzgaba el mundo con antagonismo y rencor.

Durante un tiempo había creído que esa mujer podría ser la compañera perfecta para él, pues apenas le pedía nada. Él podía mostrarse distante y poco comunicativo sin que ella rechistara, pues se mostraba tanto o más distante con él. En realidad había sabido muy poco sobre su pasado, salvo el hecho de que tenía visiones.

Sin embargo, esta mujer —su futura esposa— era radicalmente distinta a él en todos los aspectos, pues era inocente y pura de espíritu, noble y abnegada. Una parte de su ser, tan recóndita que Angus había perdido contacto con ella, anhelaba tocar esa pureza. Otra, más familiar, deseaba robarla y consumirla, aun sabiendo que no merecía estar en la misma habitación con ella. Lo que merecía era pudrirse en el infierno con una mujer como Raonaid, que no se atrevería a juzgarlo por su rencor, pues era igual que él.

Gwendolen suspiró profundamente y se volvió de costado. Se abrazó a la almohada y encogió las rodillas contra su pecho. Una fría corriente de aire hizo que la llama de la vela oscilara agitadamente sobre la mecha, por lo que él depositó la palmatoria de latón sobre la mesita y le cubrió los hombros con las mantas.

Al cabo de un momento, ella las apartó con gesto agitado y se colocó boca arriba. Al percibir el dulce perfume que exhalaba su cuerpo, Angus sintió que se despertaban sus sentidos, en el preciso momento en que ella abrió los ojos y le miró, pestañeando inocentemente.

Un peligroso y apasionado deseo hizo presa en él. Era distinto a todo deseo que había experimentado jamás por una mujer. Era más que un deseo sexual. Se sentía aturdido, nervioso y hambriento. En ese momento, no estaba seguro de tener la presencia de ánimo necesaria para cumplir la promesa que había hecho a Gwendolen, pues nunca había sido un hombre tranquilo o paciente. En el fondo era un guerrero, y cuando deseaba algo, lo deseaba con una furia violenta y cegadora.

Y esta noche —al margen del pacto que habían hecho— la deseaba a *ella*.

Gwendolen había soñado de nuevo con el león, y al abrir los ojos y ver a Angus junto a su cama como un hermoso animal salvaje, no estuvo segura de estar despierta o hallarse flotando todavía en un absurdo sueño.

En la habitación parpadeaba la llama de una vela, y la gigantesca sombra de Angus se dibujaba en la pared tras él. Olía a almizcle y a cuero. Su dorado cabello le caía en unos rebeldes y ondulados mechones sobre sus poderosos hombros —al igual que la melena del león que ella había visto en su sueño—, y cuando él paseó su mirada hambrienta sobre su cuerpo, ella sintió un cosquilleo en la piel.

¿Estaría aún soñando? Una sensación de calor y languidez se apoderó de ella; se sentía curiosamente serena, y se retorció de forma lasciva sobre el colchón.

Él se subió a la cama y se colocó sobre ella a cuatro patas. Su pelo le rozó la mejilla como la suave y juguetona punta de una pluma, y ella respiró hondo, comprendiendo por fin que él no era producto de su imaginación. Era de carne y hueso, y había venido de nuevo a su alcoba, quizá para romper la promesa que le había hecho. O quizás había venido simplemente para explorar y poner a prueba los límites de la resistencia de ella.

Sin pronunciar palabra, él oprimió la boca sobre la suya en la quietud y el silencio entre ellos, y ella entreabrió instintivamente sus trémulos labios. La lengua de él, que no cesaba de moverse, se enroscó alrededor de la suya inundándola de un calor húmedo, mientras ella sentía que su sangre empezaba a pulsar a través de su cuerpo en un ardiente torrente de sensaciones.

Él le acarició un pecho, y ella emitió un leve gemido al sentir la presión de su pulgar sobre su sensible pezón. Le sorprendía que no tratara de rechazar sus caricias, pero él la había despertado en el peor momento, cuando estaba sexualmente excitada por el sueño y no se sentía tan inocente.

Angus apoyó su pesado cuerpo sobre el suyo. Ella tenía el camisón arremangado alrededor de las caderas, pues se le había subido mientras dormía, y sintió la suave lana del tartán de él contra la parte interior de sus muslos. Él apoyó las manos sobre sus caderas, al tiempo que su lengua seguía girando eróticamente alrededor de la suya.

Angus no había dicho nada desde el momento en que había entrado en la habitación, y ella sospechaba que si emitía siquiera una palabra de protesta, él se retiraría, y, por una vez, no deseaba que lo hiciera. Al menos, todavía.

Las manos de él exploraron su cuerpo con suaves y delicados movimientos, y ella se aventuró a tocar los tensos músculos de su espalda a través del tejido de su camisa. Agarró su tartán con ambas manos, ansiando desesperadamente estrujar y tirar de sus ropas.

Al cabo de unos momentos, él apartó los labios de su boca y la besó en el cuello, gimiendo suavemente, como si devorara algo suculento. Ella gimió también, y él introdujo la mano debajo de su camisón y la colocó sobre el lugar ardiente y pulsante entre sus piernas. Oprimió rápidamente su boca sobre los pechos de ella, tirando del cuello del camisón para tener mejor acceso a ellos. Gwendolen se retorció debajo del doble placer que le procuraban sus dedos acariciando sus partes íntimas y su lengua acariciando su pezón sensible y rígido.

La erección de él le oprimía el muslo, y Gwendolen sintió que la habitación empezaba a girar vertiginosamente. Sabía que él acabaría tomándola, pero el hecho de sentir en esos momentos su miembro viril en toda su plenitud parecía de alguna forma secundario a la abrumadora intensidad de sus emociones y su deseo de experimentar más. El que ocurriera ahora o más tarde carecía de importancia. Iba a ocurrir con toda certeza. Ella no podía evitarlo. No quería evitarlo, al menos ahora.

Él siguió acariciándola entre las piernas con la palma de su mano, hasta que ella apenas pudo soportar un placer tan intenso. Entonces él introdujo un dedo largo y húmedo dentro de ella. Gwendolen se tensó y arqueó ligeramente la espalda al sentirlo invadir su cuerpo.

Él se detuvo, levantando la cabeza para mirarla.

—¿Te hago daño?

Eran las primeras palabras que pronunciaba desde que había entrado en la habitación.

Ella meneó la cabeza frenéticamente para indicar que no.

—Un dedo no te romperá el himen —le susurró él al oído—. Por la mañana seguirás siendo virgen.

La besó en el cuello y en los pechos, mientras ella respiraba trabajosamente y su pecho se agitaba de forma espasmódica.

—Debes pensar que soy una niña —dijo.

—No pienso eso. —Él siguió acariciándole sus partes íntimas, introduciendo y sacando su húmedo dedo a través de la abertura con una facilidad y pericia que hizo que ella se estremeciera de placer—. Eres una mujer hecha y derecha, y me sorprende que seas mía.

—Aún no soy tuya —le recordó ella, abrumada por el placer que le proporcionaban sus caricias. La conducían a un estado de desenfreno y descontrol—. Todavía podría cambiar de parecer.

Él la miró fijamente, luego se tumbó de costado y apoyó una mejilla en la mano mientras seguía acariciándole sus partes con la otra.

—¿Cómo se te ocurre decir eso ahora, cuando me estoy esforzando por complacerte?

—Has invadido mi casa —respondió ella. Le faltaba el aliento y estaba enloquecida, apenas capaz de pensar debido al violento torrente de sensaciones que la embargaba.

—Según he oído —dijo él inclinándose y susurrándole al oído, utilizando su voz para provocarla—, estuviste a punto de liquidarme de un tiro mientras yo llevaba a cabo la invasión. ¿Qué te detuvo?

—Temía errar el tiro. —Gwendolen se mordió el labio inferior y arqueó la espalda, mientras él seguía escrutando su rostro.

—¿Quieres que deje de hablar? —le preguntó él.

Ella solo atinó a asentir con la cabeza, alegrándose de la oportunidad de centrarse en el creciente torrente de placer que inundaba su cuerpo.

Él permaneció tumbado junto a ella con la mejilla apoyada en la mano, mientras seguía acariciándola con el dedo, introduciéndolo y sacándolo de su pulsante y ardiente vulva. Estaba muy húmeda, y la creciente tensión exigía que la condujera al clímax.

A fin de sujetarse a algo, Gwendolen le agarró el antebrazo, asiendo con fuerza sus abultados músculos, y alzó las caderas para recibir con más intensidad sus profundas y rápidas penetraciones. Por fin, la tensión alcanzó unos límites insoportables. El placer le inundaba la mente mientras movía la cabeza de un lado a otro sobre la almohada, sintiéndose salvaje como un animal. Al cabo de un momento, los latidos de su corazón aminoraron su frenético ritmo, y se estremeció en su interior al tiempo que cada esforzada pulsión de alivio vibraba a través de ella.

Él se inclinó sobre ella para besarla en el cuello, apartó el camisón de ella y la falda escocesa que lucía él, y montó sobre ella. Gwendolen separó las piernas para que se colocara entre ellas, y él empezó a mover las caderas en sentido circular mientras apoyaba la sedosa punta de su pene sobre el lugar donde acababa de acariciarla con la mano. El contacto con su miembro viril la enloqueció de placer, prendiendo fuego a todo su ser. Ella le rodeó las caderas con las piernas, preguntándose si ahora la haría suya.

—¿Por qué no me has rechazado esta noche? —preguntó él, incorporándose sobre ambos brazos para mirarla a la luz de la vela.

—No lo sé.

Era la pura verdad. Aunque quizá tuviera algo que ver con el sueño que había tenido.

—Cuando te haga el amor necesito que estés preparada.

—¿No vas a hacerlo ahora?

Él se detuvo.

—No.

—¿Por qué?

—Porque te he dado mi palabra, y no puedo pretender que cumplas la tuya si yo no cumplo la mía.

—Entiendo.

Él deseaba su lealtad. Especialmente cuando llegara su hermano. Suponiendo que regresara.

Angus se apartó y se sentó en cuclillas a los pies de la cama, observándola.

Ella se incorporó sobre los codos.

—Debes saber —dijo—, que comprendo por qué es importante para ti que yo esté preparada para recibirte. Sé lo que le ocurrió a tu hermana.

Él permaneció largo rato con la vista baja. Luego se pasó la mano por el pelo. Se levantó de la cama y se ajustó el broche que llevaba prendido en el hombro para arreglarse el tartán.

Gwendolen se deslizó a gatas sobre el colchón y se abrazó a una columna de la cama.

—Lamento mucho lo que le ocurrió.

Él se volvió un poco para ajustarse la parte posterior del tartán que iba sujeto con el cinturón.

—No suelo hablar de ello.

—¿Nunca?

Él meneó la cabeza.

—No. Ahora debo irme.

La llama de la vela parpadeó cuando la tomó y se dirigió con ella hacia la puerta.

—Buenas noches, Gwendolen.

—Buenas noches —respondió ella, un tanto perpleja por su apresurada, aunque curiosamente educada, marcha.

Esta noche él se había comportado de forma muy distinta. Para empezar, la había tratado con cierta cortesía, y sus manos la habían acariciado con insólita delicadeza. Ella se sentía aún conmocionada por el placer que jamás había imaginado que experimentaría con él.

Después de verle cerrar la puerta a sus espaldas, se tumbó de nuevo en la cama y trató de recobrarse de su estupor.

Capítulo 9

*L*a construcción de la nueva puerta comenzó al día siguiente en el patio abierto, mientras los miembros de los clanes remachaban pernos con sus martillos y gemían cuando levantaban pesadas tablas bajo el tibio sol. Gwendolen trabajaba duro desde la cocina, supervisando los preparativos de la comida, pues los hombres necesitaban sustento.

A última hora de la tarde, se aventuró a través del gran salón con un grupo de criados para llevar a los trabajadores un carro de cerveza. Atravesó el soleado patio, sus pies golpeteando la tierra prensada mientras los criados la seguían con el carro. Cuando llegó a la puerta, aspiró el grato olor a madera recién cortada. El suelo estaba sembrado de virutas del torno, y el estrépito de los martillos reverberaba entre los muros del castillo.

De pronto Gwendolen vio a Angus. Ignoraba que se hubiera unido a los obreros, y multitud de pensamientos se agolparon en su mente mientras le observaba transportar una larga tabla de madera a través del patio. Acarreaba el pesado tablón sobre sus amplios hombros, encorvado hacia delante, los músculos de sus muslos tensos mientras avanzaba con esfuerzo un paso, se detenía, y avanzaba otro. Tenía la camisa húmeda y pegada a la espalda, y el pelo empapado de sudor. Se había arremangado las mangas hasta los codos, y ella observó los músculos de sus antebrazos, flexionando y contrayéndose con cada fatigoso paso que daba.

Le estuvo observando hasta que los hombres de los clanes se percataron de lo que transportaban en el carro y empezaron a agolparse alrededor de él. Ella ayudó a servir la cerveza a los sedientos trabajadores, mientras Angus alcanzaba el puente más allá de la torre de entrada, se detenía y giraba el cuerpo para dejar el tablón en el suelo. Éste rebotó al aterrizar pesadamente, levantando una nube de serrín en el aire.

Luego se enderezó, inclinó la cabeza hacia atrás y cerró los ojos como para absorber el calor del sol. Una gota de sudor se deslizó por un lado de su rostro tostado por el sol, que enjugó con la palma de la mano.

Gwendolen le observó como hipnotizada, sosteniendo una jarra de cerveza, esperando que él reparara en su presencia. Por fin se miraron, y ella alzó la jarra, ofreciéndole la bebida.

Él se acercó a ella, aceptó la cerveza y se la bebió. Su cuello, reluciente de sudor, pulsaba mientras bebía ávidamente. El líquido se derramó por las comisuras de su boca y por su húmedo y musculoso pecho, desapareciendo debajo de su camisa. Gwendolen siguió la trayectoria del chorro de cerveza sin apartar los ojos de él, mientras Angus se enjugaba la boca con un brazo y le devolvía la jarra.

Ella se sonrojó ante la intensidad de su mirada mientras él esperaba a que ella tomara la jarra vacía. Cuando la joven extendió por fin la mano, los dedos de ambos se rozaron, y ese breve contacto provocó en la mente de ella un caos que tardó unos minutos en disiparse.

—Gracias —dijo él.

—De nada. ¿Cómo va la construcción de la nueva puerta?

—Bien. —Él la miró brevemente con esos ojos azules que parecían de hielo, tras lo cual reanudó su tarea.

Ella se afanó en recoger las jarras vacías que le entregaron los otros miembros de los clanes, comprendiendo con cierta turbación que empezaba a aguardar con impaciencia su noche de bodas, pensando más en ella de lo que debiera.

¿Qué indicaba eso sobre su lealtad hacia el clan de los MacEwen?, se preguntó turbada, pero se apresuró a desterrar la pregunta de su mente.

Durante tres días, y tres noches insoportablemente largas, Angus se abstuvo de visitar la alcoba de Gwendolen, pues no se creía capaz de embarcarse en otra sesión de prolegómenos que no culminara en un coito en toda regla, tan salvaje y apasionado como para partir la cama.

En lugar de ello, dedicó esos días al extenuante trabajo de construir la puerta del castillo, eligiendo deliberadamente las tareas que pusieran a prueba la resistencia de su cuerpo, a fin de distraerse y no pensar en Gwendolen. En esos momentos, estaba subido a una escalera, remachando un perno.

Asimismo, tomó medidas para que su boda con ella se celebrara lo antes posible. Como es natural, de haber podido arrastrarla hasta la capilla esa misma tarde y acabar cuanto antes, no habría vacilado en hacerlo. Deseaba casarse con ella y poseerla sin más dilación, satisfaciendo con ello ese deseo para el que solo había un remedio. Pero los dos clanes necesitaban celebrar algo, y él no se casaba con Gwendolen para satisfacer su lujuria. Lo hacía por Kinloch, de modo que tenía que constituir un espectáculo de primer orden amenizado con abundante comida, baile, bebida y aplausos.

Y luego, como él se llamaba Angus Bradach MacDonald, habría sexo y más sexo.

Siguió remachando el perno de madera con más energía y rapidez, hiriéndose sin querer en el pulgar con el martillo.

Al día siguiente, Angus entró en su dormitorio a media tarde, cerró la puerta con llave y se sentó en la butaca junto a la ventana. Estaba empapado de sudor después de comprobar la resistencia de la nueva puerta, la cual estaba terminada pero requería unos pequeños ajustes. Estaba cansado de trabajar en ella. Tenía el pulgar aún hinchado y le dolía, por lo que había venido a descansar un rato aquí.

Se recostó en la butaca, cerró los ojos y estiró sus largas piernas. Se frotó los ojos con las palmas de las manos, pues le escocían. Parecía como si tuviera el interior de los párpados recubiertos de polvo. Hacía días que no dormía bien.

Se levantó de la butaca y prácticamente se arrastró hasta la cama, donde se tumbó boca abajo y pensó en su inminente noche de bodas. Un inoportuno deseo carnal se apoderó de él.

No estaba acostumbrado a satisfacer él mismo sus necesidades sexuales. Durante los dos últimos años, Raonaid se había mostrado dispuesta a hacerlo, pero habían pasado dos meses desde que la había abandonado, y Gwendolen, de momento, no podía serle útil en esta materia. Quizá se sentiría mejor si lograba relajarse un poco. Al menos todavía le quedaba una mano útil, y era cuanto necesitaba.

Se colocó de espaldas y fijó la vista en el baldaquín de la cama, frustrado y enojado por verse reducido a esto.

En ese momento alguien llamó a la puerta, y él se incorporó bruscamente.

—¡*Que te jodan!*

—Que te jodan a ti —replicó Lachlan desde el pasillo—. Abre la puerta.

—Estoy ocupado.

Se produjo una pausa.

—¿Demasiado ocupado para recibir al coronel Worthington, el gobernador del Fuerte William? Supuse que te interesaría saber que está fuera, aporreando la puerta. Parece muy agitado.

—Maldito seas, Lachlan —le espetó Angus en voz baja, mientras se levantaba de la cama—. Ya te enseñaré yo lo que significa estar agitado.

Siempre había sabido que la pasión por una mujer debilitaba a un hombre, y ésta era la prueba. Le habían pillado desprevenido, distraído por el persistente jolgorio que se producía debajo de su falda escocesa.

Abrió la puerta bruscamente.

—Si me dices que se ha presentado con todo el ejército inglés, te arrojaré por la muralla del castillo.

Lachlan estaba en el pasillo con los pies plantados firmemente en el suelo, cargando un mosquete.

—No. Ha venido sólo el coronel acompañado por diez casacas rojas. Pero se está impacientando. Creo que deberías franquearle la entrada. —Lachlan vertió pólvora en la cazoleta, cargó el arma e introdujo el cartucho.

Angus pasó junto a él, dirigiéndose hacia la escalera.

—Di a los guardias que abran las puertas —ordenó—. Conduce al coronel al salón privado del piso superior. Le esperaré allí. Y ofrece a sus hombres algo de beber.

Bajó apresuradamente la escalera de caracol, consciente de la rapidez con que la amenaza de un ataque podía sofocar ciertos fuegos en la sangre de un hombre, y prender otros no menos abrasadores.

Su pasión por Kinloch era inmensa.

Apartó todo pensamiento sobre Gwendolen de su mente.

Gwendolen se inclinó sobre las almenas y observó el reducido grupo de soldados a caballo que se hallaban sobre el puente, comandados por el gran coronel Worthington en persona.

No podía decirse que constituyeran un ejército de libertadores con arqueros y cañones, que hubiera aparecido en el horizonte con el propósito de llevar a cabo un ataque por sorpresa. Al contrario, los soldados, ataviados con sus uniformes de color rojo vivo, presentaban un aire apático y aburrido. Mientras esperaban sobre el puente a que se abrieran las puertas, los caballos no dejaban de relinchar y sacudir la cabeza. Un soldado estornudó tres veces en la mano, quejándose del polvo, y otro le aconsejó que cada mañana inspirara un chorrito vinagre a través de cada fosa nasal para solventar el problema.

Estaba claro que esta mañana no se libraría una heroica batalla.

El coronel Worthington sacó un pañuelo doblado de lino del bolsillo y se enjugó el sudor que perlaba su frente, mientras se oía el incesante zumbido de insectos en el prado junto al castillo.

Por fin la nueva y gigantesca puerta se abrió, y todos entraron al trote en el patio. Gwendolen se trasladó al otro lado de la azotea para observar.

Los casacas rojas fueron recibidos con cordialidad por Lachlan MacDonald y otros miembro del clan MacDonald, quienes se ocuparon de los caballos y los llevaron a las caballerizas. Los soldados fueron conducidos al salón, mientras Lachlan escoltaba al coronel Worthington a la torre norte.

El corazón de Gwendolen empezó a latir aceleradamente. ¿Qué ocurriría cuando el coronel se entrevistara con Angus? ¿Se pondría del lado de ella y le obligaría, por orden del rey, a restituir Kinloch a los MacEwen? ¿O reconocería el derecho de Angus de gobernar Kinloch y le informaría de que se había enterado de la invasión por alguien que residía en el castillo? Peor aún, ¿descubriría Angus quién había enviado el recado?

Capítulo 10

Gwendolen se hallaba en su aposento privado, sintiéndose como si fueran a conducirla al cadalso. Cada sonido al otro lado de su puerta hacía que se sobresaltara, como si se tratara de los siniestros pasos del verdugo encapuchado. Cuando alguien subió la escalera y llamó a su puerta, se hallaba ya en tal estado de ansiedad, que derribó un taburete en su prisa por ir a abrir.

En el pasillo —tal como ella había supuesto— estaba el conquistador de su clan, con gesto sombrío.

No había visitado su alcoba desde la noche en que había entrado portando una vela, la había despertado de su sueño y se había tumbado en la cama. Ella evocó de pronto un recuerdo fugaz —del cuerpo de él oprimido contra el suyo, su boca sobre su cuello, las piernas de ella rodeándole a él las caderas— y se estremeció con una mezcla y excitación sexual y temor.

Qué extraño que pensara ahora en esas cosas, cuando había asuntos mucho más urgentes de que preocuparse, como el hecho de que Angus sostuviera en sus manos la carta que ella había remitido al coronel inglés en el Fuerte William.

Los ojos de Angus reflejaban frialdad y desconfianza. Sin saber qué esperar, y sintiéndose culpable y condenada antes de que él abriera la boca, Gwendolen le invitó a pasar al tiempo que se le formaba un nudo de terror en la boca del estómago.

Él entró y echó una ojeada alrededor de la habitación, como en busca de más pruebas de su traición. Luego la miró con cara de pocos amigos. ¡Que Dios se apiadara de ella! Él sabía que había sido ella quien había enviado la carta. Había roto la promesa que le había hecho, lo cual quizá le costara a él su último triunfo.

—Hay algo que deseas decirme —dijo ella, decidiendo que era mejor afrontar el problema sin rodeos.

Miró el pequeño pergamino enrollado que él sostenía en sus manos cubiertas de cicatrices, que estaba atado con una cinta negra procedente de su propio tocador, y contempló como hipnotizada sus largos y estilizados dedos. Él pasó el pulgar que se había lastimado sobre la misiva.

—¿Has escrito tú esto? —preguntó.

Ella sabía que tenía que decir algo, pero no podía articular palabra.

Él alzó los ojos, y en su mandíbula se crispó un músculo.

—¿Lo has escrito *tú*? —repitió, sobresaltándola.

Gwendolen trató de conservar la calma. Le miró a los ojos y asintió con la cabeza, pues no podía permitir que la culpa recayera sobre Mary. La pobre chica ni siquiera sabía leer. Esto era cosa suya, y estaba dispuesta a responsabilizarse de ello.

Preparándose para encajar la furia del León, se preguntó si la golpearía. O si la conduciría a rastras al calabozo.

Él miró de nuevo la carta, y ella tuvo que aguardar en silencio mientras él decidía qué hacer con ella.

Él se encaminó lentamente hacia la ventana y se detuvo de espaldas a ella, sin decir palabra durante largo rato. Gwendolen anhelaba desesperadamente explicarle sus motivos. Deseaba disculparse, porque había roto su palabra, mientras que él había cumplido su parte del acuerdo. No la había lastimado ni maltratado, ni le había arrebatado su virginidad antes de la boda. Había tratado también a su madre con respeto, y le había permitido conservar las joyas que antaño habían pertenecido a su propia madre.

Porque por más que a ella le turbara y doliera reconocerlo, Angus el León, el salvaje guerrero y enemigo jurado de los MacEwen, se había comportado de forma misericordiosa.

—Me has mentido —dijo él por fin, con voz tan queda que ella se preguntó si esos días de misericordia y amabilidad habían concluido.

—Sí. Pero si me permites explicártelo...

—¿Crees que mereces esa oportunidad?

—Por favor, Angus...

Él se volvió hacia ella y meditó durante largo rato su petición.

—De acuerdo —dijo por fin—. Te escucho.

De alguna forma, ella consiguió hablar sin que le temblara la voz.

—Envié esa nota la mañana después de que invadieras Kinloch y me reclamaras como tu esposa.

Él arrugó el entrecejo, pero ella se esforzó en proseguir:

—Te ruego que comprendas que te temía y me sentía responsable de mi clan. Kinloch pertenecía a los MacEwen. Mi padre había muerto hacía un mes, y ya lo habíamos perdido. No sabía qué harías. Solo sabía que eras un guerrero despiadado y me habías reclamado como esposa para alcanzar tus propios fines políticos. Siguen disgustándome tus despóticos métodos y la vida que me has impuesto, sin molestarte en preguntarme lo que opino al respecto.

Él la observó con su habitual aire amenazador, y ella avanzó unos pasos y prosiguió con mayor vehemencia.

—Eres un guerrero, Angus. No puedes reprocharme que luche por mi libertad y por lo que pertenecía a mi familia. Era el mayor logro de mi padre, y ahora que ha muerto —porque desgraciadamente ha muerto—, Kinloch lo significa todo para mí. Solo pretendía salvar a las gentes de mi clan de tu crueldad.

Gwendolen se detuvo, cayendo en la cuenta de que acababa de insultarlo. Pero no había otra forma de expresarlo. Era la verdad.

—¿Crees que he venido aquí para mostrarme cruel?

—Ésa es la impresión que das —respondió ella—. Tomaste nuestra casa por la fuerza. Nos aplastaste, rápida y brutalmente. No tuve más remedio que rebelarme.

Los ojos de él mostraban una expresión ardiente y apasionada.

—¿Supones que con esta explicación conseguirás que olvide tu traición?

Ella meditó pausadamente la pregunta y luego alzó el mentón.

—Sí. Reconozco que violé nuestro pacto, pero tenía miedo, y no puedes reprochármelo. Eres un hombre que intimida a la gente. En esos momentos pensé que era mi única opción.

Él avanzó hacia ella achicando los ojos.

—En esos momentos...

—Sí.

—Tenías miedo...

—Sí.

—¿Tienes miedo ahora? —Él la miró con expresión inquietante y su voz sonaba ronca cuando pasó un áspero nudillo sobre la mejilla de ella.

Ella retrocedió y chocó con la cama.

—Sí, mucho.

—¿De modo que, si se presentara la ocasión, volverías a hacerlo? ¿Pedirías ayuda a otro ejército para que viniera y me llevaran preso? ¿O me mataran?

Ella se echó a temblar y trató de respirar hondo.

—Depende.

—¿De qué?

—De qué ejército fuera. No llamaría a los franceses. Probablemente se pondrían de tu lado en lugar del mío.

Angus sostuvo la pequeña misiva enrollada frente a su rostro.

—Debería propinarte una paliza por esta traición, para darte una lección que no olvidaras jamás.

Permaneció inmóvil ante ella, esperando una respuesta.

—Lo siento —dijo ella.

Angus respiraba trabajosamente. Se humedeció los labios.

—¿Puedes revelarme al menos lo que dijo el coronel Worthington? —inquirió ella.

—¿Qué esperas oír? ¿Qué me amenazó y me ordenó que abandonara Kinloch? ¿Qué si desobedecía, el rey Jorge regresaría con un ejército de casacas rojas y me arrojaría un yunque sobre la cabeza?

—Te burlas de mí.

Él retrocedió.

—Fue inútil que enviaras este mensaje, muchacha. Los ingleses tienen asuntos más importantes de que ocuparse que de la disputa entre dos clanes. Me lo dijo el propio coronel Worthington. No desea involucrarse en esto. ¿Qué imaginaste? ¿Qué vendrían a defender la reivindicación de tu difunto padre sobre este territorio?

Ella se apartó de la cama.

—No lo sé. Supuse que nuestra lealtad significaría algo para él. Somos hannoverianos y hace dos años derrotamos a un ejército de jacobitas. Supuse que el rey defendería nuestra legítima tenencia de estas tierras, que obtuvimos por haber defendido la Corona.

Angus apoyó la mano en la empuñadura de su espada.

—No sabes nada sobre la política y la guerra, muchacha. Los liberales querían a mi padre muerto, y tu padre se encargó de complacerles en beneficio propio. Le ofrecieron Kinloch como recompensa, y por eso lo invadió. No tenía nada que ver con el honor o la lealtad a ninguna Corona. Tenía que ver con tierras y poder, nada más. Siempre tiene que ver con eso cuando un hombre trata de arrebatarle a otro su casa. —Estrujó el mensaje en la mano y se encaminó hacia la ventana. Durante largo rato contempló la campiña circundante—. He tomado lo que me pertenece, y al coronel Worthington no le interesa disputarme el derecho a erigirme en jefe de este lugar. Dejó claro que se trata de un conflicto entre clanes, eso es todo.

—¿No le preocupa que intentes organizar otra rebelión?

—Le di mi palabra de que deseo vivir en paz aquí.

—¿Y te creyó?

Angus se volvió hacia ella.

—Al parecer te tomas las promesas muy a la ligera, muchacha. ¿Es que la palabra de un hombre no tiene ningún valor para ti? ¿No le das ninguna importancia a la tuya?

De pronto Gwendolen se sintió avergonzada. Se acercó a una butaca y se sentó.

—Mi honor lo significa todo para mí.

—Pero rompiste la promesa que me hiciste cuando negociaste los términos de tu rendición. Prometiste que me serías leal.

Ella agachó la cabeza.

—¿Significa esto que nuestro pacto queda anulado?

Puede que él ya no deseara casarse. Si pensaba que no podía fiarse de ella, tal vez la encerrara en el calabozo. O quizá la desterrara. Y entonces, ¿qué? Se vería obligada a abandonar su hogar y a los miembros de su clan, mientras que éstos permanecerían aquí para ser gobernados por un MacDonald. En las presentes circunstancias, ella tenía al menos la oportunidad de gobernar junto a él y pedirle que respetara los derechos de su gente.

Quizá su madre estaba en lo cierto. Quizá debía cesar en sus inútiles intentos de oponerse a él, y hallar el medio de someterse y al mismo tiempo ejercer cierta influencia en virtud de su posición como su esposa.

No sería tan desagradable. Por más que le turbara reconocerlo, había imaginado su noche de bodas con una sorprendente curiosidad y deseo. Y basándose en cómo se había comportado Angus hasta el momento —en especial hoy—, no sería una vida compuesta de palizas y tormento. Él tenía todo el derecho de castigarla por lo que había hecho, pero no había ejercido su derecho. Al menos, por ahora. Durante la última semana había demostrado ser un jefe justo. Y era muy guapo. Pese a todo, ella se sentía atraída por él.

Consciente del movimiento de él a través de la habitación, aunque tuviera la vista fija en el suelo, Gwendolen aguardó su decisión. Él se acercó y se detuvo ante ella. Su falda escocesa le rozó las rodillas, y la joven sintió que el corazón le latía aceleradamente. Su presencia la abrumaba hasta extremos incomprensibles, y confió en que no decidiera anular su matrimonio con ella.

Él la tomó del mentón con su mano cubierta de callos y la obligó a alzar la cabeza. Ella sintió que el corazón le latía con furia mientras él escrutaba su rostro, como tratando de decidir si podía volver a confiar en ella.

Entonces Gwendolen le miró a los ojos y dijo con sinceridad:

—Hice mal en traicionarte, pero si me concedes otra oportunidad, te prometo que no volverá a ocurrir. He aprendido la lección, y si lo deseas, te juraré lealtad ahora.

Él pasó lentamente su lastimado pulgar sobre el labio inferior de ella, y al sentir su contacto Gwendolen se estremeció de temor. O quizá fuera de deseo. No lograba descifrar sus sentimientos.

Sin responder a sus disculpas, él retrocedió. Su expresión traslucía un sombrío resentimiento. ¿Sería posible que ya no deseara hacerla su esposa? Quizá no existía la menor posibilidad de que le concediera una segunda oportunidad.

Negándose a rendirse aún, Gwendolen se recogió la falda, se deslizó hasta el borde de la butaca y se postró de rodillas.

—Yo, Gwendolen MacEwen, juro serte leal, Angus Bradach MacDonald, como señor de Kinloch. Prometo servirte con lealtad y devoción, y darte un heredero.

Un cuervo pasó volando frente a la ventana, emitiendo un agudo grito. Gwendolen esperó ansiosa a que Angus dijera algo.

—¿Y tu hermano? —preguntó él secamente—. Si regresa, ¿cumplirás el juramento que me has hecho?

Ella le miró a sus ojos azules y luminosos.

—Te doy mi palabra de que si regresa, no te traicionaré, y haré cuanto esté en mi mano para fomentar la paz entre vosotros. En cierta ocasión dijiste que le ofrecerías tierras...

—Cierto.

—Entonces cumpliré mi juramento. Haré cuanto pueda para convencerlo de que acepte tu oferta.

La expresión de Angus seguía dejando entrever una sombra inquietante, pero sus palabras transmitían otro mensaje.

—En tal caso acepto tu juramento.

Profundamente aliviada, ella se recogió la falda y se levantó.

—¿Aún deseas casarte conmigo?

—Sí. Celebraremos nuestra boda dentro de cuatro días.

Ella pestañeó.

—¿Tan pronto?

—No hay motivo para demorarla.

Él se quedó inmóvil, observándola, luego miró la arrugada nota que seguía sosteniendo en la mano. Durante unos momentos pareció absorto en sus pensamientos. Acto seguido se acercó al escritorio, encendió una vela y sostuvo el pergamino sobre la llama.

—Nadie sabe que tú eres la traidora que envió este despacho —dijo, mientras la carta se chamuscaba lentamente y desintegraba ante los ojos de Gwendolen—, salvo la criada de la cocina. ¿Puedes conseguir que no se vaya de la lengua?

—Desde luego.

—Es mejor que los clanes crean que eres la fiel esposa de Kinloch. Comportarse de otra forma sería incitar a la rebelión, y yo deseo que haya paz aquí.

—Yo también lo deseo —le aseguró ella.

Él alzó los ojos brevemente y la miró.

Gwendolen sospechaba que aún no estaba convencido de que podía fiarse de ella. Durante las próximas semanas la vigilaría estrechamente.

La llama consumió el mensaje, y cuando éste desapareció, Angus sopló para eliminar las cenizas del escritorio y lo limpió.

—No volveremos a hablar de esto —dijo, encaminándose hacia la puerta.

—Angus... —Ella le siguió hasta el pasillo, donde él se detuvo en lo alto de la escalera con una mano apoyada en la pared—. Después de lo que he hecho, ¿estás dispuesto a seguir respetando los términos de nuestro pacto?

Él se volvió hacia ella con ojos fríos y airados. Ella retrocedió y chocó contra la pared. Él apoyó ambos brazos a cada lado de ella, acorralándola.

—Si me preguntas si voy a esperar hasta nuestra noche de bodas para hacerte el amor... —Se detuvo, reflexionando—. Es muy tentador ignorar los términos, puesto que tú los has roto. —Ella contuvo el aliento, y él escrutó durante unos momentos su rostro—. ¿Te pongo nerviosa, muchacha? ¿Me tienes miedo?

—No, no te tengo miedo. —Pero no era verdad. Por supuesto que le temía.

Él miró sus labios y se inclinó sobre ella, oprimiendo su boca contra la suya en un beso profundo y apasionado destinado a poner a prueba la sinceridad de su rendición. Deslizó un brazo alrededor de su cintura y la atrajo hacia sí, mientras el otro seguía apoyado contra la pared. La textura de su lengua estimuló las terminaciones nerviosas de la joven, desencadenando en ella un torrente de placer que se extendía desde sus labios hasta su vientre. La incipiente barba de él le arañaba la barbilla, y a ella le asombró que le produjera un dolor tan curiosamente gratificante.

Él retrocedió lentamente. Ella abrió los ojos.

—No te inquietes —dijo él—. Cumpliré mi palabra. Puedes conservar tu preciada virginidad unos días más.

—Gracias.

—Guarda tu gratitud para nuestra noche de bodas —respondió él, dando media vuelta para marcharse—, porque sospecho que entonces querrás darme las gracias. Repetidamente.

Con esto bajó rápidamente la escalera de caracol, y Gwendolen emitió un profundo suspiro de alivio.

Capítulo 11

*A*l cabo de unos días, después de pronunciar sus votos ante Dios en la capilla y jurar fidelidad, en cuerpo y alma, al líder que había conquistado a su clan, que le había arrebatado su casa y la había reclamado como esposa, Gwendolen siguió a Angus hasta la alcoba de éste.

Había docenas de velas encendidas. Un fuego vivo ardía en el hogar. La habitación olía a pétalos de rosa y a vino, pero ni siquiera esos extravagante lujos eran capaces de calmar la tormenta de ansiedad que ella experimentaba, pues pronto yacería desnuda en la cama con el gran León escocés.

Él se volvió y dirigió una mirada fulminante a los miembros del clan de los MacDonald que les habían seguido escaleras arriba, borrachos, tomándoles el pelo y atosigándoles con sus bromas. Los hombres se pararon en seco, tras lo cual retrocedieron chocando unos con otros mientras él les cerraba la puerta en las narices.

Después de girar la llave en la cerradura, Angus se volvió hacia Gwendolen, que estaba junto a la ventana, sin saber qué hacer. Recordando las promesas que le había hecho —de ser una esposa devota y sumisa—, alzó una mano que le temblaba un poco y se quitó las horquillas del pelo, dejando que le cayera en cascada por la espalda, decidida a esforzarse en complacer esta noche a su esposo. Si lograba hacerle feliz, quizá consiguiera con el tiempo conquistar su confianza y asegurarse un papel más cómodo e influyente para sí, con lo cual no le temería tanto.

Él avanzó unos pasos, sin apartar los ojos de ella mientras se quitaba el tartán del hombro. Se desabrochó el cinturón de cuero, junto con su escarcela de ceremonia, y lo arrojó todo sobre una silla. Luego se quitó la camisa por la cabeza y se plantó ante ella, desnudo.

Gwendolen entreabrió los labios esforzándose en controlar su respiración mientras admiraba su hermoso cuerpo, que relucía a la luz de las velas. Firme, dotado de recios músculos y cubierto de cicatrices obtenidas en el campo de batalla, presentaba una extraordinaria imagen de fuerza y virilidad. Ella observó con curiosidad los contornos de su pecho, los tensos músculos de su torso. Más abajo, mostraba una erección más que evidente, y al contemplar sus masculinos atributos se echó a temblar de asombro y temor. ¿Cómo lograría sobrevivir a eso? ¿Cómo sabría lo que debía hacer? Sintió un extraño calor que brotaba de su interior, mientras la tensión nerviosa agitaba su mente.

Durante un rato, ambos se miraron en silencio. Pero ¿qué había que decir? Gwendolen sabía lo que él esperaba de ella esa noche, y había hecho cuanto había podido para prepararse.

Decidida a relajarse y seguir los consejos de su madre —abrazar esta experiencia y gozar de ella—, se recogió el cabello sobre la cabeza y se volvió de espaldas a su esposo, esperando a que le desabrochara el vestido.

Él se tomó su tiempo en desnudarla. Después de despojarla de su ropa prenda por prenda, lo arrojó todo al suelo: el rígido corpiño de brocado, las faldas, las enaguas y el voluminoso polisón de ballenas. Gwendolen levantó los brazos por encima de la cabeza mientras él le quitaba la camisa de lino, después de lo cual Angus retrocedió para admirar su cuerpo desnudo a la luz de las velas.

Ella le miró pestañeando, tímidamente.

—No me tengas miedo, muchacha. Te doy mi palabra de que procuraré comportarme con delicadeza.

—No puedo evitar tenerte miedo —respondió ella—. Hace poco, te vi luchar en el patio y matar a docenas de miembros de mi clan. Vi cómo reclamabas lo que deseabas por la fuerza.

Ella se estremeció como si una repentina corriente de aire hubiera penetrado en la habitación, y él le tendió la mano.

—Tienes frío. Ven. Acuéstate en la cama. Pronto entrarás en calor y dejarás de temerme. Al menos, eso espero.

La condujo hasta la cama con dosel y retiró el grueso cobertor. Ella se sentó sobre el mullido colchón de plumas y deslizó las piernas entre las sábanas.

Después de apagar todas las velas que había en la habitación, Angus se acostó a su lado. Su rostro estaba iluminado solo por el resplandor del fuego. Gwendolen se maravilló de sus hermosos rasgos: sus ojos azules e impenetrables y sus pómulos fuertes y pronunciados. Apenas alcanzaba a comprender que el gran León escocés, Angus MacDonald, fuera su marido y ella se hubiera comprometido con él ante su clan y a los ojos de Dios. Y esa noche sellaría esa sagrada unión. Él le haría el amor, y quizá depositaría la semilla de un hijo en su útero.

Él se acercó lentamente y apoyó su enorme y pesada mano sobre su vientre. Ella cerró los ojos, pensando en el león que se le aparecía en sueños. Poderoso, exótico, sensual, se había acercado a ella en un prado, tapizado de coloridas flores silvestres y vilano que flotaban en brillantes rayos de sol. En el sueño, ella estaba envuelta por el húmedo calor estival, y no sentía el menor temor. Tan solo anhelaba acariciar la espesa melena del león. Extendió la mano invitándole a acercarse más. El animal le lamió la muñeca, después le acarició con la lengua la sensible piel del cuello.

Gwendolen abrió los ojos cuando Angus se colocó encima de ella, sintiendo su ardiente piel sobre la suya. Ella le abrazó por la cintura y tocó sus sólidos músculos en la parte baja de su espalda.

—¿Aún tienes miedo? —preguntó él con voz ronca mientras la besaba detrás de la oreja. El cuerpo de Gwendolen reaccionó poniéndosele la piel de gallina.

Ella pensó de nuevo en el sueño y recordó cómo se había sentido, sin experimentar el menor temor y ansiando acariciar al león, pero los sueños no eran lo mismo que la realidad. Sentía unos nudos en la boca del estómago. El corazón le latía con furia.

—Sí, pero no puedo evitarlo.

Él la miró a los ojos.

—No te tomaré hasta que no estés preparada, muchacha, de manera que dame la oportunidad de prepararte. ¿Puedes tratar de relajarte?

Ella asintió con la cabeza.

—No te daré prisa —murmuró él, oprimiendo sus labios contra los suyos e introduciendo la lengua en su boca, mientras, curiosamente, el calor que emanaba de su cuerpo la reconfortaba y hacía suspirar de inesperado gozo.

Él se inclinó sobre ella y la besó en la mejilla, y, tal como le había prometido, sus delicadas caricias no tardaron en aplacar sus nervios. Luego deslizó la palma de la mano sobre sus costillas en sentido ascendente, apoyando el pulgar sobre su rígido pezón. Lo restregó suavemente mientras la besaba en la clavícula con los labios entreabiertos, acariciándola con la lengua, provocando pequeñas ondas de eróticos estímulos en su columna vertebral. Ella separó las piernas, y él se colocó más cómodamente entre sus muslos.

Ella temblaba sacudida por un deseo que le recorría todo el cuerpo, y empezó a mover las caderas. Él la besó en los hombros y los pechos, que lamió y succionó incansablemente durante tanto rato que los minutos empezaron a fundirse en una exquisita senda de éxtasis, conduciéndola a un lugar desconocido y excitante que prometía una aventura inolvidable.

Ella empezó a sentir un intenso calor en su interior. Tomó la cabeza de él entre sus manos y emitió un pequeño gemido.

Él se detuvo y la miró. Ella se sintió de pronto perdida en un delirio febril y se preguntó si había bebido demasiado vino durante la celebración, pero no..., no se debía a eso. Este delirio era otra cosa. Era algo erótico y emocional, y ella sospechó que iba a gozar mucho más de lo que había imaginado.

Él la miró a los ojos mientras introducía la mano entre sus muslos y empezaba a acariciarla. El recuerdo de lo que él le había hecho cinco noches atrás seguía grabado a fuego en la imaginación de Gwendolen, y la intensidad de la expresión de él le infundió valor y osadía, además de un sincero deseo de complacerle.

Extendió la mano y tomó su miembro viril, asombrada de su tamaño y rigidez.

—Enséñame cómo debo acariciarte.

—Lo haces muy bien, muchacha. No necesitas lecciones.

Ella siguió acariciándole con creciente pasión, calibrando su destreza por la intensidad con que él reaccionaba: su acelerada respiración, el movimiento de sus caderas y la pasión de sus besos.

Deseosa de explorar, le apretó más abajo, pero él le sujetó suavemente la muñeca.

—No seas tan agresiva en esa zona de mi anatomía, muchacha. Exige una mayor delicadeza.

—¿Te he lastimado? —inquirió ella, consternada.

—He sobrevivido a peores daños.

Él volvió a oprimir su boca sobre la de ella, y ambos prosiguieron con sus exploraciones. Angus le frotó y acarició sus partes íntimas hasta que se inundaron de flujo, hasta que, por fin, cambió de postura y colocó la hinchada punta de su pene sobre su delicada vulva.

—Ya estás dispuesta para recibirme. ¿Lo notas?

Ella asintió con la cabeza y se preparó, pues sabía que ahora la reclamaría como su esposa. A partir de ese momento le pertenecería. Ningún otro hombre obtendría jamás lo que ella se disponía a entregarle.

Él la penetró con fuerza, empujando contra la delicada barrera de su virginidad, y se detuvo.

—¿Te hago daño?

—Un poco —respondió ella—, pero no te detengas.

Él volvió a penetrarla, esta vez más profundamente, causándole un dolor lacerante, pues tenía un miembro enorme.

—¿Casi has llegado? —preguntó ella, sujetándole por los hombros y mordiéndose el labio inferior.

—Sí.

Él la penetró una última vez con fuerza, introduciendo todo su pene, introduciéndose en los confines de su virginidad, hasta que ésta dejó de existir.

Ella tensó el cuerpo ante la dolorosa invasión, aunque la deseaba.

Angus le concedió unos instantes para que se habituara a sentir su cuerpo dentro del suyo.

—¿Estás bien? —le preguntó sin moverse.

Una fiebre embriagadora se había adueñado de los sentidos de Gwendolen. Era como si hubiera dejado de ser la misma. El dolor que experimentaba era insignificante comparado con la enloquecedora necesidad de alzar y mover las caderas. Unas eróticas sensaciones inundaban su cuerpo, y la penetración inicial pronto se convirtió en una serie de penetraciones, creando un ritmo de éxtasis que la dejó sin aliento. Ella se aferró a los hombros de él al tiempo que le rodeaba las caderas con las piernas, moviéndose al ritmo de sus movimientos profundos, hábiles y pulsantes, medida por medida, gozando con el dolor que seguía produciéndole la fricción.

Angus estaba empapado en sudor. Ella gemía y movía la cabeza de un lado a otro sobre las almohadas. La abundante humedad que empapaba su zona íntima hacía que él la penetrara con facilidad y pericia.

Ahora era suya, el acto se había consumado, y ella sabía que cuando él derramara al fin su semilla en su útero, su unión quedaría sellada para siempre.

Su madre estaba en lo cierto. Ésta era una experiencia digna de disfrutar de ella.

Ella clavó las uñas en las nalgas de él y le apretó contra sí para que la penetrara hasta el fondo.

Angus se detuvo unos instantes, consciente del sorprendente hecho de que Gwendolen se había rendido por fin a él. No se había resistido a esta invasión íntima, sino que le había entregado su cuerpo, su vida y su futuro, lo cual era algo asombroso, pues ninguna mujer, y menos una virgen, se había entregado a él de esta forma.

Pero otra parte de su ser —la más oscura y cínica— se tensó al sentir su total abandono, pues nunca había deseado compartir la pasión o la intimidad con una mujer, y menos con una esposa. El desahogo sexual, sí. El poder, desde luego. Pero ¿la pasión? No era lo que él había anhelado al proclamar a los cuatro vientos que reclamaría a la hija de MacEwen como esposa.

Pero sabía que éste no era el momento para ponerse a analizar sus sentimientos. Lo único que importaba ahora era su afán de poseer su cuerpo. Lentamente, reanudó el acto sexual con ella. La penetró con un ansia primitiva, delirante, y al cabo de unos momentos sintió la ardiente sensación de que iba a eyacular, y empezó a moverse más y más deprisa, hasta que derivó en un salvaje frenesí sexual.

Hacía años que no había experimentado un cúmulo de sensaciones tan increíbles, y tuvo que esforzarse en frenar y postergar su orgasmo, pero al final resultó inútil. Se sentía como si hiciera el amor por primera vez, pero supuso que se debía a que nunca había estado con una virgen.

Era incapaz de pensar, ni siquiera podía detenerse a pensar en el placer de Gwendolen. Alcanzó el orgasmo movido por una furia compulsiva y eyaculó dentro de ella con un gemido de pasión al rojo vivo. Arqueó el cuerpo y la penetró con fuerza, y ella le clavó las uñas en la espalda. Era sexo duro, salvaje y extremo, y él tardó un rato en recobrar el resuello antes de desplomarse sobre el suave cuerpo de Gwendolen con un inmenso suspiro de satisfacción.

—No me esperaba esto —dijo ella, abrazada todavía a él.

—Ni yo.

De hecho, él sintió de pronto el deseo de levantarse de la cama y salir de la habitación. Pero resistió ese impulso, se tumbó junto a ella y fijó la vista en el baldaquín del lecho.

—¿Te he complacido? —preguntó ella, con esa voz dulce e inocente que hizo que Angus comprendiera lo distintos que eran.

—Lo has hecho muy bien —respondió él, sin mirarla a los ojos.

Ella se detuvo.

—La próxima vez lo haré mejor. Te lo prometo. Estaba nerviosa, eso es todo.

Él volvió la cabeza sobre la almohada y la miró.

—No cometiste ningún error.

Era mentira. Le había abrazado con demasiada fuerza, le había excitado demasiado deprisa, y él reaccionaba ahora con un repentino desasosiego.

Se levantó de la cama y se acercó al hogar. Durante unos tensos instantes, permaneció desnudo frente al fuego, atraído por el calor de las llamas. Tomó el atizador de hierro y removió los troncos. Saltaron unas chispas que crepitaron y huyeron por la chimenea.

Angus colgó de nuevo el atizador del gancho y fue en busca de su camisa, que había arrojado antes sobre la silla. Se la enfundó por la cabeza mientras Gwendolen le observaba. Se había incorporado en la cama, tapándose los pechos con las sábanas.

—¿Vas a algún sitio?

Él recogió su tartán y se lo enrolló alrededor de la cintura.

—Sí. Bajaré al salón a beberme unas cervezas.

—¿Por qué? ¿No quieres quedarte en la cama? Puedes tomarme de nuevo si lo deseas. Podrías enseñarme a hacer todas las cosas que te complacen.

Él se tensó en respuesta a la provocadora sugerencia y tuvo problemas para ajustarse el tartán. No podía localizar el broche entre los pliegues del tejido, y se replanteó su decisión de marcharse, pues era consciente de que Gwendolen yacía desnuda en la cama, y sus tentadoras sugerencias seguían reverberando en su mente. ¿Qué tenía de malo que se quedara y le enseñara un par de cosas?

—¿Tardarás en volver? —preguntó ella.

Angus localizó por fin el broche y se volvió de espaldas a ella.

—No lo sé, pero no me esperes despierta. Puedes regresar a tu alcoba si te sientes más cómoda allí.

No se atrevía a mirarla, pero no era necesario que lo hiciera. Ella se sentía dolida por su deseo de marcharse. A fin de cuentas, era su noche de bodas.

—Prefiero quedarme aquí —le informó ella, con un tono menos inocente y con ese orgullo desafiante que él había presenciado el día de la invasión.

—Puede que tarde un rato. —Se sentó en la butaca y se calzó una bota—. Y lo más probable es que esté borracho.

Ella se colocó de rodillas, tapándose todavía con la sábana. Luego se deslizó a través de la cama hacia él.

—¿Es una táctica destinada a sofocar el fuego de mi pasión?

Él la miró atónito, y no pudo por menos de soltar una carcajada.

—¡Pardiez! ¡Te juro que no te comprendo, mujer!

—¿A qué te refieres?

Él se calzó la segunda boda y se levantó.

—A veces me pregunto si no habrá un tigre de afilados colmillos agazapado debajo de esa virtud y pureza. ¿Con quién diantres me he casado?

Ella le miró frunciendo el entrecejo.

—Quizá me comprenderías mejor si no sintieras la necesidad de marcharte cada vez que hacemos el amor.

Él avanzó unos pasos y la miró arqueando una ceja.

—¿*Cada* vez? Solo lo hemos hecho una vez.

—Tú ya me entiendes. La otra vez..., cuando viniste a mi lecho... Te quedaste poco rato.

Él se sintió de pronto acorralado entre aquellas cuatro paredes, y se encaminó hacia la puerta.

—No tengo por qué darte explicaciones. Soy el señor de este lugar. Haré lo que guste, y abandonaré una habitación cuando me plazca.

Tras estas palabras abrió la puerta bruscamente.

—¿Aunque dejes a tu esposa insatisfecha?

Él se detuvo en el umbral, presa de una mezcla de furia y excitación sexual, la cual no había remitido desde el momento en que ella se había ofrecido de nuevo a él.

Dio media vuelta y entró de nuevo en la habitación. Ella le miró con los ojos muy abiertos, probablemente aterrorizada por haberse extralimitado, lo cual era cierto.

Él cerró la puerta de un puntapié y regresó junto a la cama, pues tenía algo importante que demostrar a Gwendolen: Angus el León jamás dejaba a una mujer insatisfecha. Y menos a su esposa.

Gwendolen se quedó helada cuando su esposo se acercó a ella, pues le desconcertaba la tormentosa naturaleza de las emociones que sentía. Tan pronto era presa de un deseo abrumador y se sentía cautivada por su flamante marido, como le gritaba e insultaba desde el otro lado de la habitación, pertrechándose contra el contraataque sexual de él.

No había pretendido enfurecerlo, pero no era justo que se marchase tranquilamente. Ésta era su noche de bodas, y él acababa de poner fin a su vida de virgen.

Él se detuvo junto a la cama y señaló el colchón frente a él.

—Aquí.

Ella se trasladó al lugar que él había indicado.

—Túmbate.

Gwendolen obedeció, y él la agarró por los muslos y la arrastró hasta el borde de la cama. Apoyó las manos sobre sus rodillas y la miró. Ella separó las piernas, abriéndose para él.

Con los pies apoyados todavía en el suelo, él se inclinó hacia delante y le cubrió los pechos con besos ardientes y húmedos. Sus manos cubiertas de callos le acariciaron los costados, deslizándolas sobre sus caderas y sus pantorrillas, y luego utilizó la boca para dejar una estela de besos ardientes sobre su vientre plano y tembloroso. Luego introdujo la lengua en su ombligo.

Ella se sintió desfallecer de deseo y excitación ante lo desconocido, mientras él la besaba en las caderas haciendo que se estremeciera de gozo.

—¿Qué te parece esto, muchacha? —preguntó él con voz queda y seductora—. ¿Es eso lo que quieres de mí?

Ella no pudo sino asentir con vehemencia mientras él se arrodillaba en el suelo y le rozaba con los labios la cara interna de los muslos. Ella dejó escapar un suave gemido cuando él aplicó la boca y la lengua sobre la sensible zona de sus genitales.

Ella creía haberlo experimentado todo con anterioridad, cuando él le había arrebatado su virginidad y derramado su semilla en su interior, pero esto era algo nuevo e inimaginable. No sabía cuán íntimo podía ser el acto conyugal, ni cuán placentero. Él la hacía enloquecer.

Entonces arqueó el cuerpo y se retorció sobre la cama mientras él seguía acariciándola, y al cabo de unos instantes se sumergió en ese agitado y espumoso río de sensaciones. Cuando por fin lo alcanzó, fue un orgasmo excesivo hasta el punto de experimentar dolor. Gwendolen agarró las sábanas con ambas manos y gritó, mientras él seguía moviendo la lengua dentro de sus partes íntimas hasta que ella dejó caer los brazos, débil y agotada.

Angus se puso de pie y apoyó los puños en la cama, a ambos lados de su cuerpo.

Ella abrió los ojos. Se sentía grogui. Embriagada. Y muy feliz.

—¿Te sientes satisfecha ahora?

Ella no podía pensar con claridad a través de la bruma sexual que le nublaba la mente, pero consiguió asentir con la cabeza.

—Bien. Espero que ahora me dejes tranquilo.

Se encaminó airadamente hacia la puerta, pero se detuvo antes de abrirla.

—Maldita sea —murmuró.

Ella se incorporó sobre los codos, preguntándose aturdida a qué venía eso. Él se volvió hacia ella.

—No puedo bajar así. —Había vuelto a excitarse. Su falda escocesa presentaba un aspecto raro—. ¿Te apetece volver a hacerlo?

—Desde luego —respondió ella con voz entrecortada—. Y puesto que me siento más que satisfecha, podemos prescindir de los prolegómenos.

Su feroz montañés regresó junto a ella y dijo mirándola con ojos chispeantes:

—¿Estás segura, muchacha? Porque me siento pletórico de energía. Esto puede llevarnos un buen rato.

—Absolutamente. —Lo único que Gwendolen deseaba era sentirlo de nuevo dentro de ella.

Él apoyó los pies firmemente en el suelo, con las piernas separadas, y penetró lentamente en las húmedas zonas íntimas de ella, esta vez con deliciosa facilidad. Le hizo el amor de pie, e hizo que durara largo rato, penetrándola con movimientos profundos y meticulosos que la dejaron aturdida y asombrada. Cuando él alcanzó el clímax, ella lo sintió como suyo. Por fin él se desplomó sobre ella con un gemido de profunda satisfacción.

Al cabo de unos momentos se subió a la cama, explicando que estaba demasiado agotado para alcanzar siquiera la puerta. Se desnudó y se dejó caer boca arriba como un gigantesco roble al ser derribado.

No se levantó de la cama hasta la mañana siguiente, y para entonces Gwendolen se había vuelto adicta de la pericia sexual de su flamante esposo.

Y estaba perfectamente instruida en las exquisitas artes amatorias.

Capítulo 12

Angus se paseó alrededor del gran salón en círculos, esgrimiendo su espada y describiendo amplios círculos en el aire, esperando impaciente que llegara Lachlan.

Aún no había desayunado —era demasiado temprano—, pero sentía una profunda necesidad de moverse con energía para aliviar en parte la tensión que experimentaba, pues su noche de bodas había sido más complicada de lo que había imaginado. Gwendolen le había dejado exhausto, y necesitaba demostrarse que no había perdido sus fuerzas y vigor, de lo contrario tendría que imponer ciertos límites.

Por fin apareció Lachlan bajo el amplio arco de la entrada y apoyó el hombro contra la pared. Mostraba una barba incipiente y tenía los ojos enrojecidos y surcados por profundas ojeras. Observó a Angus esgrimir su espada en el aire como si se batiera con un rival, y se acercó a él, bostezando.

—¿Hay algún motivo por el que me hayas sacado de la cama precisamente hoy, cuando deberías estar follando con tu bonita y flamante esposa? Maldita sea, Angus, no conseguí conciliar el sueño hasta hace una hora.

—¿Y qué hiciste durante toda la noche? —inquirió Angus irritado.

—Ya lo sabes. Lo de costumbre. Beber. Cantar. Follar.

—Te advertí que te mantuvieras alejado de las mujeres MacEwen durante un tiempo.

—No te inquietes. Anoche mi amiguita era una MacDonald del pueblo, y muy linda.

Lachlan desenvainó su espada. Ambos se pasearon por la estancia, observándose fijamente.

De repente Angus arremetió contra él, y el estrépito de acero contra acero contribuyó a mejorar su estado de ánimo. Necesitaba sentirse el mismo hombre que era el día en que asaltó el castillo de Kinloch. Necesitaba saber que el deseo que sentía por su mujer no iba a consumirlo.

De golpe evocó un recuerdo mientras esquivaba el agresivo ataque de Lachlan. Recordó haber enjugado una lágrima de la mejilla de Gwendolen, poco antes de que amaneciera. Ella le había mirado y le había dicho que se sentía feliz, y él había hecho algo impensable: la había abrazado con fuerza.

Lachlan se abalanzó de improviso sobre él.

Angus emitió un feroz grito de guerra y repelió el impresionante ataque de su primo sosteniendo su espada sobre la cabeza.

—¿Hay algún motivo por el que tienes tantas ganas de pelear esta mañana? —preguntó Lachlan, moviéndose con agilidad para esquivar otra estocada—. Espero que Gwendolen no se resistiera a ti.

—No.

Pelaron con furia y rapidez durante unos minutos.

—¿Eso es todo? —preguntó Lachlan dando media vuelta y moviéndose en círculos por la habitación—. ¿Es cuanto vas a decir sobre tu noche de bodas?

—Es cuanto voy a decir.

Lachlan se abalanzó de nuevo contra él. Se oyó el ruido agudo de acero contra acero.

—¿De modo que no tienes ninguna queja? —preguntó Lachlan—. ¿Estás satisfecho de tu esposa?

—¡Deja de hablar, Lachlan, y pelea!

Más tarde, mientras ambos chorreaban sudor y respiraban trabajosamente, se sentaron en el estrado. Angus arrojó a Lachlan una toalla.

—¿Sabes? —dijo, enjugándose la cara—, jamás imaginé que acabaría casándome con una mujer como Gwendolen MacEwen. Siempre pensé que solo los idiotas se casaban con mujeres hermosas porque pensaban con sus vergas en lugar de utilizar la cabeza.

—Y el amor debilita a un hombre —apostilló Lachlan—. Es lo que dices siempre.

Angus alzó la vista y contempló el nido que había construido la golondrina entre las vigas, aunque el pájaro había desaparecido.

—¿Se sabe algo del hermano de Gwendolen?

—No, pero he enviado a cinco hombres para que lo localicen, de modo que confío en que alguno consiga averiguar algo. Quizá les lleve un tiempo. Entretanto, estoy recabando un gran cúmulo de interesantes datos y opiniones de Onora. Le encanta flirtear y es una magnífica fuente de información sobre Kinloch y las gentes del pueblo.

Angus se secó de nuevo la cara con la toalla.

—¿No temes abrasarte en el infierno por utilizarla de esa forma? Lachlan se rió.

—No, porque ella también me utiliza a mí. Es una seductora nata. Y no pienso acostarme con ella.

—En cualquier caso, ándate con cuidado. —Angus se secó los brazos—. Y no olvides tu primera prioridad: mantener una defensa fuerte. Coloca a los hombres que te inspiren mayor confianza en las almenas y sigue enviando a otros a explorar el terreno.

—Lo tengo todo controlado.

—¿Ha salido alguien del castillo esta mañana?

—Todavía no.

—Entonces iré yo mismo.

Lachlan le miró con curiosidad.

—¿Estás seguro? ¿No tienes una bonita y joven esposa esperándote en la cama?

—Sí, pero anoche se aprovechó de mí. Tengo que rellenar mi pozo.

Lachlan echó la cabeza hacia atrás y rompió a reír.

Al poco rato, Angus se paseó por las azoteas para cerciorarse de que los centinelas estaban en sus puestos. Escudriñó el horizonte y luego entró en la cocina, tomó una manzana y se la comió de camino a las caballerizas. Ordenó a un mozo que se apartara y no se metiera en sus asuntos mientras ensillaba un caballo, tras lo cual abandonó el castillo por la puerta principal.

Mientras atravesaba a galope tendido el puente, gozó con el sonido de los cascos de su montura sobre las tablas, luego atravesó al trote el prado cubierto de rocío hacia el bosque. Al adentrarse en él, la sombra que se filtraba entre las ramas refrescó su cuerpo, y se detuvo un momento para aspirar el fresco olor a pinos y escuchar el sonido de las tumultuosas aguas de un río cercano. Una ardilla parloteaba en la copa de un árbol.

Angus se alegraba de haber regresado por fin a su hogar, después de permanecer dos años en una isla remota barrida por el viento. Aquí se sentía en paz, una sensación que jamás pensó que llegaría a experimentar en toda su vida. Pero aquí estaba.

Al mismo tiempo, sabía que si quería mantener el control sobre Kinloch, tenía que andarse con mucha cautela. No podía permitirse el lujo de dejar que su bella esposa le distrajera. Hasta que dieran con el paradero del hermano de Gwendolen, la posibilidad de una invasión constituía una amenaza permanente. Tenía que estar centrado y no perder de vista el motivo por el que se había casado con Gwendolen: para mejorar las relaciones entre su clan y el de ella, y procurar estabilidad a Kinloch.

Por lo demás, necesitaba un heredero, y por esa razón seguiría acostándose con ella. Era su deber, y lo cumpliría. Con suerte, el fuego de su libido remitiría con el tiempo y los persistentes pensamientos sobre su bella esposa se disiparían. Quizá cuando ella se quedara embarazada la pasión de él se enfriaría.

Pero aún no estaba embarazada...

Cuando hizo girar a su montura hacia el castillo, se preguntó si ella estaría despierta e imaginó cómo respondería si él se acostaba de nuevo en la cama junto a ella. Atravesó el bosque a galope, ansioso de volver a poseerla, y no se percató de la presencia de unos miembros del clan MacEwen, los cuales estaban agazapados entre los arbustos, observándole con ojos atentos y vigilantes.

Después de un insólito número de días soleados, en las Tierras Altas llovió a cántaros durante un mes. Pese a la humedad y al terreno enfangado, los hombres de Kinloch seguían explorando cada día el bosque circundante, y los centinelas se paseaban arriba y abajo en las azoteas, ofreciendo a los habitantes del castillo seguridad contra la amenaza de un ataque.

Angus depositó su confianza en Lachlan, su devoto primo y eficaz señor de la guerra, y dedicó mucho tiempo y energía a la importante tarea de dar a Kinloch un heredero.

Él y Gwendolen pasaban las tardes en el castillo, sin preocuparse del tiempo que hiciera, y pasando una noche en la alcoba de él y la siguiente en la de ella.

—¿Ha vivido Lachlan siempre en Kinloch? — preguntó Gwendolen un día, avanzada la mañana, mientras yacían desnudos en el lecho de Angus y el fuego ardía en el hogar. La alcoba estaba caldeada y se sentían a gusto debajo de las mantas. Angus alzó la cabeza de la almohada y la miró, pues se hallaban en extremos opuestos de la cama. Ella tenía la cabeza apoyada en los pies de la cama y él le masajeaba los pies.

—Sí. Crecimos juntos —respondió él—. Solíamos competir en todo. Yo corría más deprisa, pero él tenía mejor puntería con el mosquete.

—¿Y en la esgrima? ¿Quién era el mejor?

—Ambos éramos unos excelentes espadachines, y hasta la fecha nuestras sesiones terminan casi siempre en tablas.

Ella le restregó el hombro con un pie y lo deslizó sobre su brazo.

—¿Cuántas de esas cicatrices son el resultado de tus peleas de niño con Lachlan? Supongo que no las obtendrías todas en el campo de batalla.

—Imagino que más de la mitad son resultado de amigables peleas, cuando uno de nosotros estaba distraído o demasiado borracho para manejar un arma.

Ella le miró excitada.

—¿Podrías enseñarme a luchar con una espada de doble filo? Quizá me resultará útil algún día. Quién sabe, quizá necesites un día que tu esposa te proteja.

—¿Que me proteja? —Él le dio un pellizco en el trasero.

—¡Ay! —protestó ella, propinándole una patada por debajo de las sábanas.

Él se deslizó debajo de éstas hacia los pies de la cama para reunirse con ella.

—¿Estás ya encinta? —le preguntó.

—No puedo responder a esa pregunta —contestó ella—. Hace solo un mes que nos casamos.

—Pero hemos follado tantas veces, muchacha, que parece como si hiciera más de un año.

Gwendolen se sintió tentada de propinarle otro puntapié, pero era incapaz de hacer otra cosa que mirarle a sus ojos azules y luminosos.

—¿Es esto normal? —preguntó—. ¿Todas las parejas casadas pasan tanto tiempo en la cama?

—No lo creo. Creo que somos un caso raro.

Ella dio un respingo.

—Tú sí que eres raro. ¿Sabes que cuando duermes rechinas los dientes?

Él la miró entrecerrando los ojos.

—¿Cómo lo sabes? ¿Te dedicas a observarme durante la noche?

—De vez en cuando.

—¿Por qué?

Ella le acarició los labios con un dedo y respondió con tono quedo y seductor:

—Porque me fascina tu hermosa boca y todas las cosas maravillosas que haces con ella.

—Y a mí me fascina el olor de tu piel. —Él se apresuró a montarse sobre ella—. Especialmente este hombro. —Restregó la nariz contra la cara interna de su brazo—. Y tus muñecas... Tus manos... Y tus preciosas tetitas.

Oprimió la boca sobre uno de sus pezones y empezó a chupárselo con esos movimientos lentos y deliciosos que siempre provocaban en ella intensos temblores de deseo.

Gwendolen relajó su cuerpo y cerró los ojos, aceptando el hecho de que estaba obsesionada con su valeroso y apasionado león, aunque sabía que Angus no le correspondía, pues siempre había algo distante en él, incluso en momentos como éstos, cuando le hacía el amor.

Él deseaba un hijo. Ella lo sabía, y era importante para él que ella se mostrara siempre dispuesta en la cama, por lo que hacía lo que fuera necesario con tal de conseguirlo. No obstante, ella sospechaba que esto no era sino un efímero pasatiempo para él, una placentera diversión en su vida de guerrero, y en cuanto ella le confirmara que estaba preñada, él se retiraría, y ella no volvería a verlo hasta que llegara el momento de concebir otro hijo.

Pero para ella era distinto. Toda su vida había deseado un matrimonio construido sobre la intimidad y el amor, y no dejaba de asombrarla que este primer mes hubiera sido tan apasionado, teniendo en cuenta que habían empezado siendo enemigos. No podía olvidar la furia que había sentido al verlo asaltar las puertas del castillo y matar a los hombres de su clan, y a menudo se preguntaba qué pensaría su padre si viera lo enamorada que estaba de su enemigo.

Dos noches atrás, había soñado con su hijo primogénito en el día de su boda. Angus —un padre orgulloso y afectuoso como el que más— le había regalado su mejor espada de doble filo. Gwendolen se había despertado del sueño eufórica, preguntándose si algunos sueños llegaban a cumplirse. Suponía que era posible, pues muchos de los que ella había tenido se habían hecho realidad. Por ejemplo, el del león.

Al cabo de un momento, su esposo la penetró con exquisita suavidad y observó su rostro mientras se apoyaba sobre ambos codos en la cama. Ella le miró a la plateada luz matutina, rogando que algún día existiera entre ellos algo más que el mero deseo sexual. Había comprendido que deseaba una relación más profunda y espiritual con su esposo. No podía vivir sólo para cumplir con su deber. No con él.

Y darse cuenta de esa realidad la aterrorizó.

Capítulo 13

*U*na tarde, cuando Onora se dirigía al salón privado del piso superior, al doblar la esquina en uno de los corredores se topó inopinadamente con Lachlan MacDonald.

—Vaya, vaya, vaya —dijo ella con tono zalamero. Lo agarró por el tartán y tiró de él hacia un espacio en sombra, retrocediendo hacia la pared. Él la siguió y apoyó una mano en el muro sobre su cabeza.

—¿Ha estado siguiéndome, señora MacEwen? —preguntó él. Sus ojos mostraban una expresión socarrona, su voz tenía un tono seductor y ella se estremeció de deseo, largo tiempo reprimido.

¡Señor! Aún no se había recobrado de la conversación que había mantenido con él la noche anterior, cuando Lachlan había atravesado el gran salón y le había susurrado con tono ardiente al oído, halagándola con dulces frases de elogio. Onora estaba más que dispuesta a convertirse en su próxima conquista, aunque le llevaba diez años y era una mujer de vasta experiencia y sentido común.

—Por supuesto que no, señor —contestó, deslizando un dedo por el centro de su pecho y deseando poder hacer mucho más que eso—. Quizá sea usted quien me sigue a mí.

Los ojos de él traslucían curiosidad.

—¿Y si así fuera? ¿Llamaría usted a los guardias del castillo para que me amonestaran por mi conducta?

Ella meneó la cabeza ante lo disparatado de la situación, pues nunca había permitido que ningún hombre la afectara de ese modo. Por regla general sucedía a la inversa. Con frecuencia sus amantes se obsesionaban con ella, y quizá debido a eso, de un tiempo a esta parte Onora confiaba excesivamente en su poder de seducción.

Pero Lachlan MacDonald no era como los otros hombres. Era extraordinario —apuesto, moreno, con un cuerpo divinamente musculoso—, y su irresistible sonrisa prometía unos placeres sexuales con una socarrona seguridad en sí mismo que la hacía enloquecer de deseo.

Los hombres como él debían estar prohibidos, pensó Onora con petulancia, mientras jugueteaba con el tartán que él llevaba drapeado sobre el hombro, pues cometían la peor de las ofensas. Convertían a mujeres fuertes como ella en unas estúpidas patéticas que bebían los vientos por ellos.

—¿Vendrá a mi alcoba esta noche? —preguntó ella, enojada de tener que ser ella quien se lo preguntara, cuando debía de ser él quien se lo propusiera.

Tras mirar a un lado y otro del corredor, para cerciorarse de que no había nadie, él le dirigió una deslumbrante sonrisa y respondió con tono burlón:

—¡Pero, Onora! Sin duda es usted una mujer bellísima y deseable, pero estamos prácticamente emparentados.

—No por vínculos de sangre —replicó ella con mirada pícara.

Él le acarició con un dedo el lóbulo de la oreja, pasando por el contorno de su mandíbula hasta el mentón, y fijó la vista en sus labios.

—Aun así, no debería tentar a un hombre de esa forma. Es usted muy cruel. Le destrozará el corazón.

Onora sintió que su cuerpo ardía de deseo. ¿Cómo era posible que ese hombre convirtiera su negativa en el halago más excitante y embriagador que había recibido jamás? Poseía un encanto sublime.

—Pero Lachlan, le prometo una noche de placeres inimaginables y conseguir que todas sus fantasías se cumplan. Es lo menos que puedo hacer para recompensarle por sus magníficos esfuerzos como nuestro nuevo señor de la guerra.

Él sonrió de nuevo.

—Su ofrecimiento es muy tentador, señora. Sabe exactamente cómo hacer sufrir a un hombre. —Acto seguido retrocedió dirigiéndole una mirada seductora y la dejó ahí plantada, respirando entrecortadamente y casi desfallecida de deseo—. La veré más tarde en el salón —añadió con tono despreocupado mientras echaba a andar por el corredor.

—Quizá —respondió ella—. Aunque no puedo garantizarle que llegaré temprano, pues quiero darme un baño tibio mientras me unto unos maravillosos perfumes por todo mi cuerpo desnudo..., pensando en usted, claro está.

Él dobló una esquina y desapareció.

Onora prosiguió en dirección opuesta, pero de pronto se detuvo y se sentó en un banco adosado a la pared. Enojada consigo misma, se tiró del pelo con ambas manos y soltó un rugido semejante a un animal salvaje.

Se suponía que flirtear con Lachlan MacDonald consistía en un juego basado en el poder y la estrategia, no en corazones embargados de emoción y enamoramientos juveniles. Si ella pretendía sacar algo de esto, tenía que esforzarse más en controlar sus impulsos, pues era una situación arriesgada que requería la cabeza fría y mano firme. No podía permitirse el lujo de enamorarse de él.

Se levantó, se alisó la falda y subió apresuradamente la escalera.

Esa noche, cuando comenzó la música y el baile, Angus se apoyó en una columna de piedra en el gran salón. Utilizó su cuchillo para partir una manzana, una rodaja tras otra, llevándose cada jugoso pedazo a la boca con la punta del cuchillo.

Miró a su esposa al otro lado de la atestada habitación, bailando una giga con otros miembros de ambos clanes. La música era animada, el ambiente que reinaba estaba saturado de risas y alegría, pero él no dejaba de observar a Gwendolen con los ojos entrecerrados y voraces mientras comía distraídamente la manzana.

Un joven MacEwen pelirrojo y con las piernas huesudas la sacó a bailar por segunda vez. Lo cual lo enfureció. La mera idea de que un hombre la tocara o pintara una sonrisa en su rostro desencadenó un violento sentimiento de posesiva lujuria.

Cuando terminó de comerse la manzana, se guardó el puñal en la bota y se dirigió con paso decidido hacia el centro del salón, donde ella seguía bailando la giga. Bastó que ambos se miraran para que la sonrisa de ella se transformara en un deseo sexual compartido que ardía en sus ojos. Cuando el baile finalizó, apoyó la mano en la de Angus y éste la condujo fuera del salón, escaleras arriba y hacia la alcoba de ella situada en la torre este.

Él jamás había imaginado que pudiera existir un deseo carnal tan intenso, y por primera vez, no le preocupó que pudiera distraerle de otros asuntos más importantes. Lo único que deseaba era besar a su esposa y perderse en las suaves y ardientes profundidades de su cuerpo.

Todo lo demás podía esperar hasta mañana.

Onora observó a Angus dirigirse a través de la multitud hacia Gwendolen.

A nadie se le ocultaba que el gran jefe de los MacDonald estaba enamorado de su esposa y cada día se mostraba más obsesionado con ella. La miraba como si fuera un suculento bocado y él un hombre muerto de hambre.

Gwendolen respondía con idéntico ardor. Eran dos jóvenes amantes abrumados por unas pasiones desconocidas, lo cual no dejaba de ser asombroso, pues el primer día, Gwendolen había odiado al hombre que les había conquistado con tal intensidad, que deseaba verlo ahorcado.

Onora dirigió la vista a través del salón y la posó en Lachlan, quien conducía a una joven perteneciente al clan de los MacEwen hacia la pista de baile.

Aunque apenas podía decirse que fuera una mujer. ¿Qué edad debía de tener? ¿Diecisiete, dieciocho años? Era esbelta, rubia y parecía más tonta que una bolsa de martillos, pero Onora sintió una dolorosa punzada de celos en la boca del estómago.

¿Se sentía él atraído por la juvenil inocencia de la chica?, se preguntó irritada. ¿Se proponía seducir a esa temblorosa joven esta noche, en lugar de acudir a la alcoba de ella para gozar de un programa de actividades más avanzado y sofisticado?

—¿A qué se debe esa expresión tan melancólica, Onora?

Sobresaltada por la interrupción, se volvió hacia Gordon MacEwen, el administrador del castillo. Era un hombre barrigón, calvo, con la nariz cubierta por una grasienta capa de sudor.

Onora se había acostado con él en repetidas ocasiones cuando era prácticamente el amo de Kinloch. Pero ahora, después de flirtear con un atlético campeón como Lachlan MacDonald, Gordon le inspiraba cierta repugnancia.

—A nada que tenga una importancia permanente —respondió ella.

Bebió un sorbo de vino y le miró afablemente por encima del borde de su copa, pues no era tan tonta como para dejar que sus pasiones se adueñaran de ella. Debía mantener todas sus opciones abiertas. Quizá tuviera que recurrir algún día a Gordon en busca de ayuda.

—Veo que tu hija ha hallado cierta satisfacción en su matrimonio —comentó él.

—En efecto.

—Sin duda ello le haya causado un grave conflicto —añadió él—. Su padre falleció hace muy poco. Apenas ha tenido tiempo de llorar su muerte. Y su hermano... Sin duda lamentará haber estado ausente cuando se entere del sacrificio personal que ha hecho Gwendolen al casarse con Angus el León.

Onora había reflexionado sobre la felicidad de su hija durante las últimas semanas y había decidido que no había sido un sacrificio tan terrible. La pasión que Gwendolen sentía por su esposo era auténtica, y las diferencias de opinión políticas no podían alterarla. Se estaba enamorando del gran León de las Tierras Altas, y al margen de sus lealtades personales, Onora se alegraba por ella.

—Supongo que esta noche no regresarán al salón —observó Gordon.

—Probablemente no. —En ese momento Onora sintió una mano en su hombro y al volverse vio a Lachlan, mirándola con sus hermosos ojos oscuros.

—¿Interrumpo? —preguntó.

—En absoluto. —Ella entregó su copa a Gordon para que Lachlan pudiera conducirla a la pista de baile.

Onora sintió que un escalofrío de emoción le recorría la espalda.

—Es demasiado viejo para usted —dijo Lachlan, sonriendo, cuando comenzaron a bailar.

—Tiene mi misma edad —respondió Onora—. Si hay alguien demasiado mayor aquí, soy yo, una mujer demasiado experimentada para usted.

—Yo también soy una persona experimentada —contestó él, inclinándose sobre ella—. Soy un experto guerrero que ha visto cosas que la mayoría de muchachas virtuosas como usted no pueden siquiera imaginarse.

—¿Yo una *muchacha virtuosa*? —Onora soltó una sonora carcajada—. ¿Está borracho?

—¿Le molesta?

Onora le sonrió amablemente, mientras una emoción tan imprevista como inoportuna empezaba a arraigar en ella.

Supuso que era un sentimiento de afecto.

O quizá de desesperación.

En cualquier caso, la inquietaba.

—En primer lugar debes aprender a seleccionar una espada —dijo Angus mientras desenfundaba su Claymore de doble filo y la sostenía con la punta hacia arriba para que Gwendolen la admirara.

Ella le había convencido para que le enseñara los rudimentos de la esgrima, asegurándole que no se quitaría el vestido hasta que él hubiera satisfecho algunas de sus curiosidades.

—La espada de doble filo con empuñadura de cesta es la mejor arma en una batalla —le explicó él—, pero incluso la espada más poderosa resulta inservible en manos de un hombre, o una mujer, incapaz de conservar la calma o utilizar el sentido común en el campo de batalla.

—¿Puedo sostenerla? —inquirió ella.

—Sí. —Él se colocó detrás de ella, y Gwendolen se deleitó al sentir su cuerpo rozar el suyo—. Empúñala con la mano derecha, así. Muy bien. Ahora adelanta el pie izquierdo.

Ella dejó que él le mostrara la postura que debía adoptar.

—Si tuviera mi escudo —dijo él—, te enseñaría también a utilizarlo, pero puesto que no lo tengo, tendremos que utilizar la imaginación. —Tomó su mano izquierda y le levantó el brazo—. Debes sostenerla aquí, así, cerca de tu rostro, o más abajo, para proteger el brazo con que sostienes la espada, dependiendo de lo que haga tu adversario. Si cargas contra una línea de bayonetas, debes mantenerla baja para protegerte el vientre.

—Santo Dios. —Ella volvió la cabeza ligeramente para mirarle—. ¿Cómo es posible cargar contra una línea de bayonetas y vivir para contarlo?

Él se situó de nuevo ante a ella, y en cuanto le soltó el brazo con que sostenía la espada, la pesada punta cayó al suelo.

Él se sentó a los pies de la cama, asiéndola con sus musculosas manos.

—Es una técnica sofisticada, muchacha. Solo los hombres más fuertes y hábiles son capaces de manejarla.

A ella le divertía y excitaba la seguridad en sí mismo de la que él hacía gala.

—Y supongo que tú perteneces a esa categoría, ¿verdad?

—Sí. Soy el mejor espadachín.

—¿De veras? —Ella apoyó la espada contra la pared junto a la puerta y sonrió con descaro.

—¿Por qué no me describes los detalles de tus increíbles talentos? Estoy impaciente por conocerlos.

Él respondió con una inclinación de cabeza y se colocó en posición para demostrárselo.

—Esto es lo que debes hacer, a grandes rasgos. Te aproximas a una línea de bayonetas a la carrera, doblas la pierna izquierda, levantas la bayoneta de un golpe con tu escudo, avanzas el otro pie y atacas al soldado que tienes a la derecha con tu espada al tiempo que apuñalas en el pecho al hombre que está frente a ti.

Gwendolen sintió que todos sus músculos se derretían mientras él le enseñaba la compleja maniobra.

—¿Eso es todo? —respondió, cruzándose de brazos—. Parece bastante sencillo.

De improviso, él la tomó en brazos y la llevó hasta el lecho. Ella se echó a reír y suspiró cuando él se colocó sobre ella, besándola profundamente en la boca.

—Si eso no te ha impresionado —dijo él con voz ronca—, te impresionaré de otro modo.

—Seguro que lo harás.

Él le levantó las faldas y asumió una posición de ataque muy distinta que indicaba una destreza no menos admirable.

Hicieron el amor durante horas sin inhibiciones, y cada caricia con un dedo, cada beso, cada palabra de amor susurrada elevaba las pasiones de ambos a unos niveles inimaginables.

Gwendolen se quedó dormida en brazos de él, agotada y satisfecha. Pero ni la placentera bruma de sus sueños pudo disipar el terror que hizo presa en ella al despertarse y ver una explosión de plumas junto a su cabeza, al tiempo que una hoja de acero cortaba el aire y se clavaba en la almohada de Angus.

Capítulo 14

Despertándose al instante, Angus rodó sobre la cama y se arrojó al suelo para esquivar el golpe. Se levantó de un salto y trató de ver a través de la oscuridad mientras el intruso rajaba su almohada con la espada, casi decapitando a Gwendolen.

La idea de que ella pudiera morir le conmocionó como si le hubieran asestado un puñetazo en la barriga. Esa reacción dio paso a una violenta furia, acompañada por una angustiosa sensación de pánico, pues jamás había experimentado semejante temor en un combate cuerpo a cuerpo. Pero esta noche no pensaba sólo en sí mismo. Tenía que proteger a otra persona.

Desnudo y desarmado, Angus retrocedió con paso ágil para alejar al hombre de la cama. El miembro del clan enemigo se dispuso a atacarlo de nuevo con su espada.

—¡Toma, Angus!

Gwendolen le arrojó un puñal; el mismo que había utilizado para defenderse contra él cuando Angus había venido por primera vez a su lecho.

Él lo atrapó por el mango y lo lanzó al aire, tras lo cual volvió a atraparlo al vuelo. Acto seguido se arrojó al suelo y rodó unos metros para esquivar otra estocada de la espada del intruso. Al cabo de un segundo, hundió el puñal en el costado del montañés.

El hombre cayó hacia delante con un ronco gemido y se desplomó en el suelo, muerto, a sus pies.

Éste desarmó de inmediato al intruso, mientras Gwendolen se desplazaba apresuradamente a través de la cama y se arrojaba en sus brazos.

—¿Estás bien, muchacha? —preguntó él—. ¿Estás herida?

—Estoy perfectamente. ¿Ha muerto?

—Sí. —Angus se agachó para dar la vuelta al montañés—. Enciende una vela. Necesito ver el rostro de este hombre.

Gwendolen se acercó a la mesa y tras un primer intento fallido, consiguió encender la llama con la yesca. Se acercó con la vela y la sostuvo sobre el cadáver del intruso.

—Es el tartán de los MacEwen —dijo.

—¿Le conocías?

—No lo había visto nunca. ¿Qué hacía aquí? ¿Cómo consiguió entrar? La puerta estaba cerrada con llave.

Después de registrar la escarcela, los cinturones y las fundas del montañés, Angus se levantó y se puso la camisa y la falda escocesa.

—No lleva ninguna llave encima. Alguien debió de franquearle la entrada. —Se colgó la espada del cinto, se encaminó hacia la puerta, que estaba entornada, y miró a un lado y a otro del corredor—. ¿Cuántas llaves hay de esta habitación, y quién tiene acceso a ellas?

—Aparte de la que tienes tú, solo hay otra llave, que guarda mi madre.

Él la miró con expresión feroz.

—¿Crees que desea mi muerte?

—¡Por supuesto que no! Se mostró partidaria de nuestra unión desde el principio.

Él volvió a entrar en la habitación, y Gwendolen le observó a la extraña y siniestra luz que arrojaba la vela. Tenía la sensación de precipitarse de cabeza en una pesadilla. Angus mostraba de nuevo esa gélida furia que ella había visto en sus ojos el día que había invadido Kinloch. Era una sed de sangre feroz, y sintió que un escalofrío le recorría la espalda.

El hombre que estaba ante ella no tenía nada del amante que Gwendolen había conocido desde su noche de bodas. Era un peligroso guerrero, que rezumaba furia, y su intensidad la atemorizó.

—No puedes quedarte aquí esta noche —dijo él—. Ve a mi alcoba. Apostaré a un hombre en la puerta para protegerte.

—¿Adónde vas?

—En primer lugar, trataré de descifrar cómo logró entrar este enemigo en mi castillo. —La miró con ojos duros y feroces y le tendió la mano—. Anda, vamos.

Ella le dio la mano y dejó que la condujera fuera de la habitación, pero primero tuvo que sortear el cadáver del hombre que yacía en el suelo.

Aún tenía los ojos abiertos. Gwendolen sintió que le acometía un ataque de náuseas.

Angus aporreó insistentemente la puerta de la habitación de Lachlan hasta que éste abrió. Sosteniendo una manta gris sobre sus hombros, Lachlan achicó los ojos para ver a través de la parpadeante luz de las antorchas y salió al corredor.

—Vístete —dijo Angus.

—¿Por qué? ¿Qué ha pasado?

—Me desperté en el preciso momento en que un intruso trataba de liquidarme con su espada.

—Maldita sea, Angus. ¿Estás bien? ¿Dónde está Gwendolen?

—Está bien, pero debo hablar con Onora.

Al cabo de unos minutos, Angus entró en el dormitorio de su suegra, seguido por Lachlan. Onora se incorporó en la cama tapándose los pechos con las sábanas.

—¿Ha permanecido aquí toda la noche? —le preguntó Angus.

—Desde luego —respondió ella—. ¿Por qué? ¿Qué ocurre?

Angus se puso a caminar por la habitación como un tigre.

—Un guerrero MacEwen entró hace un rato en la alcoba de su hija y trató de asesinarme mientras dormía.

—¡Santo Dios! —Onora apartó las ropas de la cama y se levantó, mostrándose desnuda ante ellos—. ¿Gwendolen está bien?

Él la observó detenidamente, en busca de algún signo de falsedad o traición.

—Está a salvo. El asesino entró en la habitación utilizando una llave. Gwendolen me dijo que usted es la única persona en Kinloch, aparte de mí, que tiene una.

—Es cierto. —Onora se dirigió apresuradamente a través de la habitación hacia un armario de recias puertas, el cual contenía un pequeño cofre. Transportó el cofre hasta la mesa, sobre la que había una vela encendida, lo abrió y rebuscó entre un montón de fruslerías, principalmente joyas y adornos para el pelo.

—No está aquí —dijo—. Alguien ha debido cogerla.

Angus rodeó la cama y la agarró por la muñeca.

—Si me está mintiendo...

—¡No le miento! —gritó Onora.

Él pensó en llevarla a rastras hasta el calabozo y emplear unas tácticas más expeditivas para arrancarle la verdad, pues algo le decía que esa mujer le ocultaba algo.

La miró con cara de pocos amigos a la tenue luz de la vela, y ella se humedeció los labios mientras respiraba de forma entrecortada.

Lachlan apoyó una mano en el hombro de Angus, apretándoselo ligeramente.

—Reflexionemos unos minutos sobre lo ocurrido —propuso con tono distendido—. Cualquiera pudo haberla cogido.

Angus soltó la muñeca de Onora, retrocedió y se dirigió hacia el otro extremo de la habitación. Se puso las manos en las caderas e inclinó la cabeza.

Se estaba dejando llevar por su ira. Lo sabía. Lachlan tenía razón. Ni el armario ni el cofre estaban cerrados con llave. Cualquiera pudo haber entrado y llevarse la llave. Y él estaba seguro de que tenía muchos enemigos que deseaban vengarse de él. Había matado a un buen número de miembros del clan MacEwen durante la invasión. De hecho, le asombraba que nadie hubiera intentado asesinarlo hasta ahora.

Se volvió hacia los otros dos. Lachlan sostenía una bata en la mano, que ofreció a Onora.

Angus comprendió de pronto que por primera vez en su vida había dejado que su pasión por una mujer prevaleciera sobre su deseo de luchar y defender. Cuando estaba con Gwendolen, el mundo entero parecía desaparecer y fundirse en gratas oleadas de sensaciones, y nada existía para él fuera del placer que ambos experimentaban juntos.

Pero lo que le chocaba más era el hecho de que no deseaba que eso cambiara. Lo único que deseaba en estos momentos era utilizar todas las dotes y habilidades que poseía para descubrir quién estaba detrás de este intento de asesinarlo e impedir que volviera a suceder, porque nada le importaba más que la seguridad de Gwendolen, sobre todo ahora que quizá estuviera esperando un hijo suyo. El afán de protegerla le consumía como una fiebre, y quizá fuera ésa la amenaza más peligrosa.

Esa mañana, más tarde, Onora llamó a la puerta de la habitación de Gwendolen. Ésta la invitó a pasar y envió a su doncella a la cocina para que les subiera un almuerzo ligero.

—¿Qué hay de nuevo? —inquirió Gwendolen.

Onora se sentó.

—Angus y Lachlan creen que Gordon MacEwen es probablemente la persona que está detrás del intento de asesinato, y yo comparto esa opinión.

Gwendolen se sentó también, asimilando esta noticia con preocupación.

—¿Les confesaste que Gordon y tú erais amantes?

—Sí. —Su madre empezó a morderse la uña del pulgar—. Pero ya lo sabían.

—¿Cómo?

Onora se rebulló incómoda en el asiento e hizo un ademán ambiguo.

—Supongo que debí de contarle a Lachlan algunos detalles al respecto. No lo recuerdo. Hemos estado flirteando durante varias semanas, y tengo la impresión de que cuando me encuentro en la misma habitación con él bebo mucho vino. Al menos, creo que es el vino lo que hace que me sienta mareada. —La mujer sacudió la cabeza—. Pero hay otra cosa. Esta mañana tu marido me sometió a un intenso interrogatorio. Es un hombre implacable. Debo de tener un aspecto espantoso. —Se levantó, se acercó al espejo y se pellizcó las mejillas.

—Estás bien, mamá. Y sí, mi marido es implacable. Lo cual no debería sorprenderte. Es por eso que todos le temen, y hacen exactamente lo que les pide en el preciso momento en que se lo ordena.

—¿Incluso *tú*? —Onora se volvió y miró a su hija con gesto de reproche.

Por alguna extraña razón, Gwendolen sintió el absurdo deseo de soltar una carcajada.

—Yo *deseo* hacer lo que él me pide —respondió—. No por temor, sino por lealtad. Sé que querías que averiguara la forma de ejercer cierto poder sobre él, pero entre nosotros ocurre todo lo contrario. Es él quien ejerce poder sobre *mí*, pero no porque yo le tema. Deseo más de él, y empiezo a pensar que haría lo que fuera con tal de conquistar su amor. Lo que fuera.

Su madre dirigió la vista hacia la ventana y siguió mordiéndose la uña del pulgar.

—No necesitas explicármelo, Gwendolen. Lo comprendo. —Onora se aclaró la garganta—. ¿No tienes ninguna bebida aquí? ¿Por ejemplo whisky?

Gwendolen observó que a su madre le temblaban las manos. Se acercó a la mesa y sirvió un trago de la licorera que había sobre ella. Luego regresó y le entregó el vaso.

—¿Te lastimó?

—No es eso. Es que... —Onora bebió un largo trago—. De pronto siento como si mi mundo se hubiera trastocado. Nada es como era antes de que los MacDonald nos invadieran. He perdido el poder que tenía, y con frecuencia me siento confundida y desorientada. —Desvió la vista y añadió—: Temo que estoy perdiendo el juicio.

—Eso es debido a Lachlan —replicó Gwendolen sin rodeos—. Te estás enamorando de él.

Onora la miró indecisa y volvió la cabeza.

—No. Es demasiado joven para mí, y no soy estúpida. Pero esta situación... —Se sirvió otro whisky y lo apuró de un trago—. Tu marido es un hombre temible, Gwendolen. Hay algo frío en sus ojos. Esta mañana temí que me rebanara el cuello sin más preámbulos.

Gwendolen se sentó.

—Estoy segura de que jamás haría eso.

Pero ¿lo estaba realmente? Ella misma había visto esa expresión, un odio brutal y sanguinario en sus ojos, que podían pasar de cálidos a fríos en un instante.

Cuando su madre recobró al fin la compostura, se sentó también y se reclinó en la butaca.

—Gordon se ha visto implicado por el hecho de que es la única persona, aparte de mi doncella personal, que sabe dónde está la llave. Como es natural, negó haber tenido nada que ver con el asunto, pero lo han arrestado. También han encerrado a mi doncella, la pobre y dulce Madge. Está aterrorizada, y no me extraña. Es preciso hacer algo, Gwendolen, pero yo tenía tanta prisa por escapar del interrogatorio...

—Hablaré con Angus —le prometió su hija—, y le pediré que deje libre a tu doncella. —Gwendolen se detuvo—. A menos que creas que ella...

—¡Por el amor de Dios! ¿Madge? Jamás se le ocurriría sustraer una llave a escondidas, ni ninguna otra cosa. Estoy convencida de su lealtad.

—¿Ni siquiera si Gordon la obligara a hacerlo, o la sobornara?

Después de reflexionar unos instantes, Onora se mordió de nuevo la uña del pulgar.

—Supongo que nunca sabes realmente de quién puedes fiarte. Vivimos tiempos muy convulsos.

Ambas guardaron silencio unos minutos.

—¿Ha podido alguien identificar al asesino? —preguntó Gwendolen.

—No. Ningún MacEwen, ni tampoco ningún MacDonald, ha sido capaz de reconocerlo. Parece como si ese hombre hubiera venido a Escocia volando desde el extranjero, como un ave de rapiña migratoria. —Onora bebió otro trago de whisky—. A propósito de aves, creo que la pequeña golondrina que anidaba en el gran salón se ha marchado para siempre. Salió volando por la puerta el día de tu boda, y nadie ha vuelto a verla.

—¿De veras? —preguntó Gwendolen, ocultando el hecho de que ya lo sabía. Estaba profundamente preocupada por el paradero de la avecilla, pues había soñado que moría entre las fauces de un cuervo la víspera de sus nupcias. Gwendolen no le había revelado a nadie su sueño, ni siquiera a Angus, pues lo había interpretado como un mal augurio, y ahora empezaba a creer que lo era.

Decidió prestar más atención a sus sueños en el futuro. Y quizá contárselos a Angus.

Pero de momento, tenía que conseguir que liberaran a Madge de la prisión.

Capítulo 15

Gwendolen yacía en la cama en la oscuridad, esperando a Angus. Durante quince días, apenas le había visto. Su mando, no solo seguía investigando el intento fallido de asesinarlo —y en ocasiones se ausentaba del castillo durante horas para explorar los bosques y las cañadas circundantes—, sino que trabajaba con su ejército en el patio del castillo para perfeccionar su pericia como guerreros.

Por las noches, cuando se metía en la cama, estaba agotado y no tenía ganas de participar en las prolongadas y animadas sesiones de sexo a las que ella se había acostumbrado durante las primeras semanas de su matrimonio. El hombre al que ella había llegado a conocer durante esas tardes lluviosas había desaparecido, suplantado por el hosco y siniestro conquistador que había invadido su casa y asesinado a numerosos miembros de su clan. Se había replegado en la sombra de la violencia y el cinismo, arrebatándole a ella toda esperanza de que algún día pudiera existir una mayor intimidad y afecto entre ellos. A esas alturas ella sabía que, por encima de todo, él era un guerrero. Eso prevalecía sobre todo lo demás.

No obstante, Gwendolen no se quejaba, ni se le habría ocurrido hacerlo, pues lo más importante de todo era el liderazgo de Angus sobre Kinloch y la seguridad de sus gentes. Pero en el fondo, se sentía sola. Cada vez que recordaba lo que sentía cuando él la abrazaba por las noches, experimentaba un terrible sentimiento de pérdida.

Una llave giró en la cerradura y la puerta de la alcoba se abrió. La luz del corredor se proyectó sobre el suelo, y Gwendolen se incorporó sobre los codos, mirando a su marido cuando entró y cerró la puerta a sus espaldas.

—Vuelve a dormirte —le dijo él, quitándose la pistola del cinto y depositándola sobre la mesita de noche. Acto seguido se quitó el cuerno de pólvora que llevaba colgado al hombro y, por último, su pesado cinturón, su espada y su escudo.

—¿Dónde estuviste hoy? —preguntó ella—. ¿Has cenado?

—Acabo de cenar con los hombres. —Angus se acercó a la butaca junto al fuego, se dejó caer en ella y estiró las piernas.

Gwendolen apartó las ropas de la cama. Lentamente, atravesó la habitación y se arrodilló ante él.

—¿Puedo hacer algo por ti?

Quizás le pediría que le hiciese el amor mientras él se recostaba en la butaca, pues ella sentía ya la excitación del deseo carnal. Deslizó las manos arriba y abajo sobre los antebrazos de él, acariciándole los músculos y pasando las yemas de los dedos sobre sus grandes manos cubiertas de cicatrices de guerra.

Él inclinó la cabeza hacia atrás en la butaca y cerró los ojos, moviendo la cabeza en un gesto de rechazo.

Pensando que tal vez necesitaba otro tipo de relajantes caricias para estimular su pasión, Gwendolen introdujo las manos debajo de su falda escocesa y le masajeó sus atléticos muslos, pero él la sorprendió obligándola a alzar la cabeza y sujetándola por las muñecas. Sus ojos eran fríos y grises como el hielo en invierno, su voz amenazadora.

—He dicho que *no*. —Sacudió la cabeza en un gesto autoritario, indicando la cama—. Te he dicho que vuelvas a dormirte. No consentiré que esta noche me desobedezcas, muchacha. Vete y déjame tranquilo.

Ella se sentó en cuclillas, retiró las manos de debajo de su falda escocesa y le miró frunciendo el ceño.

—¿Ha ocurrido algo hoy?

—Ha sido una jornada como cualquier otra —respondió él—, pero estoy cansado. No tengo ganas de conversar ni de nada. Ya te lo he dicho. Vete de una vez.

Al percibir la brusca nota de irritación en su voz, Gwendolen se levantó esforzándose en reprimir el dolor que le había producido su rechazo, que era a un tiempo sexual y personal. Había empezado a confiar en llegar a ser para él un solaz cuando las tensiones de su posición como señor del castillo le agobiaran. Deseaba aliviar las cargas de su responsabilidad. Deseaba procurarle unos goces fuera de la violencia y la dureza de la guerra, ser la persona que le acogiera por las noches en su hogar, que le curara sus heridas y le infundiera ánimos para que al día siguiente pudiera levantarse y salir de nuevo a luchar.

Pero él no quería eso de ella, al menos no esta noche, cuando la veía solo como otro estorbo que incrementaba su irritación.

De pronto sintió que la indignación hacía presa en ella, pues no era un estorbo para nadie. Solo deseaba hacer algo para aliviar sus pesadas cargas.

—Bien, te dejaré tranquilo. —Gwendolen echó a andar airadamente a través de la habitación—. Regresaré a mi alcoba.

—¡No! —gritó él, inclinándose hacia delante en su butaca—. Harás lo que yo te diga, muchacha, así que acuéstate en esta cama, en esta habitación. No quiero que andes de puntillas por los corredores del castillo por las noches.

—¡De acuerdo! —Ella regresó junto a la cama, se acostó y metió los pies debajo de las ropas—. ¡Me quedaré aquí! ¡Descuida, no haré el menor ruido para no molestarte!

Se cubrió con las mantas, deseando ser más dócil, pero era una esperanza vana. Deseaba ciertas cosas de este matrimonio, pero el distanciamiento emocional que su marido había interpuesto entre ambos no era una de ellas.

Angus observó a Gwendolen desde la butaca mientras ésta volvía a meterse en la cama con la velocidad de una bala de mosquete. Sabía que estaba enojada con él. Maldita sea, era tan obvio como un caballo corcoveando en la cocina.

También sabía que él no servía para esto. Había creído que se adaptaría a este matrimonio cuando la tomara por esposa. Había supuesto que consistiría simplemente en desposarla y acostarse con ella unas cuantas veces hasta dejarla preñada. Pero el sexo había resultado ser infinitamente más intenso de lo que él había imaginado, y su esposa más apetecible e interesante que cualquier otra mujer que había conocido, lo cual constituía un problema. El hecho de prestar la debida atención a sus deberes —mientras ella se paseaba por el castillo ataviada con sus bonitos vestidos, oliendo a rosas—, era como nadar contra corriente en aguas turbulentas.

Se inclinó hacia delante, apoyó la frente en una mano y se pasó la otra por el pelo. Sus deseos no tenían sentido. La deseaba, pero al mismo tiempo quería mantenerla alejada.

Volviéndose en su butaca, la miró irritado. Gwendolen yacía de costado, de espaldas a él. Se había tapado con las ropas de la cama hasta las orejas, como una niña enfurruñada.

La había ofendido. Su actitud no dejaba lugar a dudas. ¿Estaba llorando?

¡Maldita sea! ¿Y qué si estaba llorando?

Angus se recostó en la butaca y se pasó una mano por la cara, luego se levantó y se acostó en la cama detrás de ella. Se acurrucó junto a su cuerpo, apoyó las rodillas en la parte posterior de las suyas y se incorporó sobre un codo. Apartándole un mechón de la cara, le dijo:

—Tienes ganas de propinarme una patada en las pelotas, ¿verdad?

—Sí —respondió ella secamente—. Estuviste muy grosero.

Él guardó silencio un minuto.

—Lo siento, muchacha. Ha sido una larga jornada. Estaba cansado y de mal humor. ¿Qué puedo hacer para compensarte por ello?

¡Dios! ¿Era posible que le estuviera diciendo esas cosas?, pensó. ¿Era ella consciente de que se trataba de algo absolutamente insólito? Él jamás se había humillado ante nadie, ni una sola vez durante su dura e ingrata vida, salvo quizás ante su padre cuando era niño para evitar que le azotara.

Pero jamás ante una mujer. Ni una sola vez. Jamás.

—No puedes hacer nada —replicó ella—, porque me has dicho que estás demasiado cansado para hacer el menor esfuerzo, y yo he cometido el error de desobedecerte al no regresar de inmediato a la cama.

El malhumor que había reconcomido a Angus durante todo el día remitió lo suficiente para que esbozara a regañadientes una breve sonrisa, meneando la cabeza ante esas increíbles circunstancias, pues su bonita esposa-trofeo parecía haberse adueñado de su voluntad.

—A veces —dijo él—, haces que me enfurezca hasta el extremo de que creo que voy a enloquecer, lo cual resulta casi cómico. ¿Lo sabías?

—Hace cinco minutos no te parecía tan cómico.

—Cierto, y eso es lo más chocante. Eres la única persona en Escocia capaz de aplastar mi ira y hacerla añicos en cuestión de un minuto.

Ella se colocó boca arriba y le miró pestañeando con esos hermosos ojos grandes y castaños. Al contemplar su belleza pura e inmaculada Angus sintió que un resorte saltaba en su interior. Era como una mariposa que él deseaba atrapar y sostener en las manos.

De pronto ella le pellizcó con fuerza en el hombro.

—¡*Ay!* —se quejó él—. ¿A qué ha venido eso?

—Te lo merecías.

Él se montó de inmediato sobre ella.

—Tienes razón. ¿Significa que estamos empatados?

—Por supuesto que no.

Él empezó a mover las caderas lentamente.

—Entonces te lo preguntaré de nuevo, muchacha. ¿Qué puedo hacer para compensarte por ello?

Ella se retorció debajo de él, haciendo que su erección aumentara de forma notable.

—Puedes hacerme el amor, Angus. Esfuérzate en proporcionarme un placer intenso y goza tú también.

—Eso no representa ningún problema —respondió él—. Ya me lo estoy pasando en grande.

—Pues yo no. Sigo enfadada contigo. Hace un rato te portaste como un animal.

Él le besó suavemente los párpados.

—Cierto, pero no tardarás en perdonarme cuando me meta en tu cálido y dulce bollo y te haga estremecer de placer.

—¿Mi bollo? ¡Cielo santo, no tienes remedio!

Él se quitó la falda y la despojó a ella de su camisón, introdujo los dedos en el delicioso y húmedo paraíso entre sus muslos para asegurarse de que estaba preparada para recibirlo —como así era— y la penetró con maravillosa e increíble facilidad.

Ella arqueó la espalda y cerró los ojos.

—Sí, sí, es *perfecto*...

Él se movió lentamente dentro de ella, retirándose y penetrándola una y otra vez, profunda e irresistiblemente.

—¿Me perdonas ahora?

Ella asintió con la cabeza, y él le hizo el amor lenta y pausadamente durante una hora, asegurándose de que no cambiara de parecer.

Cuando ella se quedó por fin dormida, saciada y relajada en sus brazos, él se preguntó si alguna vez lograría conciliar el sueño con esa facilidad, dormir profundamente, sin abrir constantemente un ojo, atento a la menor señal de peligro, esperando que la muerte viniera a por él durante la noche, temiendo perderla a ella y todo cuanto atesoraba. Ya había experimentado el dolor de la pérdida de un ser querido, y no dejaba de temer que pudiera ocurrir de nuevo.

Así pues, al cabo de una hora se levantó de la cama y salió de la alcoba. Se dirigió al lugar al que acudía cada noche en busca de solaz. No lo había hallado nunca, y a veces se preguntaba por qué se molestaba en seguir buscándolo.

Pero algo en su interior hacía que se sintiera distinto esta noche.

Quizá fuera la esperanza.

Capítulo 16

*G*wendolen se incorporó en la oscuridad al oír que la puerta se abría y se cerraba.

No le sorprendió que Angus se hubiera marchado. Había algo discordante en su vida y en su corazón, y ella lo sentía también en el suyo. Por lo demás, sabía que él no quería hablar de eso con ella. Desde el principio, había eludido los temas más personales con el fin de mantener cierta distancia entre ambos, y cuando quería evitar que ella insistiera, abandonaba la habitación o reaccionaba con ira y violencia, atemorizándola y amedrentándola. A veces le hacía el amor, lo cual siempre resultaba una distracción eficaz.

Esta noche, sin embargo, por primera vez, él había demostrado cierto arrepentimiento y se había disculpado por su conducta grosera. Ese gesto había hecho que ella confiara en que tal vez un día él accediera a abrirle su corazón.

Entonces se tumbó de nuevo y fijó la vista en el dosel, por más que sabía que no conseguiría conciliar el sueño. Deseaba que él estuviera a su lado, y deseaba comprender qué le había inducido a marcharse.

Se levantó de la cama, se puso el camisón, que encontró en el suelo, se cubrió con un chal y atravesó la habitación. Se asomó al corredor y al oír los pasos de él al pie de la escalera, se apresuró a seguirlo.

Avanzó de puntillas sobre las frías piedras del suelo, pasó frente a las parpadeantes antorchas, sujetándose la falda del camisón para impedir que las corrientes de aire la levantaran. Se aventuró a través de los corredores abovedados hasta la capilla, donde al fin halló a Angus arrodillado frente al altar, con la cabeza inclinada.

De todas las habitaciones del castillo, jamás habría imaginado que lo encontraría aquí.

Gwendolen se detuvo en el umbral, en silencio, esperando a que él terminara, pero antes de que pudiera decidir qué iba a decirle, o cómo iba a abordarlo, él se volvió rápidamente sobre las rodillas y sacó su pistola.

—¡Soy yo! —gritó ella, alzando las manos mientras su grito de terror resonaba en el elevado techo abovedado.

Él la miró durante unos segundos, luego volvió a guardarse la pistola en el cinturón, se puso de pie y avanzó hacia ella por el pasillo central.

—¿Estás loca, muchacha? ¡Pude haberte matado!

—¡Lo siento! No pensé en ello. Me desperté y vi que te habías ido. Estaba preocupada.

Él se detuvo en medio del pasillo.

—¿Estabas preocupada por *mí*? —Sacudió la cabeza con incredulidad, como si fuera la mujer más estúpida del mundo.

Durante unos momentos, la observó a la titilante luz de las velas, luego emitió un suspiro de resignación y le tendió la mano.

—Ay, muchacha, serás mi perdición. Vamos, entra. Hace frío en el corredor. —Observó sus pies y preguntó—. ¿Dónde están tus zapatos?

—No estoy hecha de mantequilla —replicó ella—. Puedo sobrevivir sobre las piedras frías del suelo. —Pero los huesos de los pies empezaban a dolerle.

Él la condujo hasta el primer banco, junto a las velas que ardían cerca de la silla de coro, y ella se santiguó antes de sentarse. Él se sentó a su lado, le dijo que apoyara los pies sobre su regazo y empezó a masajeárselos con sus manos grandes y tibias.

—Quizá te interese saber —dijo ella—, que cuando mi padre era el jefe de este lugar, no permitía armas en la capilla.

Angus alzó los ojos.

—¿Qué insinúas con eso, muchacha?

—Nada. Se me acaba de ocurrir, y pensé que te interesaría saberlo.

—¿Porque he estado a punto de cometer un pecado abominable? ¿«No asesinarás a tu esposa en la capilla»?

—Ése no es ningún mandamiento.

Él sonrió con gesto socarrón.

—Puede que no, pero debería serlo.

Ella se rió.

—Sí, supongo que debería serlo. Pero si vamos a añadir eso, deberíamos también añadir: «No asesinarás a tu marido en la capilla».

Él siguió frotándole el empeine.

—Supongo que es justo.

Cuando terminó de masajearle los pies, ella los apoyó en el suelo y ambos se volvieron hacia el altar, contemplando la vidriera de colores de la Virgen María.

—¿Puedo preguntarte algo? —Gwendolen mantuvo la vista fija en la vidriera, pero por el rabillo del ojo vio que él observaba su perfil. Angus se abstuvo de contestar, y ella lo interpretó como una respuesta afirmativa—. ¿Por qué abandonaste nuestro lecho y viniste aquí en plena noche? Sé que no es la primera vez.

Él alzó los ojos y contempló también a la Virgen María.

—Para rezar.

—¿Por qué?

Ella esperó pacientemente a oír su respuesta, pero él parecía decidido a tomarse su tiempo. Por fin, inclinó la cabeza y se pellizcó el tabique nasal.

—Esta noche empecé por la habitual plegaria por el alma de mi madre, aunque dudo de que la necesite. Era una santa. Al menos, así la recuerdo. Luego recé por mis pecados, por las gentes de Kinloch que me han confiado su seguridad y prosperidad, y cuando apareciste, me disponía a rezar por la traición que cometí hace dos años, implorando no solo el perdón de Dios, sino también el perdón de mi padre.

Gwendolen se volvió para mirarlo.

—Porque traicionaste a tu amigo. —Recordaba que él se había referido a esa cuestión como una hazaña triunfal. Ella había pensado en ello muchas veces desde entonces—. No aprobabas a la esposa que había elegido.

—En efecto.

—¿Crees ahora que estabas equivocado sobre esa mujer? ¿Qué no era tan mala persona?

—Jamás pensé que fuera mala persona —respondió él—. El problema era que no estaba de acuerdo con lo que representaba. Mi amigo era un escocés leal, pero ella era inglesa y estaba comprometida con nuestro enemigo, un despreciable casaca roja que en estos momentos estará abrasándose en el infierno, y con toda justicia. Solo lamento no haberlo enviado allí yo mismo.

Él la miró como percatándose de que había cometido una torpeza, teniendo en cuenta el lugar donde se hallaban.

Gwendolen no le dio importancia. Éste era un lugar de perdón.

—¿Por qué? —preguntó—. ¿Qué terrible crimen había cometido ese inglés?

Él se volvió de nuevo hacia el altar.

—Llevó a cabo un sanguinario ataque de punta a punta del Great Glen, prendiendo fuego a las viviendas de escoceses inocentes por el mero hecho de estar informados sobre la rebelión jacobita.

—¿Te refieres al teniente coronel Richard Bennett? —preguntó ella, frunciendo el entrecejo.

—¿Has oído hablar de él?

—Por supuesto —contestó ella—. Todo el mundo ha oído hablar de él. Era un infame canalla, que hace dos años fue derrotado y liquidado por el Carnicero de las Tierras Altas.

Angus la miró durante unos largos y tensos momentos, y ella se preguntó de nuevo si le ocultaba algo. La noche de la invasión, ella le había preguntado si era el tristemente famoso Carnicero escocés, pero él lo había negado.

—Era tu amigo, ¿no? —inquirió ella, atando cabos, asombrada por haber averiguado este nuevo dato sobre su marido—. El hombre al que traicionaste era el Carnicero de las Tierras Altas.

Angus se apresuró a negar con la cabeza.

—El Carnicero no es más que un fantasma y una leyenda. Pero aunque le conociera, jamás lo diría. Ni siquiera a ti, muchacha.

Gwendolen miró a su marido a los ojos, unos ojos de un azul pálido, y vio en ellos la verdad. No se había equivocado, había sospechado que tiempo atrás había cabalgado con el famoso rebelde escocés, y que le había traicionado. Conocía bien la historia. Alguien había informado al ejército inglés del paradero del Carnicero, lo cual había conducido a su arresto y encarcelamiento.

Éste era el motivo por el que Angus había sido desterrado hacía dos años. Por esto le atormentaba el sentimiento de culpa. Había sido él quien había revelado el escondrijo del Carnicero.

Angus se volvió hacia la vidriera.

—Pero empiezo a comprender que lo que existía entre esa inglesa y mi amigo era algo que yo no comprendía, y que no tenía derecho a juzgarle.

Gwendolen no insistió en que le confesara más detalles del tema, pues con ello solo conseguiría que traicionara más a su amigo, cosa que ella no deseaba.

—¿Qué es lo que ha cambiado para que ahora lo veas de esta forma? —preguntó, convencida de que ya conocía la respuesta, pero quería oírselo a él.

—Desde el día en que te conocí, estaba dispuesto a hacer lo que fuera con tal de proteger tu seguridad y hacerte mía. Ahora sé que lo que existe entre nosotros es lo mismo que lo que existía entre ellos. Al principio yo era tu enemigo, y tú no eras sino un instrumento político para mí, pero al poco tiempo todo eso dejó de tener importancia. —Angus dirigió la vista de nuevo hacia el altar—. A mi amigo le ocurrió lo mismo.

—Pero tú trataste de que ese hecho tuviera importancia en nuestro caso —dijo ella—. Y sigues intentándolo. No quieres encariñarte conmigo, Angus. Reconócelo.

—Soy el hijo del jefe de un clan —replicó él rápidamente—. Me criaron para ser un guerrero, con el propósito de servir y liderar a los MacDonald, los cuales me han honrado depositando su confianza en mí.

—El hecho de amarme no cambiará eso.

Ella comprendió demasiado tarde lo que había dicho, y fijó la vista en su regazo. Jamás debió pronunciar la palabra «amor». Él no quería amarla. Ella lo sabía.

—Eres una buena esposa —respondió él—. No tengo queja.

Ella sintió que se sonrojaba.

—¿Porque te complazco en la cama?

Él se inclinó sobre ella y la tomó del mentón.

—Sí, pero es más que eso, y tú lo sabes. Por eso he estado tan malhumorado últimamente. A veces te deseo tanto, que lo único que quiero durante una sesión de adiestramiento es arrojar la espada y dejar que los hombres se las arreglen por sí solos, para poder acostarme contigo. Pero cuando pienso que puedes sufrir algún daño, deseo volver a empuñar mi espada. Has suscitado en mí dos sentimientos contrapuestos, muchacha.

Ella se estremeció.

—Es posible que tu amigo se sintiera así con respecto a ti y a la inglesa. Sin duda estaba atormentado por el cariño que os tenía a los dos, y probablemente le resultó muy difícil elegirla a ella, sabiendo que tú no aprobabas esa relación.

Una de las velas comenzó a oscilar agitada por la corriente de aire, y ambos se volvieron hacia la puerta. No había nadie, de modo que se volvieron de nuevo hacia el altar, pero los latidos del corazón de Gwendolen tardaron un rato en normalizarse.

—¿Lamentas haber perdido a tu amigo? —preguntó—. ¿Crees que te sentirías mejor si te pusieras en contacto con él? Podrías enviarle una carta pidiéndole perdón por lo que hiciste, y explicándole que ahora comprendes la elección que hizo.

Angus meneó la cabeza.

—No puedo pedirle perdón. No, lo que hice no tiene perdón.

—No hay nada que no merezca perdón si te muestras sinceramente arrepentido. Al menos Dios se mostrará misericordioso.

Él la miró perplejo.

—¿De modo que debería escribir esa carta para conseguir una invitación al cielo?

Ella relajó los hombros.

—Por supuesto que no. Debes hacerlo por los motivos justos, para subsanar tu amistad con ese hombre y honrarlo con tu petición de perdón. Puede que él lamente también haber perdido tu amistad. Además, me gustaría tener la oportunidad de conocerlo.

Gwendolen no mentía. El Carnicero de las Tierras Altas era un famoso héroe escocés.

Angus jugueteó con el mechón que le caía a ella sobre la oreja, y el roce de sus dedos hizo que a la joven se le pusiera la carne de gallina.

—Eres una mujer inteligente, muchacha. Prometo pensar en el asunto.

—¿Vas a volver a la cama? —preguntó ella.

—Sí, después de rezar otra oración.

Ella se levantó, pero sin soltarle la mano.

—¿Deseas estar a solas?

—Sólo durante unos minutos —respondió él—. Tengo que rezar por mi padre, por si acaso nos encontramos de nuevo en el más allá, para que no me azote hasta dejarme sin sentido, como hizo la última vez que nos vimos.

Gwendolen se ajustó el chal sobre los hombros.

—Estoy segura de que si te observa desde lo alto, se sentirá muy orgulloso de ti. A fin de cuentas, has reconquistado su castillo.

Angus meneó la cabeza.

—¿Cómo puedes decir eso, cuando tu padre debe de estar revolviéndose en la tumba al ver que te has casado conmigo? Soy el hijo de su enemigo.

Ella alzo la vista y miró la cruz sobre el altar.

—Creo que comprendería el motivo por el que te acepté, que lo hice por mi clan.

—Hiciste un gran sacrificio, muchacha.

—Quizá. Pero ha resultado ser menos penoso de lo que suponía. —Gwendolen se volvió para marcharse.

—Espérame aquí —dijo él—. No tardaré, y no quiero que deambules sola por el castillo de noche. Alguien podría secuestrarte y pedirme un rescate, y empiezo a pensar que estaría dispuesto a pagar cualquier precio para recuperarte.

—¿Cualquier precio? —preguntó ella con un atisbo de esperanza.

—Sí. Soy tu esposo, muchacha. Daría mi vida por ti.

Un temblor de emoción se apoderó de Gwendolen, pues no estaba preparada para oírle expresarse de forma tan contundente sobre el compromiso que le unía a ella, y se preguntó: ¿era por deber? ¿O era otra cosa?

Para ella, era mucho más que el deber lo que la mantenía unida a él.

—Confiemos en que no se dé nunca el caso —observó ella. Miró inquieta los bancos situados frente a él, y se sentó en uno de ellos—. Pero, para mayor seguridad, te esperaré aquí mientras rezo.

—¿Y qué vas a pedir? —preguntó él.

Tras reflexionar unos instantes, Gwendolen juntó las manos y las apoyó en la parte posterior del banco frente a ella.

—Rezaré para que un día te reúnas con tu amigo y él te perdone. —Le miró de refilón con una expresión cargada de significado—. Estoy segura de que el Carnicero de las Tierras Altas ha cometido los suficientes pecados como para perdonarte los tuyos.

Su esposo apuntó un dedo hacia ella en señal de advertencia.

—No temas —respondió ella con una pícara sonrisa—. Me llevaré tu secreto a la tumba.

Al día siguiente, Angus se sentó ante su escritorio, tomó su pluma de ganso y la mojó en el tintero de porcelana:

13 de septiembre de 1718
Estimado lord Moncrieffe:

Me pregunto si romperás el sello de esta carta cuando reconozcas el escudo de Kinloch. Quizá malgaste la tinta empleada en esta misiva, pero debo intentarlo, pues como mínimo te debo esto, y mucho más.

Han pasado dos años desde que hablamos por última vez, y sin duda sabes que fui desterrado y que mi padre falleció poco después. Durante mi exilio, Kinloch cayó en manos del clan de los MacEwen, pero he regresado hace poco y he reclamado el hogar de mi padre. Me he casado con la hija del jefe de los MacEwen, con el propósito de unir a los dos clanes.

Pero estoy seguro de que estás enterado de mi regreso, y de la actual situación de Kinloch. No te escribo por ese motivo. Mi único propósito es expresarte mi más sincero arrepentimiento por lo ocurrido la última vez que hablamos.

Cometí una grave falta, Duncan. He pasado dos años arrepintiéndome de mi abominable traición, y jamás olvidaré, ni me perdonaré, lo que te hice.

Mis lecciones están ahora profundamente grabadas en mi alma pecadora, pues me encuentro en una situación no distinta de la tuya, cuando conociste a la mujer que se convertiría en tu esposa. En aquel entonces no comprendí la complejidad de tu dilema, pero ahora veo el mundo con más claridad, y no tengo palabras para expresar los remordimientos que siento por lo ocurrido en 1716.

Me consumo en penitencia y desesperación por mis crueles y brutales actos. Rezo por ti y por tu condesa, y os deseo toda la felicidad del mundo. Quiero que sepas que mientras yo sea el señor del Castillo de Kinloch, siempre tendrás unos aliados aquí.

Tuyo afectísimo,
Angus Bradach MacDonald

Angus se detuvo unos momentos para reflexionar sobre el dolor del arrepentimiento que se había instalado en su corazón hacía dos años, y que seguía residiendo allí. Especialmente ahora, mientras escribía esta carta.

Antes el dolor de los demás le dejaba indiferente, pero esa actitud despiadada había llegado demasiado lejos. Su mejor amigo era el Carnicero de las Tierras Altas, y él había revelado su escondite al ejército inglés para castigarlo por haberse casado con una inglesa.

Había tenido dos años para pensar en ello y analizar su vergüenza. Dos años solo en los confines del mundo, un lugar azotado por el viento, la lluvia, el hielo y las gélidas aguas del océano...

Pero esa era otra vida. Ahora había regresado a su hogar. Todo era distinto.

Vertió unos granos de arena sobre la carta, sopló sobre ellos para eliminarlos, la selló y se levantó de la silla. En ese momento alguien llamó a su puerta, pero al abrirla comprobó que no era el mensajero al que había mandado llamar hacía veinte minutos.

—Lachlan. ¿Qué haces aquí?

Su amigo tenía las mejillas blancas como la cera.

—Tienes una vista.

—¿Una visita? ¿Quién es? —Angus guardó la carta en su escarcela.

—La mujer con la que vivías en las Hébridas, la que predijo que no tardaría en llegar tu momento, cuando los MacEwen oirían tu rugido y todas esas zarandajas.

Angus sintió un nudo de temor en la boca del estómago.

—¿Raonaid está aquí?

¡Dios! Sintió al instante una sensación de náuseas. ¿Qué había venido a hacer? Solo podía haber un motivo.

—Sí —respondió Lachlan—. La pitonisa. Pero más vale que te apresures. Está destrozando toda la vajilla en la cocina. Los sirvientes huyen como ratas, y el cocinero se ha encerrado en la bodega. La situación es más que complicada.

Angus se dirigió hacia la escalera.

—¿Qué diablos hace en la cocina? ¿Quién la ha llevado allí? Debiste traerla ante mí de inmediato.

—Estaba hambrienta —le explicó Lachlan—. Y alguien cometió el error de decirle que te habías casado. Fue entonces cuando empezó a destrozar cosas.

174

—Ya, es muy propio de Raonaid. Es mejor que me sigas, Lachlan, y no te alejes. —Al llegar al pie de la escalera, Angus se volvió—. ¿Va armada?

—No tengo ni pajolera idea. Nadie ha sido capaz de acercarse lo suficiente para registrarla.

Capítulo 17

Cuando Angus entró en la cocina —que estaba patas arriba, sembrada de platos rotos y leche derramada—, Raonaid se hallaba sentada sola a una mesa, metiendo la cuchara en un cuenco que contenía un humeante cocido.

Antes de que él emitiera un sonido o pronunciara una palabra, alzó sus perspicaces ojos, azules como el mar en invierno, y le miró con una mezcla de astucia e intensidad, como si hubiera intuido su llegada. Angus sintió la penetración de su mirada como una cuchillada en la barriga.

Se acercó a ella pausadamente, tomando nota de su apariencia, al tiempo que eludía el evidente motivo de su presencia allí, un tema que aún no estaba dispuesto a afrontar.

La joven llevaba el pelo, de color cobrizo, limpio y arreglado. Le caía por la espalda en una espesa y ondulada melena. De no ser por el raído vestido de lana de un color pardo desteñido y la total ausencia de joyas, habría presentado un aspecto tan digno y noble como una mujer de alcurnia. Todo en ella transmitía la impresión de pomposa arrogancia, pero todo era fingido. Era una apariencia tan astutamente urdida como falsa, pues no se había criado precisamente en un ambiente regio.

Habiendo nacido con el don sobrenatural de la clarividencia, había pasado toda su vida marginada por la sociedad, viviendo en una inmunda choza con el techado de paja en los confines del mundo. Su notoriedad como bruja había llegado incluso a tierra firme escoce-

177

sa. La gente la temía y despreciaba. Algunos decían que tenía la marca del diablo impresa en la piel, mientras que otros se compadecían de ella y rezaban por la salvación de su enajenada y trágica alma.

Nadie conocía los orígenes de su familia. Había sido criada en las Islas Occidentales por una vieja excéntrica que había muerto cuando Raonaid tenía once años. Nadie sabía si esa mujer era su madre o no, ni siquiera ella misma, que había decidido quedarse en las islas después de la muerte de su tutora, buscando consuelo en su extraña colección de huesos y pócimas. Con el tiempo se había convertido en una joven inteligente —atractiva y sexualmente apetecible—, pero ningún hombre la quería, y ella no se ofrecía a nadie.

Sus únicos consuelos y placeres se los procuraban sus visiones en los círculos de piedras. A veces veía el futuro. Otras, se veía viviendo una vida paralela en un mundo distinto.

Hasta que Angus había aparecido en su vida.

A diferencia de otros, él no la temía.

Tras enjugarse la boca con una servilleta, Raonaid dejó la cuchara. Se levantó del taburete y se acercó a él.

Él no había olvidado lo hermosa que era. Un hombre podía caer y perderse entre sus voluptuosos pechos y desaparecer durante un año.

—¿Por qué has tardado tanto? —le preguntó ella—. ¿Tienes idea del trato que me han dispensado tus guardias? Ni siquiera querían franquearme la entrada.

Lachlan la interrumpió.

—No volverán a cometer ese error, Raonaid. Ahora saben quién eres, y no te olvidarán. —Dio un codazo a Angus en el costado—. Dijo a uno de los guardias que veía su futuro, y que se preparara porque se le iba a caer todo el pelo antes de Navidad.

Angus meneó la cabeza.

—Raonaid, si hubieras tenido paciencia, yo mismo habría ido a buscarte.

—Ya, y yo me lo creo —replicó ella con tono sarcástico.

Acto seguido regresó a la mesa, tomó de nuevo la cuchara y siguió comiendo.

Angus y Lachlan permanecieron en silencio, observándola.

—¿Eso es todo? —murmuró Lachlan inclinándose hacia su amigo—. Después de destrozar buena parte de la cocina, ¿es cuanto va a decirte?

Después de observarla durante unos largos y tensos momentos, Angus se acercó a ella.

—¿Qué te trae por aquí, Raonaid? Dijiste que nunca abandonarías las islas, y cuando partí también dijiste que te alegrabas de perderme de vista para siempre.

—Y era cierto —respondió ella—. No deseo que regreses, si es lo que piensas. He venido aquí debido a lo que he visto en las piedras.

Él sintió que se le formaba un nudo de temor en el estómago. Las visiones más intensas de Raonaid eran siempre inducidas por los monolitos en Calanais. A menudo se sentía atraída a acudir allí debido a sus sueños. Había sido allí donde había visto la muerte del padre de Angus, donde había pronosticado la llegada de Lachlan y había vaticinado el triunfo definitivo de Angus sobre los MacEwen en Kinloch.

Sin embargo, él recordaba también una promesa que le había obligado a hacer: que si alguna vez veía su muerte en las piedras, se lo diría.

—¿Has venido para cumplir tu promesa? —le preguntó.

—Sí.

Él tragó saliva y preguntó con tono neutro:

—¿Cuándo? ¿Cuánto tiempo me queda?

—Unas semanas. Quizás un mes, a lo sumo.

Angus se había preguntado con frecuencia cómo reaccionaría al averiguar que su muerte era inminente. Había imaginado que lo aceptaría con serenidad, pues no le faltaba valor. Era un guerrero, y había llevado una existencia violenta. Por ese motivo, siempre había supuesto que su vida concluiría en un instante, y que no tendría tiempo para reflexionar sobre nada.

En este extraño momento, sin embargo, solo podía pensar en una cosa —Gwendolen—, y que aún no estaba dispuesto a abandonarla. Acababa de encontrarla. Por otra parte, ¿y si ya la había dejado preñada? No podía abandonar este mundo cuando estaba a punto de ser padre. No podía dejarlos solos.

Un angustioso pánico hizo presa en él, y tuvo que esforzarse en reprimir el imperioso deseo de saltar sobre la mesa y zarandear a Raonaid, exigiéndole que le confesara que esto era un truco, una broma cruel destinada a satisfacer su siniestro sentido del humor. Pero sabía que ella no habría abandonado las Hébridas y atravesado las Tierras Altas simplemente para gastarle una broma. No era aficionada a ellas.

—¿Qué sabes? —le preguntó él—. ¿Cómo sucederá?

Ella se levantó del taburete y rodeó la mesa.

—Morirás ahorcado —respondió ella.

Esforzándose por conservar la calma, él apoyó una mano en la empuñadura de su espada.

—¿Me llevarán al Fuerte William? ¿O a Edimburgo? ¿Me acusarán de traición por ser un jacobita?

—Ignoro el motivo. Solo sé que ocurrirá aquí. No habría podido revelarte ese detalle antes de atravesar las puertas del castillo. Lo reconocí de inmediato: las cuatro torres en las esquinas, la azotea y las almenas. Lo vi todo en las piedras.

¿Aquí? No... Era imposible... Tenía que ser un error.

—¿Quién es el responsable? —preguntó él—. ¿Hay un traidor aquí? ¿Se trata de Gordon MacEwen?

Raonaid apoyó una tibia y delgada mano sobre la mejilla de Angus y le miró con lástima.

Él no podía tolerar eso.

—¡Maldita seas, mujer! ¡Responde!

—Te traicionará tu esposa —le explicó Raonaid—. Lo vi también en las piedras.

Angus retrocedió lentamente.

—No —dijo—. Debe de ser otra mujer. No puede ser ella.

—Te aseguro que es ella —insistió Raonaid—. A menos que compartas tu lecho con otra. ¿Es así?

—Por supuesto que no.

—Entonces es ella. Las piedras nunca mienten. Te vi haciéndole el amor, y luego vi que te llevaban a rastras.

—¿Quiénes? —inquirió él con tono amenazador—. ¿Quiénes me llevan a rastras? Debo saberlo.

—Ojalá pudiera decírtelo, Angus, de veras. Pero tus enemigos se han ocultado bien. No muestran sus rostros.

Él la sujetó por los brazos y la zarandeó.

—¿Qué tipo de indumentaria llevan? ¿Son unos casacas rojas? ¿O lucen el tartán de los MacEwen?

—Ya te lo he dicho, no conozco los detalles. Solo sé que es ella quien te desarma. Vence tu resistencia, te debilita, y luego les invita a entrar. Debes abandonar este lugar, Angus.

Lachlan le agarró del brazo.

—No la creas, Angus. Está loca.

Angus se soltó bruscamente.

—No puedo ignorar sus profecías. Buena parte de ellas se han cumplido. Jamás habría regresado para reclamar Kinloch si ella no hubiera visto la muerte de mi padre, no hubiera pronosticado tu llegada y no me hubiera prometido un gran triunfo.

—Pero te necesitamos aquí —protestó Lachlan—. No puedes dejar que una bruja te obligue a marcharte por temor a que te maten.

Angus se encaminó hacia la puerta.

—No temo nada, y no pienso abandonar a mi clan. Pero me niego a aceptar que dentro de un mes moriré. Haré lo que sea con tal de evitarlo.

Raonaid le siguió y le ofreció un consejo en voz baja.

—Practica con tu espada —dijo—. Conserva tus fuerzas. Sé el guerrero que estabas predestinado a ser desde que naciste. No permitas que nada te debilite o distraiga.

Cuando Angus abandonó la cocina, Raonaid permaneció en el umbral, observando cómo se alejaba. Luego se volvió hacia Lachlan. Éste se acercó a ella y la atrajo rudamente hacia sí.

—Escúchame —dijo en voz baja y amenazadora—, presta atención a lo que voy a decirte, bruja. Si has venido aquí para provocar engaños y traiciones, no lo consentiré. Te perseguiré, estés donde estés, y te cortaré el cuello.

Raonaid se rió en sus narices.

—Adelante, inténtalo —le espetó—. Pero no moriré bajo tu espada, Lachlan MacDonald.

—¿Ah, no? —Él bajó la vista, fijándola en sus labios húmedos y carnosos y en sus voluptuosos pechos. Luego la alzó de nuevo—. Entonces, dime, ¿qué espada acabará con tu penosa existencia, Raonaid? Deseo felicitar al hombre que lo consiga.

Ella lo apartó de un empujón, luego echó el brazo hacia atrás y le asestó un puñetazo en la mandíbula. Él soltó una palabrota y se dobló hacia delante de dolor.

—Ningún hombre tendrá jamás ese honor —declaró ella—. Porque viviré una vida larga y dichosa. Luego, cuando llegue el momento, moriré mientras duerma, convertida en una anciana muy rica.

Lachlan se limpió el labio ensangrentado con el dorso de la mano y movió la mandíbula para cerciorarse de que no se la había partido.

—Estás loca —dijo—. Siempre lo estuviste.

Ella le miró con cara de pocos amigos.

—Estás furioso porque esa noche, en la taberna, me negué a levantarme las faldas para ti. Soy la única mujer en el mundo que no se ha rendido ante tu hermoso rostro y tus seductores encantos.

Él miró la sangre que tenía en el dorso de la mano y se dirigió hacia la puerta.

—A Dios gracias.

Gwendolen se volvió cuando la puerta de la hilandería se abrió y se cerró de un portazo. Angus entró y miró a las tres mujeres del clan MacEwen. Dos estaban sentadas ante unas ruecas. La tercera, sentada junto al telar.

—Dejadnos —ordenó. Al observar el fuego en sus ojos, las mujeres se levantaron de sus taburetes y salieron apresuradamente de la habitación mientras las ruecas seguían girando.

—¿Qué ocurre? —preguntó Gwendolen.

Él se acercó a ella, escrutó su rostro y cada centímetro de su cuerpo, de los pies a la cabeza.

—¿Vas a traicionarme?

—¿Cómo dices? —contestó ella, furibunda—. ¡Por supuesto que no!

—Júralo por tu vida —dijo él.

—¡Por supuesto que lo juro!

Las ruecas dejaron por fin de girar y él la miró con el ceño fruncido en el silencio de la estancia.

—No te comprendo —dijo ella, mientras él se paseaba de un lado a otro de la habitación—. ¿Por qué me preguntas eso? Antes de casarnos te hice una promesa. Te prometí lealtad. ¿Qué te induce a dudar de ella?

Él tomó un ovillo y lo lanzó al aire.

—Tengo motivos fundados para creer que deseas mi muerte, muchacha, y que serás responsable de que me ahorquen aquí, en Kinloch. ¿Estás conspirando con Gordon MacEwen? ¿Fuiste tú quien le dijo dónde estaba la llave?

Ella no daba crédito a lo que oía, pero su estupor pronto dio paso a la ira.

—Estás loco. ¿Quién te ha dicho eso?

—Eso no importa. Responde a mi pregunta.

Ella rodeó una rueca y se acercó a él.

—No conspiro con Gordon MacEwen. ¿Cómo iba a hacerlo, cuando lo has encerrado en los calabozos? Soy leal a ti. No deseo que mueras. Deseo que vivas. Especialmente ahora que...

Se detuvo. No podía decírselo. No en este momento. No era como había imaginado que se lo diría.

—¿Especialmente ahora? ¿A qué te refieres? —preguntó él.

Ella movió la cabeza sin responder a la pregunta.

—No te entiendo. ¿Es debido a lo que ocurrió hace dos semanas, cuando ese hombre trató de matarte? ¿Has averiguado alguna novedad al respecto?

—No.

—Entonces, ¿qué te pasa? Sabes que puedes contar con mi lealtad, Angus. ¿Acaso no la sientes?

Él la observó con expresión sombría y amenazadora mientras ella se acercaba más a él.

—¿Eres quizá como tu madre? —preguntó él—. ¿Te gusta manipular a los hombres como si fueran títeres y utilizar el sexo para convertirlos en unos idiotas?

El pánico se apoderó de ella.

—¡No! ¡Y no comprendo a qué viene esto! ¿Por qué sospechas que soy capaz de semejantes cosas? Si alguien te ha dicho algo con ánimo de mancillar mi nombre, es porque tratan de destruir nuestro matrimonio y la unión de los clanes. ¿Es que no lo ves? —Ella le tomó el rostro entre sus manos—. He llegado a quererte, Angus, y hemos compartido muchos placeres juntos. Lo único que deseo es vivir una vida larga y feliz contigo, en Kinloch. Debes creerme. Jamás te traicionaré.

Él la miró a los ojos con gélida amargura.

—No me crees. —Ella retrocedió—. Alguien te ha indispuesto contra mí. ¿Quién ha vertido estas acusaciones? Si pretendes acusarme de traidora, al menos me debes la verdad.

En la mandíbula de Angus se crispó un músculo, y se acercó a la ventana.

—Ha venido Raonaid.

Gwendolen sintió una opresión en la boca del estómago.

—¿La pitonisa? ¿La mujer que compartió tu lecho en las Hébridas?

¿Qué diablos le había dicho a Angus? ¿Y por qué había venido? ¿Qué pretendía?

—Sí —contestó él—, pero compartió más que mi lecho, muchacha. Compartió también sus visiones, y comprobé que eran reales. Pronosticó la muerte de mi padre y la llegada de Lachlan, y mi triunfo en Kinloch. Cuando la abandoné, la obligué a prometerme que si alguna vez veía mi muerte, vendría a decírmelo. —Angus se volvió y la miró a la cara—. Pues bien, la ha visto, muchacha, y ha cumplido su palabra. Por esto ha venido.

Gwendolen, que aún no estaba dispuesta a creerle, avanzó y se detuvo ante él.

—¿Qué fue lo que vio exactamente?

—Me vio con una soga al cuello. También me dijo que una mujer me traicionaría. —Él la miró, escudriñando su expresión—. Esa mujer eras tú.

Gwendolen digirió esta información. *Una soga. Una mujer le traicionaría...*

—¿Cuándo lo vio?

—Hace unas semanas, en Calanais.

Después de analizar los detalles en su mente, ella se aferró a la absoluta certeza de que jamás traicionaría a su esposo. Raonaid estaba equivocada.

—Quizá vio el mensaje que envié al coronel Worthington en el Fuerte William —sugirió—. En él le decía que quería que viniera para llevarte preso y ahorcarte. En aquel momento lo deseaba con todas mis fuerzas. No tengo disculpa, pero eso ya lo sabes, porque tú mismo leíste la carta. La quemaste, ¿recuerdas?

Él la observó con suspicacia.

—Confieso que cuando la escribí —prosiguió Gwendolen—, era sincera en mi deseo de verte ahorcado, pero luego, cuando me enfrenté a tu furia, me arrepentí de lo que había hecho. Cuando te juré lealtad lo hice de corazón. —Se acercó a él y apoyó las manos en su pecho, anhelando que la creyera—. Desde entonces, hemos pronunciado unos votos ante Dios para unirnos como marido y esposa. Te he entregado mi cuerpo de forma voluntaria. —Se detuvo unos instantes—. Lo que Raonaid vio sin duda era un momento perteneciente al pasado. Eso es todo. No le reprocho que viniera aquí. Yo habría hecho lo mismo, pero el coronel Worthington se presentó aquí y habló contigo, y no hizo lo que le pedí que hiciera, de lo cual doy gracias a Dios, porque no quiero que mueras. Quiero que vivas. Necesito que vivas.

Él le tomó ambas manos y las sostuvo frente a sí.

—¿Cómo sé si puedo fiarme de ti? Me traicionaste una vez, después de darme tu palabra de que me serías leal.

—La situación entonces era distinta. —Él no parecía muy convencido, de modo que ella hizo un nuevo y desesperado intento de demostrarle que podía confiar en ella—. Y hoy, ha vuelto a cambiar.

—¿En qué sentido?

Ella se llevó una mano al vientre, sintiendo una extraña mezcla de alegría y angustia.

—Los tres últimos días me he sentido indispuesta. No me ha venido la menstruación.

Hacía días que esperaba este momento con ilusión. Había confiado en darle la noticia a Angus en el gran salón, en presencia de los clanes. Sabía lo complacido que se sentiría, e imaginó que la abrazaría y quizá la alzaría en el aire.

Pero Angus no hizo nada de eso. La expresión en sus ojos era cada vez más gélida.

—¿Cómo sé que esto no es un truco para distraerme y no percatarme de otra traición?

—¿Es eso lo que piensas? —De pronto las lágrimas afloraron a los ojos de Gwendolen—. ¿Crees realmente que te mentiría sobre una cosa así?

—No sé qué creer. Raonaid no se ha equivocado nunca.

—¿Prefieres creerla a ella que a mí?

Ella deseaba golpearle, gritarle, darle de puñetazos y exigirle que se pusiera de su lado. Ella era su esposa, ¡y esa mujer era conocida en toda Escocia como una bruja chiflada!

Él la agarró del brazo y la sacó a rastras de la habitación.

—Ven conmigo.

—¿Adónde vamos?

—A tu alcoba. Enviaré a una comadrona para que te examine. Quiero saber si me dices la verdad.

—¿Cómo te atreves, Angus? —Abrumada por la ira y la incredulidad, Gwendolen trató de obligarle a soltarla, pero él la sujetaba con mano de hierro.

—Debo saberlo, muchacha. No puede haber mentiras entre nosotros.

—¡No las hay! —gritó ella—. ¡Jamás te perdonaré por esto!

Él la arrastró escaleras abajo y a través de los corredores de piedra del castillo.

—Creeré lo del niño cuando la comadrona me lo confirme.

—Supongo que será una MacDonald —replicó ella—, no una MacEwen.

—En efecto, y la elegiré yo mismo. Al menos tendré la garantía de que no has vuelto a engañarme.

La obligó a entrar en la habitación de un empujón y la miró con dureza antes de cerrar la puerta en sus narices y girar la llave en la cerradura.

Capítulo 18

*A*l cabo de una hora apareció la comadrona para examinar a Gwendolen y confirmó que tenía el útero dilatado. Dados los síntomas, era casi seguro de que estaba encinta.

Gwendolen le dio las gracias y la acompañó hasta la puerta.

—¿Informarás a mi esposo de la buena nueva?

Se expresaba con cínica y falsa alegría, pero la comadrona no reparó en el sarcasmo. Sus ojos chispeaban de gozo.

—Sí, señora, pero está aquí, junto a la puerta. ¿No quiere decírselo usted misma?

—No, quiero que le des tú la noticia. Si se lo digo yo, dudo que me crea.

La rolliza mujer sonrió.

—Pensará que es demasiado buena para ser verdad. Muy bien, se lo diré yo misma, si es lo que desea.

—Sí. —Gwendolen abrió la puerta y encontró a Angus esperando en el corredor.

La comadrona se acercó a él.

—Enhorabuena, señor. Su esposa está encinta.

Él alzó los ojos y posó su fría mirada en Gwendolen, que estaba apoyada en el quicio de la puerta con los brazos cruzados. Le miró ladeando la cabeza y arqueó una ceja.

—Entiendo —dijo Angus a la mujer, sin mirarla—. Puedes retirarte.

La sonrisa de la comadrona se desvaneció de inmediato, bajó la vista y se apresuró hacia la escalera.

—De modo que es cierto —dijo él.

Gwendolen entró de nuevo en su habitación y apoyó la mano en el borde de la puerta. Estaba tan furiosa con él que sintió deseos de espetarle: «¡Por supuesto que es cierto! Me sorprende que tu preciada pitonisa no te informara de ello, pero quizá no alcance siempre a ver la situación en su conjunto. ¿Por qué no te acuestas con ella y le preguntas si olvidó mencionar que vio que yo llevaba a mi primogénito en el vientre?»

Él avanzó un paso, inquieto.

—Gwendolen...

—No, no quiero oírlo. Estoy demasiado furiosa contigo.

Tras estas palabras cerró la puerta de un portazo en sus narices.

Luego acercó el oído a la puerta, escuchando, suponiendo que él se pondría a aporrearla, o que irrumpiría violentamente para darle un par de lecciones sobre esos temerarios actos de desafío. Pero lo único que oyó fue el sonido de su respiración, pausada y rítmica al otro lado de la puerta que hasta que, por fin, dio media vuelta y se alejó.

Ella aguzó el oído, esperando a que sus pasos se desvanecieran al pie de la escalera, luego abrió la puerta con gran sigilo y se asomó.

El corredor estaba desierto. Él había desaparecido.

—Deberías echarla —dijo Lachlan mientras seguía a Angus a través del salón hacia el patio del castillo—. Oblígala a regresar a la tenebrosa cueva de donde ha salido. Esa mujer no trae sino veneno.

—No vive en una cueva —contestó Angus—. Tiene una casita rústica, y dejó que viviera con ella durante más de un año cuando no tenía donde caerme muerto. No la echaré de aquí.

Entraron en el patio. El cielo estaba nublado y una espesa bruma blanca se cernía sobre las cuatro torres situadas en las esquinas del castillo. Angus alzó la vista y contempló las nubes, apenas capaz de asimilar lo que la comadrona le había confirmado: que Gwendolen esperaba un hijo. Iba a ser padre.

Era una buena noticia, digna de celebrarla. Pero lo único que él sentía en esos momentos era un intenso terror que le nublaba la razón, una sensación que le era ajena, pues jamás había temido el futuro. Pero ahora todo era distinto.

Gracias a su matrimonio con Gwendolen. Le había cambiado a él.

—Raonaid destruirá lo que has construido aquí —dijo Lachlan, apretando el paso para seguir a Angus a través del patio—. Lo destruirá con sus siniestras predicciones y profecías de desastres.

Se detuvieron para dejar pasar a un burro que tiraba de un carro. Las desvencijadas ruedas dejaban unas huellas profundas en la tierra. Angus las miró, observando cómo se llenaban de agua.

—No me digas que crees en sus maldiciones y sortilegios —continuó Lachlan—. Está loca. No son más que tonterías.

—No se dedica a echar sortilegios —respondió Angus—. Tiene visiones, y predice el futuro. Sabía que tú vendrías a buscarme, y que juntos reuniríamos un ejército para reclamar Kinloch.

—Cualquiera pudo haber predicho eso. ¿Olvidas que no predijo que ibas a ser padre?

Al oírle mencionar al hijo que iba a nacer Angus se estremeció.

—Quizá no llegue a serlo..., porque moriré antes.

Se detuvieron ante la puerta del polvorín, y Angus metió la mano en su escarcela en busca de la llave. Lo que encontró fue la carta que había escrito a Duncan.

Durante unos instantes pensó en romperla. Ya tenía suficientes problemas. Por otra parte, ¿qué sentido tenía tratar de reavivar una vieja amistad si él no iba a vivir el tiempo suficiente para volver a ver a Duncan?

Al mismo tiempo, sabía que beneficiaría a su clan tener aliados en el Castillo de Moncrieffe, pues Duncan era uno de los nobles escoceses más poderosos e influyentes, y su castillo estaba tan sólo a dos jornadas a caballo. Si Gwendolen le daba un hijo varón, algún día ese niño llegaría a ser el jefe. Necesitaría amigos y aliados. Quizá Duncan, el gran conde de Moncrieffe, velaría por ellos...

Sacó la carta y se la entregó a Lachlan.

—Haz que la lleven a Moncrieffe. Envía a un mensajero a caballo hoy mismo y dile que espere una respuesta. Suponiendo que la haya.

Lachlan la tomó.

—Creía que tú y el conde no os hablabais.

—Y así era, pero ha llegado el momento de enmendar la situación. —Angus abrió la puerta del polvorín y entró. Levantó la tapa de uno de los barriles de madera—. ¿Están todos llenos?

—A rebosar. Disponemos de suficiente pólvora para hacer saltar a todo el ejército inglés por los aires y enviarlo al otro lado del mar de Irlanda.

Angus miró a su alrededor.

—¿Y el arsenal? ¿Están todos los mosquetes listos para ser disparados? ¿Tenemos suficiente munición?

—Sí.

—Bien. —Angus se encaminó hacia la puerta—. Reúne a los hombres, Lachlan. Quiero hablar con ellos en el patio.

¿Cómo era posible que las emociones de una persona pudieran bascular de un extremo al otro en una fracción de segundo?, se preguntó Gwendolen con tristeza mientras avanzaba por los corredores del castillo hacia la torre sur. Esa mañana, se había sentido como si flotara alegremente sobre una nube de felicidad mientras supervisaba a las tejedoras en la hilandería, esperando el momento de comunicar a su esposo que esperaba un hijo.

De improviso Angus había irrumpido en su alcoba para anunciarle que la pitonisa —una mujer con la que había compartido su lecho hacía poco—, había visto su muerte en la horca. Y que ella sería la causante de su muerte.

Gwendolen se detuvo ante la puerta del cuarto de invitados que ocupaba la pitonisa, esforzándose en reprimir el nudo de temor que sentía en el estómago. No conocía a esta mujer, pero ya la detestaba por haber plantado falsas semillas de duda y desconfianza en la mente de Angus.

Con todo, al mismo tiempo sabía que no debía precipitarse y dejarse llevar por la ira. Esta mujer había previsto la muerte de su esposo, y quizás el conocimiento de ese hecho les permitiría defenderse contra él. Pese a lo furiosa que estaba, no quería perder a Angus. Por tanto, debía conservar la calma y exigir a Raonaid que le diera más detalles sobre sus visiones, con el fin de comprobar si estaba en lo cierto, o si simplemente había venido aquí para causar malestar y atraer a Angus de nuevo a su lecho.

Esforzándose por controlar sus emociones, Gwendolen llamó a la puerta. En vista de que nadie respondía, llamó por segunda vez.

La puerta se abrió por fin y la joven tragó saliva al contemplar la inquietante imagen de la mujer que estaba ante ella.

Raonaid, la célebre pitonisa.

Loca como el demonio. Astuta como una zorra. Y la mujer más bella que ella había visto jamás.

Era alta, con una figura curvilínea. Su pelo era del color de las llamas del infierno, y su tez de una blancura purísima, como el marfil pulido.

Pero fueron sus ojos los que turbaron profundamente a Gwendolen, pues eran de un tono azul espectacular, luminosos, implacables y calculadores.

Capítulo 19

Sabía que vendrías —dijo la pitonisa, con una expresión más que satisfecha consigo misma, al tiempo que se volvía de espaldas a Gwendolen y atravesaba la habitación con un provocativo contoneo, dejando la puerta abierta tras ella.

Gwendolen entró y echó una ojeada alrededor de la apacible estancia. En el hogar ardía un fuego vivo. La licorera de whisky estaba casi vacía, y las ropas de la cama habían sido arrojadas al suelo en un desordenado montón de sedas y linos.

Gwendolen tomó nota del aspecto general de Raonaid: su raída falda y corpiño de confección casera, su esbelta cintura y sus voluminosos pechos, y la extraña sarta de huesos que llevaba colgada alrededor del cuello.

Por más que le disgustara reconocerlo, la antigua amante de su esposo poseía una majestuosidad natural, especialmente en la forma en que se movía, con orgullo y dignidad.

Hasta un idiota podía ver que encarnaba todo cuanto un hombre hallaba atractivo en una mujer, al tiempo que exhalaba un aire de intensa sexualidad. Gwendolen se esforzó en reprimir una punzada de celos que socavó su autoestima.

—¿Qué, te diviertes con el gran León? —le preguntó Raonaid, bebiendo un trago de whisky—. Supongo que pasas buena parte del tiempo tumbada en posición supina. Apuesto que a Angus te ha enseñado un montón de cosas que jamás imaginaste, a cual más interesante.

Gwendolen alzó el mentón.

—Eres muy amable de interesarte por mí. Sí, lo paso estupendamente con él. Es un amante excelente y me paso casi todo el día ebria de pasión, pero supongo que tú ya lo sabes. Sin duda recuerdas cómo te sentías con él.

Raonaid frunció el entrecejo y replicó con desdén:

—Sé muchas cosas sobre él, muchacha. Cosas que tú jamás averiguarás.

—Lo dudo.

Gwendolen se había detenido nada más entrar en la habitación, sin moverse del lugar que ocupaba sobre la alfombra trenzada, mientras la pitonisa se paseaba arriba y abajo frente a la chimenea. Parecía como si se dispusiera a abalanzarse sobre ella y rebanarle el cuello.

—No he viajado hasta aquí para verte a ti —dijo Raonaid—. He venido para ver a Angus.

—Por si no te has enterado, soy la dueña y señora de Kinloch, de modo que eres tan huésped suya como mía.

Raonaid tomó el atizador de hierro y avivó el fuego.

—¿Qué quieres de mí, distinguida señora de Kinloch?

—¿No dijiste que sabías que yo vendría? —replicó Gwendolen—. ¿Ignoras el motivo? ¿Acaso no lo ves todo?

La pitonisa pasó por alto su pregunta. Cuando terminó de avivar el fuego apoyó el atizador contra la chimenea.

—Muy bien —prosiguió Gwendolen—. Te diré el motivo. Afirmas haber visto la muerte de mi esposo. Quiero saber cómo y por qué ocurrirá.

Raonaid se volvió hacia ella y la miró con expresión acusadora.

—¡Tú debes de saberlo mejor que nadie, zorra manipuladora! Tú eres quien le conducirá a la horca.

—Eso es ridículo.

—¿Eso crees?

Angustiada, Gwendolen sintió que el corazón le daba un vuelco.

—Es imposible que hayas visto la verdad, Raonaid, porque jamás traicionaré a mi esposo, lo cual me lleva a dudar de tu presunta clarividencia. No deseo que muera. Le amo. Deseo que viva.

¡Dios santo, acababa de declarar su amor por su marido! Jamás había pronunciado esas palabras en voz alta, a nadie, ni siquiera a Angus. ¡A él menos que a nadie! Gwendolen se preguntó cómo reaccionaría si supiera que ella se encontraba aquí, en la alcoba de su antigua amante, haciéndole estas confidencias.

¿Le contaría Raonaid lo que ella le había dicho? En tal caso, él probablemente lo interpretaría como una prueba más de que su esposa era una embustera. Hacía poco, eran enemigos, y ella había deseado matarlo de un tiro en el corazón.

Gwendolen respiró hondo y procuró conservar la calma.

—Angus me ha dicho que le viste con una soga alrededor del cuello. ¿Qué más viste?

—¿Y eso qué importa? —replicó Raonaid—. Morirá ahorcado aquí, en Kinloch. ¿Qué importan los detalles?

—Pero ¿por qué le ahorcarán? —preguntó Gwendolen—. No tiene sentido. Los ingleses le han concedido la custodia de Kinloch. Tiene un poderoso ejército aquí que le protege, y los miembros de mi clan le han aceptado. Ha sido un jefe justo y generoso.

—Olvidas algo —dijo Raonaid con tono provocador—. Tu hermano, que lleva mucho tiempo ausente, puede regresar el día menos pensado con su propio ejército. Seguro que él no ha aceptado la pérdida de lo que le pertenece por derecho propio.

Gwendolen se recogió un mechón de pelo detrás de la oreja y observó turbada que le temblaban las manos.

—Es posible, pero ahora debo mi lealtad a mi esposo. He jurado solemnemente que no le traicionaré. Si Murdoch regresa, no encontrará a una aliada en mí. No si se propone derrocar a mi marido.

De pronto se le ocurrió que de un tiempo a esta parte apenas había pensado en la posibilidad de que Murdoch regresara. Estaba tan obsesionada con los goces de la vida conyugal, que prácticamente la había desterrado de su mente.

Raonaid entrecerró sus ojos azules y luminosos. Se sentó en una butaca y se recostó cómodamente.

—Te expresas de una forma como si te sintieras muy segura de ti, muchacha, pero tus ojos lo desmienten.

—Ves solo lo que deseas ver.

—Es posible, pero ¿qué crees que deseo ver exactamente? Ilústrame.

Gwendolen midió bien sus palabras al responder:

—Quieres que sea desleal hacia mi esposo, para que regrese junto a ti.

La pitonisa echó la cabeza hacia atrás y soltó una carcajada.

—No tengo ningunas ganas de volver a ver a ese hombre.

Gwendolen empezaba a irritarse.

—Entonces, ¿por qué has venido, si él no te importa nada?

—Porque le di mi palabra. Puedes decir y pensar sobre mí lo que quieras, y casi todo será verdad, pero no puedes llamarme embustera. Digo lo que pienso, y cumplo lo que prometo. Por eso le dije la verdad, la verdad que ahora veo en tus ojos.

—¿Y qué verdad es ésa? —preguntó Gwendolen con incredulidad.

Raonaid se inclinó hacia delante.

—Cuando tu hermano regrese, te pondrás de su lado, no del lado de Angus, porque es el hijo de tu madre.

—Mientes.

—¿Estás segura? —Raonaid arqueó las cejas en un gesto cargado de significado—. Es tu hermano, muchacha. ¿Dejarás que tu marido le corte el cuello?

Gwendolen sintió que el pulso le latía aceleradamente.

—Por supuesto que no. Trataría de interponerme entre ellos.

—Pero no puedes interponerte entre ellos sin tomar partido. Harás lo que sea para salvar a tu hermano.

Gwendolen empezó a pasearse de un lado a otro de la habitación.

—Esas son meras conjeturas —dijo—, como las que podría hacer cualquiera.

Raonaid no respondió.

Gwendolen la observó desde el otro lado de la habitación. La mujer parecía un animal depredador.

—¿Cómo es que experimentas esas visiones? —preguntó, acercándose a una butaca y sentándose frente a Raonaid—. ¿Tienes ahora una? ¿Por eso me haces esas preguntas?

—No tengo una visión. Me limito a leerte el pensamiento.

Gwendolen se reclinó en la butaca.

—Lo cual demuestra que tengo razón al decir que son meras conjeturas.

La pitonisa se encogió de hombros.

—Poseo un gran don, y me baso siempre en las visiones que veo en las piedras.

—Pero ¿qué ves exactamente en las piedras? ¿Cómo ocurre? —Gwendolen pensó en sus sueños, que a menudo predecían futuros acontecimientos. No había nada extraño ni místico en ellos. Eran meros sueños.

—Veo cómo se desarrollan los acontecimientos entre luces y sombras —le explicó Raonaid—, y el significado siempre está claro para mí. Lo presiento.

—¿Oyes hablar a personas? —preguntó Gwendolen—. ¿O lees palabras en las piedras, como si estuvieran escritas en un libro?

Raonaid sacudió la cabeza.

—No, solo veo sombras y movimiento.

Gwendolen deseaba demostrar que Raonaid estaba equivocada con respecto a sus morbosas premoniciones, pues no soportaba imaginar que Angus moriría, ni podía aceptar la posibilidad de que ella fuera la culpable...

—Creo que lo que quizá viste —sugirió midiendo sus palabras—, fueron imágenes de una carta que yo escribí al día siguiente de que Angus invadiera Kinloch. Rogué al coronel Worthington del Fuerte William que acudiera con un ejército de casacas rojas y se lo llevaran de aquí por la fuerza. Deseaba que lo ahorcaran por ser un traidor jacobita. Se lo expuse con toda claridad, y lo hice después de prometer a Angus que no le traicionaría.

A Gwendolen le costó confesarle eso a esta mujer, pero quería que supiera la verdad.

Raonaid ladeó la cabeza y preguntó:

—¿Lo sabe él?

—Sí. El coronel Worthington vino aquí y le mostró la carta. Angus me pidió de inmediato explicaciones al respecto, yo le confesé mi falta y él me perdonó. —Gwendolen enlazó las manos y las apoyó en su regazo—. Como ves, no soy perfecta. Reconozco que le mentí, pero en aquellos momentos las cosas eran distintas. Por eso creo que lo que viste en las piedras fue una visión de esos acontecimientos a medida que se desarrollaban, y que Angus ya no corre peligro..., al menos por mi culpa.

Las mejillas de Raonaid se tiñeron de rojo. Se levantó y se acercó a la ventana.

—Me confundes.

Gwendolen se levantó también.

—¡Me alegro! Si no estás segura...

Raonaid se volvió bruscamente hacia ella y apretó los labios.

—Te leo con toda claridad, Gwendolen MacEwen —le espetó—. Eres su enemiga. Deseas aplastarlo y destruirlo porque ha conquistado tu clan. Él desaparece de las piedras debido a ti. De eso no hay la menor duda. He visto lo que he visto. Incluso ahora, Angus es hombre muerto.

Unas lágrimas de furia afloraron a los ojos de la pitonisa, que hablaba con voz entrecortada.

Después de reflexionar con detenimiento sobre lo que Raonaid había descrito, Gwendolen se acercó a ella y dijo suavizando el tono:

—Quizás él haya desaparecido de *tu* vida, Raonaid. Quizá sea lo único que significa.

La pitonisa avanzó apresuradamente hacia Gwendolen y la empujó fuera de la estancia.

—¡Fuera! —gritó—. ¡Vete de aquí!

Gwendolen retrocedió trastabillando hacia el corredor, y la puerta se cerró de un portazo en sus narices.

La joven tardó unos momentos en recobrar la compostura. Se alisó la falda y se pasó una temblorosa mano por el pelo, luego cerró los ojos y respiró hondo para calmarse. Jamás había conocido a nadie con un temperamento tan explosivo. Estaba claro que Raonaid no encajaba bien las separaciones.

—¿Qué haces aquí, Gwendolen?

Ella se sobresaltó al oír la voz de su marido al fondo del corredor. Al verlo se tensó. Lucía su espesa melena leonada recogida en una coleta. Llevaba un escudo circular sujeto a la espalda. Aparte del habitual arsenal de armas, en la mano sostenía un hacha.

¡Santo cielo!, pensó ella. Pese a la confusión y la ira que nublaban su mente, seguía pensando que era el escocés más guapo e impresionante que existía en el mundo. Nunca dejaba de alterar su equilibrio.

Precisamente por eso, no podía dejar que siguiera dudando de ella. Ni podía tolerar más ataques contra su honor y dignidad. Estaba encinta de su hijo, y le había asegurado que jamás le traicionaría. Si lo que Raonaid había dicho era cierto —que Murdoch se presentaría con un ejército para reclamar lo que le pertenecía por derecho propio—, convenía que permanecieran unidos y confiaran el uno en el otro. No podía haber desacuerdos entre ellos, porque ahí residiría el punto débil de Kinloch.

Gwendolen se encaró con él y habló con evidente tono acusatorio, pues no se le ocultaba que ambos se hallaban frente a la puerta de la alcoba de Raonaid.

—Lo importante es saber qué haces tú aquí —replicó, avanzando para reunirse con él al fondo del corredor—. ¿Has venido en mi busca? Espero que así sea, porque tenemos muchas cosas de qué hablar. Pero si has venido a ver a Raonaid, la cual acaba de llamarme «zorra manipuladora», lo que te diré será muy distinto. Responde, Angus. ¿Has venido para verme a mí o a ella?

Capítulo 20

*E*n ese momento Angus comprendió que ese matrimonio había influido decididamente en él, porque sus pasiones estallaban en su interior como si alguien hubiera prendido la mecha a un polvorín. No era el mismo hombre que antes, lo cual le desagradaba. No se había casado para convertirse en un marido contrito y perdidamente enamorado. No buscaba afecto, sentimentalismo o apego. Al contrario, se había casado con esta mujer para tener un hijo y procurar un heredero que uniese a los clanes de Kinloch, y un día se convirtiese en el jefe de éstos. Había sido tan solo un acuerdo político.

Sin embargo, aquí estaba, mirando a una mujer increíblemente bella que iba a darle un hijo, y en lo único que pensaba era en el hecho de que quizá no viviera para verla dar a luz, que su tiempo con ella era limitado, y que ella estaba furiosa con él.

Ante todo deseaba subsanar el problema, pedirle perdón por su inaceptable conducta esa mañana. Aun cuando sabía que ella podía traicionarlo, seguía deseándola, y no soportaba la idea de que estuviera enojada con él.

¿Creía realmente que ella le traicionaría?

Su instinto le decía que no, que era imposible, pero no podía arriesgarse a estar equivocado. Sabía lo que el amor hacía a hombres sensatos. Les convertía en ciegos y estúpidos.

—He venido a ver a Raonaid —dijo con rencor, pues sabía que no era lo que ella deseaba oír, pero lo dijo en un apasionado intento de convencer a Gwendolen, y a sí mismo, de que los sentimientos de ella no le importaban.

Pero, maldita sea, sí le importaban, como confirmaba la opresión que sentía en la boca del estómago. Estaba acabado. Más le valía enviar a por una soga y un taburete y terminar cuanto antes.

—Muy bien —respondió ella, pasando junto a él—. Os dejaré a los dos solos. Espero que os divirtáis.

Se encaminó con gesto altivo hacia la escalera y desapreció, pero mientras él oía el leve sonido de sus pasos al bajar la escalera de caracol, su pasión por ella estalló multiplicada por diez y se apresuró a seguirla.

—¡Espera, maldita sea!

Ella se detuvo y le miró. Él se guardó su hacha en el cinturón y bajó hasta donde estaba ella, la tomó de la mano y la arrastró hasta abajo.

—¿Adónde vamos? —preguntó ella—. ¡Suéltame!

Él la condujo a través del corredor de piedra, encontró una puerta que estaba abierta por azar y entró en lo que resultó ser la alcoba del administrador. Cerró la puerta tras ellos, giró la llave en la cerradura y la acorraló contra el escritorio.

Angus no dijo nada. Durante largo rato, mantuvo la vista fija en los ojos castaños y centelleantes de Gwendolen, luego tomó su rostro entre sus manos. Ella le miró pestañeando, como si reconociera su apremiante necesidad de sexo.

Sí, él deseaba sexo, y lo deseaba ahora. Cuando ella le dijo que fuera a reunirse con Raonaid y que se divirtiera, él decidió que no podía pasar ese comentario por alto, que tenía que asegurarse de que Gwendolen comprendiera que no podía divertirse con otra mujer que no fuera ella.

También necesitaba demostrarle que ella le pertenecía, y que él seguía controlando la situación. Ella no le había debilitado. Era un hombre fuerte. Ella era su mujer, y si él la deseaba, la tomaría. Eso era lo que quería demostrarle.

Sin apartar los ojos de los suyos, la alzó y la sentó en el escritorio. Rápidamente, le arremangó las faldas y se oprimió contra su cuerpo, tomando nota del creciente deseo que ella mostraba: el agitado movimiento de sus voluptuosos pechos, sus labios entreabiertos. Ella emitió un pequeño gemido de deseo que lo excitó hasta el frenesí.

Angus deslizó un brazo debajo de la rodilla de Gwendolen y se apartó rápidamente su falda escocesa.

—No deseo a otra mujer más que a ti —dijo.

Ella le agarró por su tartán.

—Demuéstramelo.

Con los pies apoyados firmemente en el suelo, la penetró con un rápido y febril movimiento, sintiéndose como si cargara blandiendo su espada en el aire, descendiendo a caballo por una empinada colina hacia el enemigo en el campo de batalla. La cálida humedad entre las piernas de Gwendolen espoleó su deseo, y la penetró con fuerza, deseoso de reivindicar su derecho a poseerla sin límites ni condiciones.

Se movió suavemente dentro de ella sobre el escritorio. Sus cuerpos se movían en perfecta armonía rítmica. Ella le agarró por los hombros y gritó de placer, y él sintió, simultáneamente, la palpitante compresión de su orgasmo oprimiéndole y pulsando alrededor del ímpetu de sus deseos.

Su propio orgasmo adquirió fuerza y se extendió a través de él en un ardiente estallido de vitalidad, hasta que no pudo reprimirlo más. Empezó a moverse con frenesí mientras eyaculaba dentro de ella, derribando un jarrón de flores que había sobre el escritorio, el cual se estrelló contra el suelo.

Más tarde, el mundo pareció sumirse en el silencio, mientras él abrazaba con fuerza a su mujer. Ambos tardaron unos minutos en recuperar el ritmo normal de su respiración. Luego, él se retiró lentamente. Dejó que su falda escocesa cayera al suelo y apoyó la frente contra la de Gwendolen.

Qué ingenuo había sido de pensar que controlaba la situación.

Ella tomó su rostro entre sus manos y lo besó con fuerza.

—Si ahora vas a ver a esa mujer —dijo—, te juro por la vida de mi madre que te mataré con tu propia espada. Yacerás ensangrentado en el suelo, y ya no le serás útil ni a Raonaid ni a nadie.

¡Pardiez, ninguna mujer había conseguido jamás excitarlo hasta ese punto!

—No la deseo —respondió él—. Te juro como escocés que soy que mientras viva, jamás desearé a otra mujer excepto a ti. Pero si me traicionas, muchacha...

Angus no terminó de pronunciar su amenaza, porque no imaginaba lo que le haría.

—No te traicionaré —le aseguró ella—. ¿Cómo puedo convencerte de ello?

—No lo sé.

Ella lo atrajo hacia sí para besarlo de nuevo larga y apasionadamente, y luego se apartó.

—Tu preciada pitonisa dijo que si mi hermano regresaba yo me pondría de su lado, que lo elegiría a él en vez de a ti. Pero llevo a tu hijo en mi vientre, Angus. Eso hace que sea tuya. Debes creer en mi lealtad y decírselo a esa mujer. Luego te ruego que la eches. Si no lo haces, causará graves conflictos aquí.

—Pero puede ver el futuro —contestó Angus—. Debo conocer sus profecías.

Gwendolen saltó del escritorio y avanzó hasta el centro de la habitación

—No puedes fiarte de lo que ve esa mujer, pues me ha pintado con un pincel falso. Podría estar equivocada también sobre otras cosas, e inducirte a error.

—¿Qué otras cosas? —preguntó él.

—Por ejemplo, tu muerte. —Ella se acercó de nuevo a él—. He tenido unos sueños, Angus. He visto nuestro futuro, que es muy distinto de lo que ella ha visto en las piedras.

De pronto él sintió una curiosidad. ¿Acaso todas las mujeres del mundo deseaban controlarlo por medio del misticismo?

—¿A qué te refieres con que has tenido unos sueños?

—Pues eso, que he tenido unos sueños —repitió ella encogiéndose de hombros—. A veces sueño con ciertos acontecimientos, y más tarde constato que se hacen realidad.

—¿Qué acontecimientos?

Ella sacudió la cabeza como si no quisiera hablar de ello, pero no obstante prosiguió:

—Soñé que asaltabas Kinloch la noche antes de que lo invadieras. He visto los momentos de pasión que compartimos. Y la víspera de nuestra boda, soñé con la golondrina que había construido su nido en el gran salón. La vi remontar el vuelo y abandonarnos.

Él movió la cabeza con incredulidad.

—¿Por qué no me lo dijiste?

—Porque probablemente sean unas estúpidas supersticiones, y, por otra parte, cuando tengo esos sueños, ignoro si se cumplirán o no. No reconozco la profecía hasta que ocurre, y entonces recuerdo que soñé con ella. Así que como ves, no soy una pitonisa.

—Pero tus sueños se cumplen.

—A veces.

Él se acercó a la ventana y contempló los prados y el bosque circundantes, preguntándose qué debía hacer con esta información. Se había casado con una mujer que no solo era bella y de carácter voluntarioso, además de sexualmente ardiente y maravillosamente fértil, sino que también tenía sueños proféticos.

—¿Qué más has visto en tus sueños? —preguntó—. ¿Has visto alguna vez mi muerte?

—No —respondió ella convencida—, pero he visto nuestra vida juntos, dentro de muchos años.

Él se volvió hacia ella.

—¿Qué viste? Cuéntame todos los detalles.

—Te vi entregar tu espada a nuestro hijo primogénito el día de su boda, y todo estaba bien.

¿Todo estaba bien?

A Angus le costaba creerlo, pues la violencia y la muerte siempre acechaban en algún rincón de su vida, esperando mostrar su grotesca faz. Incluso ahora, el temor de que volviera a ocurrir le atormentaba como un demonio. Lo cual le dejaba solo una opción.

—Soy el señor de este lugar —dijo, mirando de nuevo a través de la ventana—, y solo a mí me corresponde decidir quién se queda y quién se marcha.

—Supongo que has decidido que Raonaid se quede.

—De momento.

Durante un año, había vivido con Raonaid y escuchado sus profecías. Ella le había salvado en muchos aspectos. Le había ayudado a levantarse cuando estaba hundido. Le había hecho fuerte cuando se sentía débil. No podía arrojarla ahora de aquí. Le debía su vida, y necesitaba averiguar todo lo referente al futuro. Por Gwendolen.

Ella le miró disgustada, y Angus se percató de repente que su ejército se había congregando en el patio del castillo mientras él se hallaba en esa habitación conversando con su esposa sobre sueños y profecías, cuando debía estar allí con sus hombres, preparándoles para luchar y defender.

—¿Todavía la amas? —preguntó Gwendolen.

Él soltó una risa entre amarga y despectiva.

—¿Estás loca, muchacha? Jamás la he amado. No he amado a nadie.

Ella se ruborizó, y se volvió rápidamente hacia la puerta.

—Discúlpame, lo había olvidado. En tal caso, supongo que no tengo nada de qué preocuparme.

Con esto salió y cerró de un portazo.

Angus se quedó solo en la habitación desierta, sabiendo que ella estaba disgustada con él porque acababa de decirle con toda claridad que no la amaba.

Pero ¿qué otra cosa podía decirle?

Ni siquiera sabía lo que era el amor.

Esa noche, Gwendolen esperó durante horas a que Angus viniera a su lecho, pero no lo hizo.

Una parte de ella se preguntaba si habría ido a reunirse con Raonaid, pero se negaba a imaginar siquiera semejante cosa. Tenía que creer que él no le sería infiel, sobre todo después de lo ocurrido esa tarde en la alcoba del administrador. Él le había jurado que no deseaba a ninguna mujer más que a ella, y parecía haberse tomado muy en serio su amenaza de que lo mataría con su propia espada.

No era amor, había dicho él, pero al menos la deseaba sexualmente.

Cuando por fin cayó en un sueño profundo pero agitado, no cesó de revolverse en la cama, gimiendo suavemente contra su almohada, mientras unas inquietantes imágenes de un país extraño turbaban su mente...

Se despertó sobresaltada. Despuntaban las primeras luces del día, y el fuego se había apagado.

Se incorporó, boqueando. No podía respirar, pues un grito le atenazaba su abrasada y reseca garganta.

Había soñado con su hermano, Murdoch, el cual se deslizaba flotando sobre un largo y serpenteante río que desembocaba en las turbulentas aguas del Canal de la Mancha. Su cuerpo yacía sobre una pira funeraria, y tenía una soga alrededor del cuello. Cuando se sumergió debajo de la superficie, gritó el nombre de ella.

Pero ella nada podía hacer. Extendió las manos hacia él, pero no podía salvarlo, porque Murdoch había desaparecido, hundiéndose en las frías y oscuras aguas de las profundidades del mar.

En ese momento ella comprendió que había perdido a su hermano para siempre.

Capítulo 21

Angus se hallaba en la azotea de la torre, contemplando el sol naciente que emitía brillantes diseños de color a través del horizonte. Los ojos del mundo pronto se abrirían, y él iniciaría otra jornada sin tener la menor idea de cómo navegar a través del enfangado terreno de su vida y sus emociones. Ahora era el marido de una mujer —de Gwendolen— y el hecho de imaginar que podía perderla era como imaginar la pérdida de su propia alma.

Angus nunca había concedido mucha importancia a la suerte de su alma, ni había temido la muerte. De niño había presenciado el trágico fallecimiento de su madre, y ni siquiera eso le había hecho temer la suya. Toda su vida se había lanzado temerariamente a la batalla sin el menor titubeo. Si moría, estaba resignado a ello. Le bastaba saber que moriría con honor, pues aparte de eso, nunca había tenido mucho por que vivir.

Pero ahora todo era distinto. La profecía de Raonaid le obligaba a analizar su vida y todo cuanto tenía aún que experimentar y alcanzar. Gwendolen y él habían creado juntos un hijo, y él debía vivir por ese motivo. Tenía que proteger a su familia y cuidar de ellos, y demostrar que podía ser algo más que la cruel bestia que todos creían que era.

Quizá sí supiera lo que era el amor. O al menos, lo estaba descubriendo, día a día.

Oyó pasos en la escalera de la torre y al volverse vio, estupefacto, a su esposa. Lucía un camisón blanco y una bata ribeteada de encaje,

211

y parecía un ángel bajo el rosáceo resplandor de la mañana, agitada por una leve brisa.

Se fijó en sus pies descalzos, que asomaban debajo del dobladillo del camisón.

—Debiste ponerte unos zapatos, muchacha. Las piedras están frías.

—¿Por qué te preocupan tanto mis pies —preguntó ella—, en lugar de preocuparte de por qué he venido aquí? ¿No te choca que haya subido a la azotea de una torre al amanecer en tu busca, cuando la última vez que hablamos salí indignada de la habitación y te cerré la puerta en las narices?

Él se acercó a ella.

—Desde luego que me choca, y me complace verte. —Angus tragó saliva—. Lamento no haber venido anoche a tu cama.

Ya lo había dicho. No le había resultado tan difícil, y demostraba que podía ser tierno cuando se lo proponía. Era capaz de disculparse con su esposa.

Ella se arrebujó en su bata para protegerse del frío matutino.

—No me sorprendió que no vinieras —respondió—. Ayer estábamos enfadados.

—No, muchacha, tú estabas enfadada conmigo, y con razón. Hice mal en no creerte cuando me dijiste que ibas a tener un hijo.

—¿Y sobre lo otro? —preguntó ella, tiritando ligeramente—. ¿Sobre el hecho de que Raonaid te dijera que yo iba a traicionarte? ¿Sigues creyendo que es cierto?

Él reflexionó durante unos momentos.

—No lo sé.

Ella emitió un suspiro de resignación.

—No puedo obligarte a creerlo. Lo único que puedo hacer es pedirte que sigas los dictados de tu corazón, y confiar en que aprendas a fiarte de mí.

Él la miró ladeando la cabeza.

—Hace un tiempo no creías que yo tuviera un corazón.

—Hace un tiempo yo era virgen y no sabía nada sobre lo que ocurría entre un hombre y una mujer en el lecho conyugal. No soy la persona que era antes, Angus. Todo ha cambiado. Confío en que tú también hayas cambiado.

Él apoyó la mano en su espalda y la condujo hacia las almenas de la torre, desde las cuales podían contemplar los distantes prados y el bosque de Kinloch.

—¿Por qué has subido aquí, muchacha? —le preguntó, admirando su perfil y su lustrosa cabellera negra que la brisa agitaba suavemente—. ¿Por qué no estás acostada en tu cálido lecho?

Ella se volvió hacia él.

—Porque esta mañana he tenido un sueño, y tenía que contártelo por si resulta ser una premonición. Aunque deseo de corazón que no lo sea.

—Si vas a decirme que me has visto con una soga alrededor del cuello...

Gwendolen se apresuró a negar con la cabeza.

—No, no era eso. Era otra cosa, aunque no menos morboso. Me desperté sin poder apenas respirar.

Angus apoyó una mano en su hombro.

—¿Qué es lo que viste?

—A mi hermano —respondió ella—. Vi a Murdoch flotando sobre una pira funeraria, deslizándose hacia el mar. Temo que no regrese nunca junto a nosotros, y que mi madre tenga que llorar la pérdida de su único hijo varón.

¿Una pira funeraria?

Angus recordó las instrucciones que había dado a Lachlan el día de la invasión. Le había dicho que enviara a unos guerreros MacDonald en busca de Murdoch, y que hiciera cuanto pudiera por impedir otro ataque. *Lo que fuera.*

Los ojos de Gwendolen se llenaron de lágrimas, y se abrazó a Angus.

—Quizás haya sido solo un sueño —dijo él—, y tu hermano regrese algún día.

O quizá no.

La abrazó con fuerza mientras trataba de aplacar su conciencia, preguntándose quién era, en estos momentos, el verdadero traidor en este matrimonio.

La respuesta era bien simple, pensó Angus, pues había antepuesto sus instintos como guerrero y caudillo a todo pensamiento de compasión hacia su esposa. Ni siquiera había tenido en cuenta los sentimientos de ésta al tomar la decisión de aplastar a su enemigo, y estaba seguro que de hallarse de nuevo en similares circunstancias, obraría de igual forma.

Lo cual parecía indicar que no había cambiado tanto. Quizá seguiría siendo el despiadado guerrero que había sido siempre.

Angus entró en las caballerizas, donde Lachlan estaba cepillando a su caballo.

—¿Se sabe algo de Murdoch MacEwen? —preguntó secamente—. Maldito seas, Lachlan. ¿Han vuelto algunos miembros de nuestro clan con noticias de él?

Después de arrojar el cepillo en un balde de madera, Lachlan se limpió las manos con un trapo y se acercó,

—Aún no sabemos nada. ¿No crees que te lo habría comunicado de haber tenido noticias de él?

Angus oprimió las palmas de las manos contra su frente. El aire en las caballerizas estaba saturado de olor a heno, a cuero y a caballo. Era opresivo e irrespirable, y sintió deseos de golpear algo.

—Apenas puedo reprimir mi impaciencia. Necesito saber qué ha sido de él, y necesito saberlo pronto.

Lachlan le observó preocupado y salió del establo.

—¿Por algún motivo en concreto? ¿Te preocupa debido a lo que Raonaid ha predicho? ¿Crees que Murdoch intentará apoderarse de Kinloch?

—Hasta que demos con él, siempre existirá esa amenaza.

Lachlan apoyó una mano en su hombro.

—Estamos haciendo todo lo posible por erigir una defensa eficaz en torno a este lugar, Angus. Pero si lo deseas, enviaré a más hombres para que hagan de espías.

Tras reflexionar unos instantes, Angus negó con la cabeza y se dirigió hacia la puerta.

—No. Necesitamos a nuestros mejores hombres aquí. Estoy seguro de que pronto tendremos noticias.

Sin embargo, cuando salió de las caballerizas en busca de Raonaid no estaba muy convencido.

Era como una adicción esta necesidad de conocer lo que el futuro le deparaba, una adicción que él no podía por menos de atribuir al insólito hecho de que entre los muros del castillo había no una sino dos mujeres que aseguraban poseer el don de la clarividencia, y él se había acostado con ambas.

Pero ¿cuál de ellas estaba en lo cierto sobre el destino que le aguardaba?

Encontró a Raonaid en la cocina, agobiando al cocinero. Angus le indicó que se acercara y la condujo al corredor de piedra que daba acceso al salón.

—¿Qué sabes sobre el hermano de Gwendolen? —le preguntó.

Angus había decidido no revelar a Raonaid el sueño que había tenido Gwendolen, pues era posible que no fuera más que eso, un sueño. No quería influir en las visiones de la joven. Quería ponerla a prueba.

—Creo que ella se pondrá de su lado por encima de la lealtad que te debe por ser tu esposa —respondió Raonaid.

Él la agarró del brazo.

—¿En qué circunstancias? ¿Por qué no cumplirá la palabra que me dio?

Angus había considerado la posibilidad de que sus hombres hubieran asesinado ya al hermano de Gwendolen, y cuando ella lo averiguara, jamás le perdonaría su traición. Le odiaría siempre, deseando que le ocurriera toda suerte de desgracias.

Él estaba acostumbrado a ese tipo de consecuencias, pues en cierta ocasión había traicionado a su mejor amigo. Era un territorio que le resultaba familiar. ¿Estaba destinado a decepcionar y a alejar siempre de su lado a las personas más queridas para él? Había hecho que su padre perdiera su buena opinión de él, lo cual jamás podría recuperar, pues éste había muerto. Había perdido también a Duncan, al que había considerado un traidor despreciable, pero en última instancia éste había demostrado tener una mayor sabiduría y un mayor sentido de la compasión que él.

—Estás obsesionado con tu sentimiento de culpa —dijo Raonaid, leyendo su pensamiento como si fuera un libro—. Crees que eres culpable de lo que te ocurre debido a las tropelías que has cometido.

—Pero ¿seré culpable de que la desgracia caiga sobre mí? —inquirió él—. ¿Qué ocurrirá a continuación?

Estaba decidido a no suministrarle más información, pues no necesitaba oír lo que ya sabía: que estaba corroído por los remordimientos. Si Raonaid era una auténtica pitonisa, le revelaría más cosas.

—Debes deshacerte del pasado —respondió ella—, de lo contrario no podrás centrarte en lo que realmente importa.

—¿A qué te refieres?

Ella extendió los brazos.

—A estos muros de piedra y argamasa.

Angus recorrió con la vista el muro que tenía a un lado, el techo abovedado y el muro al otro lado, mientras recordaba las palabras que había pronunciado Lachlan el día de la invasión: *¿Qué sería Kinloch sin sus gentes?*

Luego fijó la vista en las azules profundidades de los ojos de Raonaid.

—¿Cómo puedo ser un buen líder si mi gente me desprecia? ¿De qué me sirve poseer tanto poder si todo el mundo desea mi muerte?

—Al menos habrás conseguido algo —contestó ella—. Has reconquistado este gran baluarte escocés que perteneció a tu padre, y que habían robado a los de tu clan. Tu pericia como guerrero no tiene parangón. En el campo de batalla eres invencible. Tu padre se sentiría orgulloso de ti, Angus. ¿No es lo que siempre has deseado? ¿No fue por ese motivo que regresaste a Kinloch? ¿Para redimirte a los ojos de tu padre?

—Pero mi padre ha muerto, Raonaid, y no me desterró porque fracasara en el campo de batalla. Nunca dudó de mi destreza con la espada. —Angus desvió la vista hacia el patio del castillo—. En última instancia mi pericia como guerrero no significaba nada para él. Lo único que veía era mi crueldad, y por eso me echó. Se avergonzaba de mí. Yo era su hijo, pero ni siquiera podía mirarme.

De golpe Angus comprendió lo profundamente que su punto de vista sobre la vida y las personas que le rodeaban había cambiado desde esos fríos y solitarios meses en la Hébridas. En aquel entonces lo único que le preocupaba era la amargura que sentía.

También era lo único que le preocupaba a Raonaid. Era lo que les unía. Lo único que compartían: su elemental desprecio por el mundo.

Ahora, desde su regreso a Kinloch y la inesperada intimidad de que gozaba en su matrimonio, lo único que él deseaba era paz. Prosperidad para aquellos que habían depositado su bienestar en sus manos.

Y no volver a decepcionar jamás a quienes confiaban en él.

Esa noche, nada podía impedir que Angus acudiera al lecho de Gwendolen. Había pasado todo el día analizando los posibles rumbos que podía tomar su vida a partir de ese momento, desde su propia muerte hasta la pérdida del amor de su esposa por haber ordenado la muerte de su hermano.

Siempre había sido muy hábil a la hora de hacer caso omiso de sus emociones. Nunca había concedido importancia a la empatía y la compasión. Hacía lo que fuera necesario para sobrevivir, sin vacilaciones ni arrepentimiento. Mataba a hombres en el campo de batalla. Vivía tan sólo por y para el deber y el patriotismo.

Pero esta noche se sentía indeciso. Había enviado una cesta de rosas a la habitación de Gwendolen cuando ella se estaba vistiendo para cenar, y ahora, después de la cena, la acompañaba de regreso a su alcoba, sin saber muy bien cuál era la situación entre ellos. ¿Había visto ella su traición en sueños? ¿Sabía que no era digno de su bondad?

Cuando entraron en la alcoba de ella, Angus se tomó la libertad de despachar a su doncella, pues quería ayudarla él mismo a desnudarse. Le quitó la ropa prenda por prenda, mientras las manos le temblaban de nervios y excitación.

Al poco rato ambos se acostaron en la cama, debajo del grueso cobertor, y él depositó una estela de besos sobre el suave y trémulo vientre de Gwendolen, preguntándose cómo era posible que estuviera tan nervioso en esos momentos, cuando su cuerpo era presa del deseo y ansiaba apasionadamente practicar el sexo con ella. Había venido para hacer el amor a su esposa y perderse en sus dulces y melosas profundidades, pero quizá lo que necesitaba realmente era distraerse de todo lo demás. El futuro que les aguardaba juntos era, en el mejor de los casos, incierto.

¿Le traicionaría ella?, se preguntó Angus mientras besaba sus suaves hombros y se deleitaba con los dulces sonidos de sus gemidos entrecortados.

¿O la decepcionaría él y perdería su amor para siempre debido a la inoportuna orden que había dado a Lachlan hacía un mes?

Después de una generosa sesión de prolegómenos, él la penetró con gran sensibilidad, observando sus expresiones a la tenue y parpadeante luz de las velas. Ella alzó y movió las caderas para que pudiera penetrarla profundamente; sus cuerpos se movían en una armonía física que él jamás había imaginado posible. Era mágico, y lo deseaba. Lo necesitaba. Estaba dispuesto a morir por ello.

La penetró una y otra vez con fuerza, convencido de que el irresistible gozo que experimentaba no era sino un castillo de naipes construido sobre una mesa que se tambaleaba, y que no tardaría en desplomarse.

Reprimió su clímax durante tanto tiempo como le fue posible, y cuando se produjo, fue cataclísmico; el de ella fue salvaje e intenso. Angus sintió el poder de la pasión de ambos en el dolor que le producían las uñas de ella al clavarse en su espalda.

—Te amo —murmuró ella, y él contuvo el aliento, sorprendido.

—Yo también te amo.

Santo Dios...

Angus jamás había pronunciado esas palabras, pero habían brotado de sus labios antes de que pudiera pararse a reflexionar.

Algo en su interior cambió. ¿Debió decir eso? ¿Era verdad? ¿Conocía siquiera el significado de esa emoción? Creía conocerlo, pero no estaba seguro.

Más tarde, se quedaron dormidos abrazados, tranquilos y relajados, tendidos en la cama, gozando del calor del fuego y el intenso perfume de las rosas.

Él jamás había imaginado que alcanzaría semejante estado de serenidad. Quizá se debía a su agotamiento. O a su capitulación. O a otra cosa. Fuera lo que fuera, lo aceptaba. Esa noche no se levantó para ir a la capilla. Durmió profundamente durante varias horas, soñando con el brezo de color púrpura en la cañada.

Se despertó sobresaltado al oír unas insistentes llamadas en la puerta. Se incorporó y se levantó de la cama sin despertar a Gwendolen. Se enrolló su tartán alrededor de la cintura y atravesó la habitación para abrir la puerta.

—Lamento despertarte tan temprano —murmuró Lachlan—, pero tenemos noticias de Murdoch MacEwen, y supuse que querrías que te informara de inmediato.

Angus salió al frío corredor iluminado por las antorchas y cerró la puerta tras él.

—¿Qué has averiguado?

—Uno de nuestros espías ha regresado de París. Es mejor que vengas y oigas de sus labios lo que tiene que decir.

Angus bajó la vista y la fijó en el suelo, preguntándose si había cometido un grave error al no visitar esa noche la capilla para encender una vela y rezar una oración, pues todo indicaba que era el momento propicio para que se presentara Dios y le castigara por sus pecados.

Angus se temía lo peor, temía que fuera a perderlo todo, como siempre le había ocurrido.

Capítulo 22

A la mañana siguiente, Angus esperó impaciente en el salón privado del piso superior a que aparecieran Gwendolen y su madre, y cuando entraron se levantó de su butaca.

—¿Has mandado llamarnos? —Gwendolen miró a Angus, a Lachlan y a un tercer miembro del clan MacDonald al que no reconoció, pues había abandonado el castillo al día siguiente a la invasión.

Angus indicó dos sillas que había ordenado que trajeran para esta reunión.

—Sentaos, por favor.

Lachlan permanecía de pie junto a la hilera de ventanas emplomadas, y el miembro del clan, que respondía al nombre de Gerard MacDonald, estaba de pie junto a Angus, esperando tomar la palabra.

Angus se volvió hacia Onora.

—Tengo noticias de su hijo, señora.

Observó que Gwendolen enlazaba las manos y las apoyaba en su regazo, como preparándose para lo peor. Onora, sin embargo, mostraba una expresión esperanzada. No estaba al corriente de los sueños de Gwendolen. Ésta no había compartido sus secretas profecías con nadie salvo con él.

—¿Tiene noticias de él? —Onora sonrió con cautela—. Se lo ruego, Angus, cuéntennos lo que sabe sin dilación. Murdoch lleva mucho tiempo ausente. ¿Va a regresar junto a nosotros?

Angus cruzó una mirada con Gwendolen. Los ojos de la joven se llenaron de lágrimas y apretó las manos con fuerza sobre su regazo.

—Lo lamento profundamente, señora —respondió Angus a Onora—. Su hijo no regresará. Murió hace unas semanas en Francia.

Gwendolen agachó la cabeza.

Angus se volvió para mirar a Lachlan, que avanzó y se arrodilló delante de Onora. Tomó sus manos entre las suyas.

—¡No puede ser cierto! —exclamó Onora con voz trémula. ¿Cómo se han enterado?

Lachlan se lo explicó.

—Cuando invadimos Kinloch y nos percatamos de que no habíamos combatido contra su hijo, comprendimos que teníamos que averiguar su paradero y asegurarnos de que no regresaría para vengarse. Envié a unos hombres en su busca, y este hombre... —Lachlan señaló a Gerard, que se hallaba detrás de él— localizó a Murdoch en París y decidió ir a hablar con él.

Onora se levantó y se acercó a Gerard.

—¿Vio usted a mi hijo? ¿Habló con él?

—Sí, señora, pero no estaba bien. Me permitieron visitarlo aunque estaba enfermo en la cama, y me pidió que les dijese que se arrepentía de haberlas abandonado, que si pudiese volver atrás las manecillas del reloj, jamás habría partido de su amada Escocia. Se habría quedado para defenderlas contra los invasores, y también lamentaba no poder morir aquí, en lugar de ser enterrado tan lejos de su hogar.

Los ojos de Onora se llenaron de lágrimas.

—¿Sabía quién era usted? ¿Sabía lo que había ocurrido aquí?

—Sí. Se lo expliqué todo.

Onora señaló a Gwendolen con un gesto de desesperación.

—¿Le contó a mi hijo que su hermana se había visto obligada a casarse con el caudillo que nos había conquistado?

Gerard se ajustó el tartán, turbado por la carga emotiva de las preguntas de Onora.

—Sí, también se lo conté. No voy a mentirle, señora. Se mostró muy preocupado por la seguridad de su hija.

Gwendolen se levantó de la butaca.

—Es natural que estuviera preocupado. Era mi hermano, y sabía cuánto valoraba yo mi virtud. Sin duda le dolió abandonar este mundo pensando que me habían forzado a contraer matrimonio, o que me habían azotado o subyugado. Me quería mucho. —Gwendolen se dirigió directamente a Gerard—. ¿Le dijo usted que acepté voluntariamente esta unión? Porque no soporto pensar que murió pensando que me sentía desgraciada. De haber podido estar allí, le habría asegurado que todo iba bien. Que los MacEwen están en buenas manos.

Y dale, pensó Angus. Gwendolen había empleado de nuevo esa expresión que utilizaba con tanta frecuencia: «Todo va bien».

¿Era cierto? Ahora que su hermano había muerto, y Angus no era responsable de ello, ¿iría todo bien entre ellos? ¿Significa que ella no le traicionaría como había predicho Raonaid? ¿Y podría él dejar de temer por fin que alguien le apuñalara por la espalda?

De pronto se despreció por albergar unos pensamientos tan egoístas cuando debería pensar sólo en el dolor que experimentaba su esposa. Acababan de comunicarle que su hermano había muerto.

Angus se acercó a ella. Deseaba estrecharla entre sus brazos —parecía lo indicado en esos momentos—, pero ella alzó una mano, indicando que no tenía la menor intención de romper a llorar o de venirse abajo, al menos ahí.

Onora, por el contrario, cayó de rodillas, emitió un grito desgarrador, se cubrió la cara y prorrumpió en sollozos.

Lachlan se arrodilló junto a ella y la abrazó, mientras Gwendolen miraba a Angus a los ojos.

—Sácame de aquí —le dijo—. Sácame de Kinloch.

De alguna forma él comprendió de inmediato lo que ella necesitaba, de modo que le tomó la mano y la condujo fuera de la estancia.

Poco después de que atravesaran el puente levadizo y se dirigieran a galope hacia el bosque empezó a lloviznar, pero Gwendolen no quería volver.

—No te detengas —dijo cubriéndose la cabeza con la capucha de su capa—. Sigue cabalgando.

Le abrazó con fuerza por la cintura mientras él espoleaba a su caballo, el cual redujo el paso al trote cuando entraron en el bosque, donde se guarecieron de la lluvia.

Al cabo de un rato, cuando salieron de entre los árboles que crecían a orillas del río, él sintió unas frías gotas de lluvia en sus mejillas y se preguntó si había hecho bien en elegir precisamente este lugar.

Condujo al caballo de las riendas hasta la cascada. Al alzar la vista comprendió por qué solía venir aquí con tanta frecuencia de niño, durante los años posteriores a la muerte de su madre. Venía para sofocar el sonido de sus pensamientos. El estrépito del agua al precipitarse sobre las rocas y caer en la agitada charca al pie de la cascada era ensordecedor, y la gélida bruma que se alzaba de las turbulentas aguas insensibilizaba su cuerpo.

Gwendolen saltó del caballo y se encaminó hacia una roca que se erguía sobre la espumosa charca. Angus ató su montura a la rama de un árbol y se reunió con ella sobre el afloramiento rocoso. La violencia del agua que caía en cascada levantaba una brisa que agitaba los húmedos y negros mechones de la cabellera de Gwendolen. Se quitó la capucha y aspiró el fresco olor del agua y los pinos que les rodeaban.

—He estado aquí en otras ocasiones —dijo, gritando sobre el estruendo del agua para hacerse oír—. Murdoch me mostró este lugar poco después de que nuestro padre reclamara este territorio. ¿Lo sabías? ¿Por esto lo elegiste?

—No, lo elegí porque de niño, después de morir mi madre, solía venir aquí. Hace muchos años que no venía, pero siempre sospeché que algo me haría regresar aquí algún día.

Gwendolen alzó la vista y contempló el cielo ceniciento, que se confundía con la bruma que brotaba del río. Tenía el rostro mojado debido a la lluvia, y sus carnosos labios húmedos y relucientes.

—Ahora estamos aquí tú y yo, llorando la pérdida de otro ser querido. Quizá poseas también el don de la clarividencia, Angus, aunque no seas consciente de ello. Quizá lo poseemos todos.

—No tengo ese tipo de dones. —Él le acarició la mejilla con el dorso de sus dedos—. De lo contrario habría visto que ibas a aparecer en mi vida. Lo cual me habría hecho confiar antes en un futuro más halagüeño.

Ella le miró con expresión melancólica.

—Yo vi que ibas a aparecer en mi vida. La noche antes de que nos invadieras, soñé con que un león derribaba la puerta de mi alcoba, rugiendo. Luego destrozó mi habitación ante mis ojos.

Angus notó que fruncía el entrecejo.

—No me lo habías contado. ¿Por eso que me odiabas con tanta pasión y temías que te tocara?

—No, te odiaba porque eras mi enemigo y habías matado a los miembros de mi clan. En mi sueño, hablé suavemente al león, y con el tiempo llegué a amarlo. Quizá fue por eso que me resistí a ti con todas mis fuerzas. No quería amarte.

Angus observó las motas plateadas en sus ojos castaños.

—De modo que en tu sueño domaste al león.

—Sí, y a partir de entonces me trató con delicadeza, pero yo seguía temiéndole. Y aún le temo. A fin de cuentas, es un león.

Angus deseaba ante todo proteger a Gwendolen de cualquier daño o contrariedad, y por ese motivo se sintió obligado a advertirle que no debía amarlo, pues no estaba seguro de llegar a ser algún día el hombre que ella deseaba que fuera. Por más que lo intentaba, estaba convencido de que siempre persistiría en su carácter la violencia.

—Debes seguir temiendo a esa fiera —dijo—. Los colmillos de un león son muy afilados.

—Y tiene un rugido impresionante. —De repente, ella se volvió y se arrojó en sus brazos, haciendo que él perdiera el equilibrio—. Angus, mi hermano ha muerto y me siento avergonzada.

Él arqueó las cejas.

—¿Avergonzada? ¿Por qué?

No era ella quien había ordenado la muerte de Murdoch, y de no hallarse éste en su lecho de muerte cuando Gerard llegó a París, hoy estaría muerto de una puñalada en el vientre.

—Maldije a mi hermano por no haber regresado antes junto a nosotros —le explicó ella—. Le maldije ante Dios. ¿Qué clase de hermana soy? ¿Y si éste fuera mi castigo por albergar unos pensamientos tan malvados?

Angus no podía imaginar semejante cosa, que Dios decidiera castigar a Gwendolen. Si alguien merecía ser castigado, desde luego no era ella.

—Estaba furiosa con él —prosiguió ella—, por no regresar a casa cuando murió nuestro padre. Le culpaba de la derrota de los Mac-Ewen cuando asaltaste el castillo. Rogué a Dios que Murdoch averiguara por algún medio lo que había ocurrido ese día y que los remordimientos le atormentaran el resto de su vida por su egoísta deseo de ampliar su educación y cultura, mientras nosotros estábamos aquí, luchando para defender lo que le pertenecía por derecho propio.

Angus la besó en la frente y la abrazó con fuerza.

—No debes culparte, muchacha. Tenías motivos fundados para estar furiosa con él. Te sentías abandonada.

—Pero él no tenía la culpa —contestó ella—. Estaba enfermo, no habría podido regresar a casa aunque hubiera querido.

—Pero tú no lo sabías. No eres culpable de su muerte. No hiciste nada malo.

—Entonces, ¿por qué me siento tan desdichada?

—Porque tu hermano ha muerto —respondió él—. Es inevitable que su muerte te cause dolor.

Ella retrocedió y le miró a los ojos.

—Has dicho que solías venir aquí después de que muriera tu madre. Nunca me has hablado de ella, salvo esa vez en la capilla, cuando dijiste que era una santa.

—Sí. Al menos, así es como la recuerdo.

—¿Cuántos años tenías cuando falleció?

—Cuatro.

Ella le observó detenidamente, esperando que añadiera algo, pero a él no le gustaba hablar de su madre.

—¿Qué le ocurrió? —preguntó ella.

Él contempló la cascada. El sonido llenaba su cabeza de ruido, haciéndole sentir como si no existiera. Pero *existía*. Corría sangre por sus venas, experimentaba sensaciones en su corazón. No podía eludir esas dos realidades, y comprobó que no deseaba eludirlas. Había deseado hacerlo durante buena parte de su vida, pero ya no.

—Conozco el sentimiento de culpa —dijo, mirando de nuevo a Gwendolen—, porque mi madre murió en Glencoe.

Glencoe..., donde docenas de MacDonald habían sido masacrados porque su jefe no había firmado el juramento de lealtad a la Corona inglesa. Glencoe no era el hogar de Angus, pero era el de su madre, antes de que se casara con su padre.

—Me metió en un baúl para ocultarme del enemigo —le explicó él—, luego la condujeron fuera, mientras nevaba, y la mataron de un tiro.

—¿Estuviste en la matanza de Glencoe? —preguntó ella preocupada—. No tenía ni idea.

Él se encogió de hombros.

—Hace mucho de eso. —Aunque todavía recordaba con pasmosa claridad cómo había salido del baúl y había visto el cadáver de su madre y la nieve teñida de su sangre. Jamás lo olvidaría.

—Lo lamento profundamente —dijo ella.

Ninguno dijo nada durante unos momentos. Permanecieron sobre la roca mirando las aguas de la cascada que fluían turbulentas formando remolinos.

—¿Por eso has sido siempre tan intrépido —preguntó ella—, dispuesto a sacrificarte en la batalla? ¿Debido a lo que le ocurrió a tu madre?

—Supongo que sí. Durante mucho tiempo viví sólo para matar, y la mayoría de quienes me conocían probablemente dirían que lo hacía por venganza. Sobre todo contra los ingleses.

Ella asintió dándole a entender que lo comprendía. Luego ladeó la cabeza y preguntó:

—¿Le hablaste a Raonaid de tu madre?

—¿Por qué me lo preguntas?

—Porque me dijo que yo no te conocía realmente. Insinuó que ella te conocía mejor. —Gwendolen bajó la vista—. Lo cual me molestó.

Angus se sentó en el suelo.

—No se lo conté, muchacha. Ella lo vio en sus visiones. Eso fue lo que me convenció de que era una auténtica mística y no una bruja chiflada. Pero no significaba nada. No se me ocurrió confiarle mis secretos.

—Pero le revelaste unos datos personales sobre ti —dijo Gwendolen—. Me gustaría que me contaras a mí esas cosas.

—Acabo de hacerlo.

La expresión de Gwendolen se tiñó de una leve melancolía, y se sentó junto a él.

—Quizá todos necesitamos tiempo para conocernos mejor unos a otros. Hay muchas cosas que deseo saber sobre ti, Angus.

Pero ¿tendrían tiempo suficiente para saber todo lo que deseaban averiguar?, se preguntó él. ¿Quién podía disponer del tiempo suficiente para conseguirlo? La vida era frágil e impredecible, y él no conseguía desterrar de su mente la profecía de Raonaid.

Gwendolen apoyó una mano en el brazo de él.

—No quiero que haya secretos entre nosotros.

Él cubrió su mano con la suya y meditó sobre los inesperados sentimientos que ella le inspiraba, así como la naturaleza de este lugar. Había venido aquí de niño, siempre solo, sin hallar nunca la paz y la serenidad que anhelaba, por más que las buscara.

Pero ahora la sentía, mientras escuchaba a Gwendolen expresar su dolor, sus quejas y sus absurdos y pueriles celos.

Por si fuera poco, iba a darle un hijo. Había algo muy profundo en ello. Lo cambiaba todo. Cambiaba el punto de vista que él tenía sobre el mundo y su propósito en él, como guerrero y como individuo.

Toda su vida se había considerado un ser prescindible. No esencial. A lo único que se dedicaba era a perseguir una muerte que le procurara honores, enviando de paso a algunos malvados casacas rojas a las abrasadoras llamas del infierno. Pero ahora todo era diferente.

—Debo confesarte algo —dijo, apretando la pequeña mano de Gwendolen en la suya.

—Te escucho.

Él hizo una pausa.

—No debes sentirte culpable por lo de tu hermano. Una cosa son los pensamientos, y otra muy distinta los actos. Pásame a mí todos tus sentimientos de culpa. Yo cargaré con ellos.

—¿Por qué?

Él fijó sus ojos azules en los de ella preparándose para su reacción cuando le hiciera su siguiente confesión.

—Porque envié a unos hombres a matar a tu hermano si no me aceptaba como señor de Kinloch. —Angus agachó la cabeza—. No me enorgullezco de ello, porque no quiero verte dolida conmigo, pero Kinloch es mi hogar. No quiero arriesgarme a perderlo de nuevo. —Tragó saliva antes de continuar—: Como verás, no soy mejor que los oficiales ingleses que ordenaron la matanza de Glencoe. Soy un hombre brutal y despiadado. Como el león de tus sueños, y deberías temerme siempre. Siempre.

Ella retiró la mano de la suya.

—¿Cuándo diste esta orden?

—La noche de la invasión —respondió él—. Durante la fiesta para celebrar nuestro triunfo.

Ella tragó saliva para aliviar su turbación.

—¿Por qué no me lo dijiste? Dejaste que confiara en que mi hermano regresaría.

—Yo también confiaba en que regresaría. Si accedía a aceptarme como señor de Kinloch le habría tratado como a un hermano. De lo contrario...

—Habrías mandado que le ejecutaran.

—Sí.

Ella se levantó y se dirigió al borde de la roca, donde permaneció un rato de espaldas a él.

Angus sabía que merecía su odio, y se preguntó qué le había inducido a confesarle sus acciones cuando acababa de sacudirse de encima la responsabilidad por la muerte de su hermano. En última instancia había sido voluntad de Dios, pero él se había ofrecido para cargar con la culpa y granjearse el desprecio de ella.

Gwendolen se volvió hacia él.

—No creo que se hubiera sentido dispuesto a jurarte lealtad. Conocía a mi hermano. Era ambicioso, y no habría aceptado tu oferta de concederle tierras y una posición importante. Habría venido con un ejército, y te habría matado si tú no le hubieras matado a él primero.

Angus calló. Esperó a que ella expresara todos sus pensamientos y sentimientos al respecto.

Ella se acercó y volvió a sentarse.

—Raonaid sugirió que si Murdoch venía aquí, yo le elegiría a él en lugar de a ti, y tú morirías debido a mi traición. —Gwendolen fijó la vista en sus manos, que tenía apoyadas en el regazo—. Le dije que jamás te sería desleal, pero yo también debo confesarte algo. —Alzó la vista y le miró a los ojos—. No estaba segura de poder cumplir ese compromiso. Tenía dudas. Unas dudas terribles. Temía que si me veía obligada a elegir, haría lo que fuera para salvar la vida de Murdoch, pues era mi hermano. Por consiguiente, debo perdonarte por la orden que diste el día en que me reclamaste como tu futura esposa. Hiciste lo que habría hecho cualquier jefe para proteger a su clan y su castillo. Asimismo, debo pedirte perdón por cualquier sombra de duda sobre mi lealtad hacia ti que pudiera albergar mi corazón antes de hoy, pese a haberte jurado fidelidad el día de nuestra boda. —Le tomó la mano antes de proseguir—: No puedo condenarte ni odiarte, Angus, y creo que Dios ha intervenido para impedir que se produjera una disputa entre nosotros. Mi hermano no ha muerto por tu culpa. Ni tú, ni yo, nos vimos obligados a tomar partido por un bando u otro y traicionar nuestros votos matrimoniales. Creo que nos hemos librado de vernos involucrados en una traición, la cual pudo haberse producido de haber vivido mi hermano. Ha sido voluntad de Dios. Al igual que ha sido voluntad de Dios dar a Kinloch un heredero que lleve en sus venas la sangre de los MacDonald y los MacEwen.

Angus sintió que el corazón le daba un vuelco debido a algo remoto, poderoso y extraño. Se inclinó hacia Gwendolen y la abrazó. Lo único que deseaba era estrecharla entre sus brazos, protegerla, cuidar de ella, y celebrar el hecho de que habían resuelto sus diferencias. No habría más secretos entre ellos. Ella conocía todos sus pecados, y sin embargo estaba dispuesto a perdonarlo.

Y él a perdonarla a ella.

Tomó su rostro entre sus manos y le apartó el pelo de los ojos.

—Lamento que hayas perdido a tu hermano. Sé lo mucho que le querías e imaginabas que sería tu protector. Yo habría preferido concederle tierras y acogerlo como a un hermano, si él hubiera estado dispuesto a aceptarme. Esto no era lo que yo deseaba.

Ella asintió con la cabeza y se reclinó hacia atrás, enjugándose una lágrima.

—Gracias. Pero quiero pedirte una última cosa, Angus. Un favor. —Tragó saliva y habló con firmeza—. Te ruego que eches a Raonaid.

Él dejó caer el brazo perpendicular al cuerpo y se reclinó también.

—Entiendo que valoras sus dotes de pitonisa, pero es evidente que estaba equivocada sobre el futuro, porque yo ya no tendré motivos para traicionarte. No la necesitamos, y no quiero que permanezca aquí. Fue tu amante. Debes comprenderlo. Solo conseguirá separarnos. Creo que pretende reconquistarte y está decidida a destruir nuestro matrimonio.

—No pretende eso —replicó él—. Raonaid no es una mujer sentimental. No quiere a nadie. Son cosas de tu imaginación.

No debió decir eso. Angus lo comprendió al ver que las mejillas de Gwendolen se teñían de rojo.

—Si eso es lo que piensas, estás ciego —contestó ella con tono desafiante.

De pronto él recordó el primer día, cuando ella desafió su autoridad en el gran salón y él la arrastró hasta sus aposentos privados para darle una lección sobre rebeldía y desobediencia. Pero ¿estaba dispuesto a tratarla ahora de esa forma? ¿Después de lo que habían pasado juntos?

No, decididamente no. Además, ¿estaría ella en lo cierto sobre Raonaid? ¿Pretendía su antigua amante reconquistarlo?

En cualquier caso, ¿qué importancia tenía eso?

—Hablaré con ella —dijo— y la echaré de aquí, si eso te hace feliz.

Gwendolen contempló la cascada.

—Sí. ¿Podemos regresar ahora a casa?

Él se levantó y le ofreció la mano, pero ella mantuvo la vista baja cuando él la ayudó a montarse en el caballo.

Capítulo 23

Angus encontró a Raonaid en la taberna del pueblo, sentada como una anfitriona presidiendo una comida, en el extremo de una de las largas mesas de tablas. En el local se oían risas y el ruido de platos y jarras de peltre. Unos miembros de los clanes estaban agolpados alrededor de ella, cantando y entrechocando sus jarras de cerveza en un coro de alegría y buen humor.

Angus rodeó la larga mesa y apoyó la mano en el hombro de uno de los hombres.

—Disculpad la interrupción, pero debo llevarme prestada a esta joven unos momentos.

—¡Si quiere que le lea el futuro, jefe, será mejor que lleve unas monedas en la escarcela! ¡Esta mujer sabe regatear como nadie!

Los otros rieron alegremente.

—Ya conozco mi futuro —respondió Angus, ofreciendo la mano a Raonaid.

Ella la observó con frío recelo, y luego dejó que él la condujera hacia la puerta.

Fuera, había dejado de llover, las nubes se habían disipado y lucía el sol. Raonaid alzó una mano para escudarse los ojos.

—¿Qué hora es? —preguntó.

El olor a whisky que exhalaba su aliento asaltó la nariz de Angus, aunque no daba muestras de estar borracha, pues sabía beber como cualquier aguerrido montañés que se preciara.

—¿Has pasado aquí todo el día, Raonaid?

Ella clavó en él sus penetrantes ojos azules, y respondió con tono melancólico:

—¿A ti que más te da?

Él la miró durante unos momentos a la brumosa luz vespertina, recordando la época en que ambos hallaban placer y solaz cuando yacían abrazados. Ella le había ayudado a superar un capítulo difícil de su vida, y él se había comportado con ella como un amigo, el único que tenía.

Pero con frecuencia tenían unas disputas tan apasionadas como sus encuentros amorosos y pasaban días peleándose. La mayoría de las peleas se saldaban con Raonaid rompiendo algo.

—Deja que te ayude a montar —dijo él, acercándose a su caballo y sujetando las riendas.

—No necesito tu ayuda.

Como no tenía ganas de discutir, Angus esperó a que ella montara sola y luego hizo lo propio, instalándose en la silla detrás de ella. Juntos, se dirigieron al trote hacia el riachuelo.

No quedaba muy lejos, por lo que Angus se sorprendió cuando ella inclinó la cabeza hacia atrás y se quedó dormida apoyada en su hombro.

Angus tomó la precaución de conducir a su montura al paso durante buena parte del camino, que discurría por terreno llano. Por fortuna, eran los únicos que cabalgaban por el sendero para caballos que conducía al bosque, donde él aspiró el fresco aroma a pinos y pensó en lo que iba a decir a Raonaid y cómo iba a abordarlo.

Cuando llegaron al riachuelo, cuyas aguas profundas fluían a través de una verde y apacible cañada, condujo su montura fuera del bosque y zarandeó a Raonaid para despertarla.

Desorientada y confundida, ésta se volvió ligeramente sobre la silla.

—¿Cuánto rato he dormido?

—No mucho. —Angus desmontó y ató su caballo a una rama. Luego le tendió los brazos a ella.

Esta vez ella aceptó su ayuda y apoyó las manos sobre sus hombros. Con un somnoliento suspiro, se bajó airosamente de la silla.

—Siempre tan galante y fuerte —murmuró con una sonrisa de admiración mientras deslizaba las manos sobre el pecho de él.

Angus se apresuró a sujetarla por las muñecas y apararla.

Ella le miró con expresión inquisitiva, como tratando de calibrar sus auténticos deseos y la firmeza de su amor por su esposa. Por fin, retrocedió y se volvió hacia el río.

—¿Qué hago aquí? —inquirió.

—Eres una pitonisa —respondió él—. ¿No viste qué iba a ocurrir?

—¿Ver el qué? —preguntó ella sin volverse—. ¿Que deseas que me vaya? ¿Por qué? ¿Porque a tu bonita esposa MacEwen le disgusta mi presencia aquí? ¿Teme que te atraiga de nuevo a mi lecho?

Él arrugó el ceño.

—¿Es eso lo que te propones, Raonaid?

Ella se arrodilló, tomó un canto rodado y lo arrojó al agua.

—Aún no lo he decidido.

Angus la observó mientras Raonaid buscaba otra piedra. Halló una y la cogió. Después de inspeccionarla en la palma de su mano, la tiró al suelo y se puso a buscar otra.

Él se acercó y empezó también a buscar una piedra de determinadas características. Cuando encontró una, la tomó y se la entregó a Raonaid. Ésta la examinó detenidamente y luego la arrojó río arriba.

Angus la observó reanudar su búsqueda y decidió decir lo que tenía que decirle.

—No puedes quedarte aquí, Raonaid. Debes comprenderlo.

Ella se volvió bruscamente y soltó un bufido de indignación.

—¡Después de haber venido hasta aquí para cumplir la promesa que te hice! ¿Es cuanto tienes que decirme?

Le miró como una gata enfurecida, tras lo cual se volvió y se metió en el riachuelo. Él avanzó un paso, nervioso, para seguirla, pues nunca sabía cómo iba a reaccionar Raonaid. Era una mujer irascible e inestable. No le habría sorprendido que tratara de ahogarse en el río ante sus ojos.

Pero solo se echó un poco de agua en la cara y salió del riachuelo.

Se sentó en la orilla cubierta de hierba, inclinó la cabeza hacia atrás y contempló el cielo, deleitándose con la caricia del sol en su rostro.

—¿Por qué no te acercas —sugirió dando unas palmadas en el suelo junto a ella— y te tumbas a mi lado? Aquí no nos verá nadie. Si lo deseas, puedes meterte debajo de mis faldas, o yo puedo hacer eso que hago con la lengua, moviéndola en sentido circular, que te gusta tanto. —Cuando él no respondió, se apresuró a añadir—: Unos minutos conmigo podrían ayudarte a ver las cosas con más claridad.

Él se detuvo detrás de ella, mirando la parte posterior de su cabeza.

—¿Qué quieres decir?

—Si recuerdas lo que hubo entre nosotros en las Hébridas, quizá deseches la absurda idea de que tu esposa es tu único y verdadero amor. Es lo que piensas, ¿no? Cuando te acuestas con ella, crees también que eres su verdadero amor, y que siempre lo serás.

Él sintió que se le crispaba el estómago de enojo, y le espetó en voz baja:

—Es mi esposa, Raonaid. Ten cuidado con lo que dices.

Ella sonrió con picardía.

—Pero tengo muchas cosas interesantes que decirte. Sigo manteniendo que te traicionará. Cuando regrese su hermano, le elegirá a él en lugar de a ti, y morirás a causa de ello. Los MacEwen volverán a gobernar aquí, y cuando te abrases en el infierno con esa soga alrededor del cuello, lamentarás no haberme hecho caso.

Angus apoyó la mano en la empuñadura de su espada, observando las relucientes y agitadas agua del riachuelo fluir lentamente río abajo. Tras reflexionar unos momentos en silencio, se sentó a su lado en la hierba.

—¿Crees realmente que su hermano regresará y que ella tomará medidas para convertirlo en jefe de este lugar?

—Estoy convencida de ello —respondió Raonaid muy segura—. Por eso no debes echarme. En todo caso, deberías echar a la esposa que reclamaste por la fuerza, la cual nunca quiso casarse contigo. Tú eras su enemigo, Angus. Deseó tu muerte desde el momento que asaltaste las puertas del castillo.

Él se inclinó hacia delante y la observó fijamente. Alrededor del rostro le caían unos airosos mechones de pelo rizados, pero nada podía dulcificar la expresión astuta, resuelta y vengativa que traslucían sus ojos.

—¿Por qué no me hablaste de Gwendolen cuando viste por primera vez mi triunfo en las piedras? —preguntó él—. Viste todo lo demás: la muerte de mi padre, la llegada de Lachlan y el leal ejército que él me ayudaría a reunir. Describiste la batalla con todo detalle, además de la fiesta para celebrar mi regreso. Pero no dijiste nada sobre Gwendolen.

Raonaid meneó la cabeza, como si ella misma no alcanzara a comprenderlo.

—No la vi allí. Era como si no existiese.

Un mirlo remontó de pronto el vuelo desde la copa de un árbol, y ambos alzaron la vista sorprendidos. Luego Raonaid se acercó un poco más. Introdujo la mano debajo de la falda escocesa de Angus, la deslizó sobre su muslo y cuando se disponía a penetrar en territorio prohibido, él le sujetó la muñeca.

—Esto te está vedado, Raonaid. Solo una mujer puede tocarme allí.

Ella achicó los ojos, rabiosa.

—Eres un estúpido si crees que serás más feliz con ella que conmigo. No debiste regresar aquí. Debiste dejar que este lugar se pudriera.

Él observó la desdicha en su expresión, la malevolencia y la soledad, y no tuvo valor para mostrarse duro con ella, aun sabiendo que no era lo que él había imaginado. Ella no le conocía tan bien como pensaba. Y no podía verlo todo.

—Murdoch ha muerto —le dijo—. No volverá para reclamar Kinloch.

Raonaid se inclinó hacia atrás y le miró frunciendo el entrecejo.

—¿Quién te lo ha dicho? ¿Tu mujer? Solo trata de distraer tu atención, para conseguir que me eches. Teme que me conviertas en tu amante.

—No fue ella quien me informó. Fui yo quien le di la noticia.

Raonaid torció el gesto.

—¿Y crees que es verdad?

—Por supuesto. Uno de mis hombres, un MacDonald que goza de toda mi confianza, fue quien encontró a Murdoch en su lecho de muerte en Francia.

Raonaid se levantó y se acercó a la orilla del río.

—¡Tu esposa trata de desacreditar mis visiones! —exclamó—. ¡Me hace dudar de lo que veo!

Angus se levantó y dijo con firmeza:

—Eso se debe a que el futuro cambia continuamente. Todo lo que hacemos cambia de un minuto al otro. Lo que había en las piedras cuando partí de Calanais ya no existe. Gwendolen me odiaba cuando invadí el castillo, pero sus sentimientos han cambiado. Sus actos ya no coinciden con lo que viste en las piedras hace unas semanas.

De repente se percató de que las palabras habían brotado atropelladamente de sus labios antes de poder analizar la verdad que contenían. Pero no podía desdecirse.

Raonaid le miró furibunda. Estaba estupefacta, y en cierto sentido indignada, pues él había detectado un fallo en su don especial, el único rasgo que la hacía superior al resto de la gente. Era lo que la diferenciaba del común de los mortales y eliminaba la necesidad de relacionarse con los demás. Le procuraba una razón para vivir sola.

Él se acercó.

—Tú también puedes cambiar tu futuro —le dijo.

Pero ella no estaba dispuesta a escucharle. Esbozó una mueca sarcástica.

—Quieres echarme porque ella te dijo que lo hicieras. Está celosa de mí. Me teme.

—Como la mayoría de la gente —respondió él—, y no se lo reprocho. —Dio media vuelta y añadió—: Te llevaré de regreso al castillo y te daré las suficientes provisiones y monedas para que te dirijas adonde desees. Pero mañana por la mañana debes partir, Raonaid, y no regresar jamás.

—Te arrepentirás de esto —le espetó ella—. Un día, a no mucho tardar, lamentarás no haberme retenido aquí.

Angus tomó las riendas para desatar al caballo.

—Debemos irnos.

—¡Espera! —Raonaid le siguió, y la dureza de su voz se suavizó—. Te ruego que no me eches de aquí. Deja al menos que me quede en el pueblo. Puedes venir a verme en secreto cuando lo desees. Utilizaré los huesos y las pócimas que llevo en mi cesta para leerte el futuro, y podrás utilizarme para satisfacer tu lujuria cuando quieras.

—¡No deseo utilizarte! —replicó él—. Mereces algo mejor.

Los ojos de Raonaid le miraron con estupor y retrocedió unos pasos.

—Te lo advierto, ese saco de huesos que tienes por esposa te apuñalará cuando estés dormido.

Él desató a su montura.

—Te equivocas. Por eso te echo de aquí. No dejaré que envenenes mi mente con tus maldades y embustes. —Se volvió hacia ella—. Monta en el caballo, Raonaid. Regresaremos al castillo, y mañana por la mañana te irás.

Ella le miró con rencor.

—Por más que finjas estar seguro del amor de tu mujer, veo temor en tus ojos.

—Tú no ves nada. —La furia pulsaba a través de él cuando la ayudó a montar.

Al cabo de unos momentos echaron a galopar a través del bosque hacia Kinloch, mientras él se esforzaba por desterrar de su mente las venenosas premoniciones de la pitonisa.

A la mañana siguiente, cuando llegó la hora de que Raonaid abandonara el castillo, Lachlan la esperó junto a la puerta, que estaba abierta, para asegurarse de que se marchara sin incidentes.

—Esa asquerosa MacEwen con la que se ha casado le traicionará —dijo Raonaid, colgándose su cesta de huesos y pócimas del hombro mientras montaba en el caballo que le habían cedido—. Y cuando eso ocurra, desearás haberme pedido que me quede.

Lachlan la escoltó a través del puente.

—Dudo que eso suceda nunca.

—Si hubieras obrado con inteligencia, yo hubiera sido tuya. Pero te volviste en mi contra. Tú tienes la culpa de esto, Lachlan MacDonald. Tú me lo arrebataste, y tienes la culpa de que ahora me eche de aquí. Sé lo que le dijiste sobre mí. Dijiste que estaba chiflada.

Él la condujo al otro lado del puente y asestó una palmada en el flanco del caballo, que se lanzó al galope a través del prado.

—Buen viaje, y procura no despeñarte por un precipicio.

Ella frenó a su montura y le observó entrar en el patio del castillo. Luego Lachlan ordenó que cerraran las puertas.

—¡Él morirá pronto! —gritó Raonaid—. ¡Y cuando muera, tú serás el culpable! ¡Te maldeciré por esto! ¡Te perseguiré y haré que te arrepientas del día que pusiste el pie en mi isla!

Acto seguido hizo que su caballo diera la vuelta y se dirigió a galope hacia el bosque.

Lachlan la observó hasta que las puertas se cerraron ante él.

—No lamento verla partir —comentó el joven centinela mientras atrancaba la puerta con una barra—. Era atractiva, desde luego. Jamás había visto unos pechos como los suyos, pero había algo malvado en ella. Esa mujer me producía escalofríos.

—Coincido plenamente contigo —respondió Lachlan con tono despreocupado—. No he pegado ojo desde que llegó. Pero ya se ha ido, y eso es lo que cuenta.

Acto seguido dio media vuelta y se encaminó hacia el gran salón con gesto de profunda preocupación.

Capítulo 24

*E*sa noche, Angus llamó suavemente a la puerta de Gwendolen y entró. En el hogar ardía un fuego vivo, y las ropas de la cama estaban revueltas y desordenadas, como si la joven acabara de despertarse de una siesta. Tenía los ojos enrojecidos e hinchados.

—¿Lloras la muerte de tu hermano? —preguntó él.

—Sí. —Ella se acercó a la mesa junto al fuego y le ofreció unas uvas. Él arrancó un racimo y se paseó por la habitación comiéndoselas, mientras ella le servía una copa de vino y se la ofrecía.

Angus aceptó la copa, la agitó un poco para remover el líquido que contenía, y se la llevó a los labios. Era un vino soberbio, intenso, con una interesante mezcla de sabores. Percibió un aroma a canela y cereza.

—Es un vino excelente. ¿No te apetece una copa?

Ella se sonó con un pañuelo y meneó la cabeza.

—Ahora estoy tomando té de jengibre. Mi madre dice que el vino incrementa las náuseas matutinas. Además, esa botella es especial para ti.

Él la miró de nuevo.

—¿Por qué?

—Porque pertenecía a tu padre. Según uno de los criados, decía que era el mejor vino que jamás había probado, y pensé que ésta era una ocasión especial. No hemos celebrado el hecho de que estoy embarazada.

A Angus le complacía celebrar una ocasión tan feliz, aunque le disgustó no saber nada sobre este vino que su padre atesoraba. Creía que siempre lamentaría la ruptura que se había producido entre ellos, la cual no se subsanaría nunca.

Gwendolen se acercó a la ventana y contempló el crepúsculo.

—Cuando mi padre arrebató Kinloch al tuyo —dijo—, conservó esta botella durante largo tiempo como trofeo. Se proponía bebérsela cuando Murdoch regresara, pero teniendo en cuenta los acontecimientos que se han producido recientemente... —Gwendolen se detuvo y se volvió hacia él—. Es tuya, y quiero que la disfrutes. Kinloch te pertenece. Ya no hay nadie que se atreva a disputarte tu jefatura aquí. Y ahora el trofeo es nuestro primer hijo.

Una lágrima rodó por su mejilla, y él se acercó para enjugársela.

—Nunca es fácil enterrar a un hermano —dijo.

—Tal vez sea ésa la parte más dura —respondió ella—. No he podido enterrarlo. No tuve la oportunidad de despedirme de él.

Angus le tomó el rostro en sus manos.

—Comprendo tu dolor. Yo perdí a mi padre de forma parecida. —La abrazó durante unos momentos y luego apoyó una mano en su hombro—. Nadie podrá sustituir nunca a Murdoch o a tu padre —murmuró—, pero haré lo que sea con tal de protegerte a ti y a nuestros futuros hijos. Seré un buen marido. Te lo prometo. Jamás estarás sola.

Unos destellos de una luz color coral que brillaba en el horizonte iluminaban el rostro de Gwendolen junto a la ventana.

—Lo único que deseo ahora es vivir en paz aquí —dijo ella suspirando—. Deseo dejar atrás todas estas muertes y conflictos. Raonaid se ha marchado, de lo cual me alegro. Y aunque lloro la muerte de mi hermano, aún siento alegría en mi corazón, pues me aferro a la esperanza de que seremos felices juntos. Nos aguardan días gozosos. —Gwendolen se llevó una mano al vientre—. Voy a tener tu hijo.

Angus apenas podía pensar a través de la cambiante bruma de sus emociones. Dios, ella era exquisita, y era suya. Jamás en su vida había experimentado un deseo y un amor tan intensos por otro ser humano. Estaba dispuesto a hacer lo que fuera por ella. Incluso a pasar por los fuegos del infierno. Sacrificar todo cuanto poseía, todo lo que era.

No se arrepentía de haber expulsado a Raonaid de Kinloch. Había hecho lo indicado.

—En memoria de tu hermano y de tu padre —dijo alzando la copa de vino y bebiendo un largo trago—. Unos escoceses valerosos y dignos.

Después de depositar la copa en la mesa, la besó suavemente en los labios. Ella se apretujó contra él y lo abrazó en un dulce gesto rebosante de amor.

—Ven a la cama —le rogó—. Hazme el amor. Deseo sentirte dentro de mí.

Él se apartó un poco.

—¿Estás segura, muchacha? Hoy has perdido a tu hermano. Si prefieres que me acueste a tu lado y te abrace...

Habría hecho lo que fuera por ella.

Ella negó con la cabeza y empezó a despojarlo de sus armas.

—No, quiero hacer el amor. Quiero sentirme viva y agradecida por todos los maravillosos dones que aún poseo. —Le quitó la pistola del cinturón y la dejó en el asiento de la ventana, luego desabrochó lentamente el cinturón del que pendía su espada y depositó la pesada arma también allí. A continuación, le quitó el tartán que lucía sobre el hombro, junto con la falda escocesa que llevaba enrollada alrededor de la cintura, y arrojó ambas prendas a un lado. Él se quitó la camisa por la cabeza.

Se quedó desnudo ante ella, a la dorada luz crepuscular, sintiendo que el corazón le retumbaba en los oídos y que su cuerpo vibraba con un deseo a la vez tierno y apremiante. Lo único que deseaba era aliviar la tristeza de Gwendolen, asegurarle que la amaba y la adoraba, y que mientras él viviera, no dejaría que nada malo le ocurriera. Conseguiría hacerla feliz. La consolaría y la complacería.

Sí. Era una mujer amada.

Él la amaba.

Al pensar en ello respiró hondo y ella se arrojó en sus brazos. Él sepultó el rostro en su cuello, anhelando fundirse con ella. Lo único que deseaba era abrazarla eternamente. Y cuando la eternidad concluyera, debido a ella, quizás alcanzaran el cielo.

Ella le condujo al lecho y se quitó toda la ropa mientras él la observaba, ayudándola cuando era necesario. Se acostaron juntos debajo de las mantas.

Los pezones de Gwendolen se endurecieron de inmediato cuando él los acarició, y gimió suavemente cuando él tomó uno de sus pechos en la boca y estimuló su deseo con delicadas y ardientes caricias. Ella le rodeó las caderas con las piernas y se movió debajo de él. Sus cuerpos se movían en perfecta y sensual sintonía.

Cuando Angus la penetró al fin, sus férreas defensas empezaron a desvanecerse, y nada habría podido impedir que le abriera su corazón. Le hizo el amor con una pasión intensa y angustiosa, y acogió con alivio el torrente de emociones que se desató cuando alcanzó el clímax. Y cuando Gwendolen le agarró por los hombros y gritó sacudida por un éxtasis orgásmico, él no pudo reprimirse más, ni deseó hacerlo. No tenía nada que ganar resistiéndose a los sentimientos que le embargaban. No se había sentido auténticamente vivo hasta ahora. Por fin sabía lo que era el amor, y ahora que lo había encontrado, no estaba dispuesto a perderlo.

Onora salió del gran salón e hizo una señal con el dedo a Lachlan para que se aproximara.

—Acérquese —murmuró con tono meloso, observándole apurar una jarra de cerveza y seguirla con una expresión entre fascinada y divertida—. No me apetece bailar —añadió—. Me apetece dar un paseo, y me muero de ganas de comerme una de esas tortitas de frambuesa que hay en la cocina.

—Es increíble —comentó él sonriendo—. A mí también me apetece. ¿Se da cuenta de que la persona a cargo en la cocina es una MacDonald, no una MacEwen?

—¿Qué insinúa con ello, señor?

—Qué no tiene más remedio que inclinarse antes nuestra superioridad en materia de repostería.

Onora se rió y echó a andar apresuradamente por el corredor tenuemente iluminado.

—Muy bien. Me postraré de rodillas si ello le complace, y le estaré eternamente agradecida por acompañarme.

—¿Por qué?

Ella se volvió hacia él.

—Porque odio los pasillos del castillo de noche. Todo el mundo sabe que siento un miedo cerval de la oscuridad.

—Podría tomar una vela.

Ella le propinó un afectuoso codazo en las costillas.

—No le consiento esas insolencias, caballero. No cuando deseo sentir algo delicioso en la boca. Escuche... —Onora se detuvo y aguzó el oído—. Esas tortitas me están llamando, y creo que también le están llamando a usted.

Lachlan se echó a reír, y Onora se sonrojó de emoción. Era el hombre más bello que había conocido jamás, y sintió que la invadía una profunda tristeza.

—De acuerdo —dijo él—, la acompañaré, pero luego debe prometer que me dejará marchar. Estoy cansado de tanto baile y de tantas canciones, y tengo muchas responsabilidades. Necesito descansar.

Ella le precedió, echando a correr a través del corredor como una niña.

—Desde luego, lo entiendo. Prometo que cuando terminemos le dejaré dormir. Ahora apresúrese. Mi vientre hierve de deseo.

—La sigo...

Las palabras de Lachlan se interrumpieron bruscamente cuando alguien le golpeó en la parte posterior de la cabeza con un palo. Cayó al suelo, y Onora se detuvo. Toda su alegría se desvaneció.

Al volverse fue testigo de un segundo golpe, tras lo cual se acercó corriendo y alzó una mano.

—¡No! ¡Me prometiste que no lo matarías!

Slevyn MacEwen bajó el palo y se pasó su recio antebrazo por su cabeza rapada. Era un hombre corpulento, grandote como un buey, y tan estúpido como esas bestias. Durante toda su vida le habían faltado los dos dientes delanteros, a resultas de una pelea de niños, y una profunda cicatriz le atravesaba el rostro desde la oreja izquierda hasta la comisura de la boca. Eso se lo había hecho él mismo mientras se afeitaba la cabeza; había utilizado la cuchilla para señalar una nube que se asemejaba a un barco. La había alzado de forma imprudente y precipitadamente.

—Qué más le da, señora MacEwen —contestó con cara de imbécil—. Ese tipo no le tendrá mucha simpatía después de esto.

—No quiero que muera.

Slevyn se encogió de hombros y miró a Lachlan, que yacía inconsciente en el suelo a la parpadeante luz de las antorchas. Ladeó su enorme cabezota y comentó:

—Es muy atractivo, ¿verdad?

Onora torció el gesto.

—No eres digno siquiera de mirarle. —Acto seguido se tapó la nariz con la mano—. ¡Y hueles que apestas! ¿Dónde te has metido, Slevyn?

—Me arrastré por el sumidero para que los centinelas no me vieran. —Soltó una alegre carcajada y se agachó para recoger a Lachlan del suelo. Se lo echó al hombro como si fuera tan flexible como un saco de trigo—. Vámonos, señora MacEwen, antes de que aparezca otra persona y tenga que asestarle también un golpe con el palo.

Onora le siguió hasta la escalera.

—Eres una bestia repugnante.

—Quizá, pero me ha resultado muy útil. Es por eso que su hijo me tiene siempre cerca. Ande, vamos. Slevyn tiene hambre. La oí hablar sobre unas tortitas de frambuesa. ¿Estaba mintiendo?

—No —contestó Onora—. Decía la verdad. Al menos sobre eso.

Le siguió escaleras abajo mientras se llevaba la mano a la barriga para aliviar las angustiosas arcadas y los remordimientos que sentía.

Gwendolen se despertó al oír unos ligeros golpes en su puerta, se incorporó y se llevó la mano al vientre. El té de jengibre no había servido para aliviar sus náuseas matutinas, que ya habían comenzado cuando el sol aún no era visible en el horizonte.

Miró a Angus, que dormía a su lado. No quería vomitar, pero no sabía qué hacer para evitarlo. Se inclinó sobre el lado de la cama para comprobar si tenía cerca el orinal...

Sonaron de nuevo unos golpes en la puerta, y oyó la voz de su madre.

—¿Estás ahí, Gwendolen? ¿Estás despierta?

Gimiendo debido a las náuseas, Gwendolen se levantó de la cama, se puso la camisa y fue a abrir.

—¿Qué quieres, mamá? Es de noche.

—Ya lo sé, y lamento molestarte. —Onora se alzó de puntillas para mirar sobre el hombro de su hija—. ¿Está Angus contigo? ¿Está dormido?

—Sí —respondió Gwendolen—. ¿Qué ocurre?

Nerviosa, Onora miró a un lado y al otro del pasillo.

—Ha sucedido algo —murmuró—. Es sobre Murdoch. Tenemos noticias de él.

—¿Qué clase de noticias? —inquirió Gwendolen.

Tras dudar unos instantes, Onora enderezó la espalda y respondió:

—No sé cómo decírtelo, pero está vivo. Tu marido nos mintió.

El estupor hizo que la joven olvidara durante unos instantes sus náuseas. Bajó la voz hasta un murmullo y preguntó con incredulidad:

—¿Que nos mintió? ¿Por qué iba a hacerlo?

—Chitón, que vas a despertarlo. Ven conmigo y te lo explicaré todo.

Onora hizo ademán de marcharse, pero Gwendolen se resistía a seguirla.

—No, mamá. No quiero ir contigo. Quiero preguntar a mi marido qué significa esto.

Tras estas palabras, dio media vuelta para entrar de nuevo en la habitación.

Onora la sujetó de la manga.

—¡Espera! Por favor, deja que yo te lo explique antes. No sabemos en quién podemos confiar.

—Podemos confiar en mi marido —le aseguró Gwendolen con firmeza.

Su madre meneó la cabeza.

—No, hija, no podemos.

Capítulo 25

Onora condujo a Gwendolen al salón privado del piso superior. La joven se detuvo en el umbral, como si viera a un fantasma.

Su hermano.

Que había regresado de entre los muertos.

—¡Murdoch...!

Atravesó apresuradamente la habitación y se arrojó en sus brazos. ¡Su adorado hermano, quien le había enseñado a montar a caballo, a disparar un mosquete y a jugar al *shinty** con los chicos! ¡No había muerto! ¡Estaba aquí!

—¡Estás vivo! —Ella sepultó el rostro en su hombro, sollozando y temblando de asombro y alivio. ¡Cómo había anhelado su regreso durante muchos, muchísimos meses!

—Sí, mi querida hermana. —Murdoch la abrazó con fuerza—. Lamento mucho no haber regresado a casa cuando me necesitabais. He oído decir que fue muy duro.

Ella retrocedió y le acarició la mejilla, mirándole a los ojos y tomando nota de los cambios que se habían operado en su aspecto. Lucía su pelo, liso y castaño, corto, y tenía la piel muy tostada por el sol. Había transcurrido casi un año desde la última vez que le había visto. Sus cálidos ojos castaños mostraban unas arruguitas en las esquinas, mientras que antes no tenía ninguna, pero seguía siendo tan guapo como siempre, si no más.

---

* Un juego originario de Escocia parecido con el hockey. *(N. de la T.)*

—Sí, al principio fue duro —respondió ella—. Pero ahora todo va mejor.

Murdoch miró con cierta preocupación a Onora, quien arqueó las cejas como para indicar «ya te lo dije». Luego Murdoch se encaminó hacia el otro extremo de la habitación, donde se detuvo unos momentos de espaldas a ellas.

Gwendolen comprendió de inmediato que ocurría algo, algo sospechoso y quizá desagradable. Los MacEwen y los MacDonald eran enemigos, y Murdoch no había estado presente durante las pequeñas alianzas que se habían formado durante el último mes. No conocía el carácter de Angus y su fuerza como líder. No conocía la historia de su reivindicación sobre Kinloch, ni sabía que ella se sentía feliz y estaba enamorada. Por lo que a Murdoch respectaba, Angus era su enemigo, y su clan había sido conquistado y subyugado. Su hermana había sido obligada a contraer un matrimonio que no deseaba.

—Voy a tener un hijo —le dijo, confiando desesperadamente que su hermano se percatara de su felicidad y escuchara su versión sobre lo que había ocurrido en Kinloch desde que él se había ausentado. La situación no era tan mala como suponía.

—¿De veras? —respondió Murdoch fríamente.

—Sí. —Ella se esforzó en hallar las palabras adecuadas para explicarle lo sucedido—. Cuando Angus se presentó y reclamó el castillo, su intención era unir a nuestros clanes, lo cual ha conseguido con indudable éxito. —Su hermano no se volvió, y ella continuó describiéndole la situación de la mejor forma posible—. Siempre dijo que si regresabas, te concedería tierras y una elevada posición. Tienes que conocerlo, Murdoch. Es un buen hombre, y entre vosotros puede haber paz, como la ha habido entre nuestros clanes.

Su hermano se volvió por fin hacia ella. Sus ojos expresaban desdén, y sus labios estaban apretados en un gesto hosco.

—¿Crees que hay paz aquí?

—Sí, lo creo.

¡Cielo santo! ¿Qué diantres ocurría aquí? ¿Les había mentido realmente Angus sobre la muerte de su hermano? ¿O se trataba de otra traición secreta contra su esposo?

Gwendolen sintió que se le crispaba el estómago debido a la frustración y la ira. No le gustaba que le mintieran.

—Dime qué sucede —le exigió—. ¿Qué te propones?

Onora avanzó hacia ella y le tomó la mano.

—Siéntate, Gwendolen. Escucha lo que tiene que decir tu hermano.

—No quiero sentarme —contestó la joven secamente—. Quiero permanecer de pie.

Onora y Murdoch cambiaron una mirada de preocupación, y la furia de Gwendolen se intensificó como unas llamas que le devoraban las entrañas.

—Dijiste que no podíamos fiarnos de Angus —dijo a su madre—. ¿Por qué lo dijiste? ¿Es verdad que nos ha mentido? ¿O has sido tú quien ha mentido?

Onora se detuvo.

—Es complicado.

—¿Qué has hecho, mamá?

—Más vale que se lo expliques claramente —sugirió Murdoch para resolver la disputa—, y que ella misma decida lo que quiere hacer.

—¿Qué es lo que debe explicarme claramente? —inquirió Gwendolen—. Explicadme de una vez qué ocurre.

Onora se sentó en una silla de madera y emitió un suspiro de derrota.

—El hombre que supuestamente fue testigo de la muerte de Murdoch —dijo— percibió una cuantiosa suma de dinero para... —Hizo una pausa antes de proseguir—. Para manipular la verdad en provecho nuestro. Murdoch no estaba enfermo. Ha estado en Francia durante bastante tiempo, y recientemente en España. Pero hace casi un mes que regresó a casa —añadió Onora—. Regresó poco después de tu boda.

Gwendolen miró a su hermano sorprendida.

—¿Llevas casi un mes aquí? ¿Por qué no diste señales de vida? Estaba preocupada por ti.

—Porque tenía que analizar la situación, por decirlo así. Tenía que saber a qué clase de enemigo me enfrentaba. Angus es... —Murdoch se detuvo.

—¿Qué? —preguntó Gwendolen.

—Ya lo sabes, Gwen. Dicen que es invencible. No podía presentarme aquí solo y luchar contra él. Nadie puede derrotarlo. Nadie puede matarlo.

—Es un hombre, igual que tú —protestó ella, aunque no era del todo cierto. Angus no se parecía a ningún otro hombre.

Pero no era invencible. Era humano en todos los aspectos.

—¿Fuiste tú el responsable del atentado contra su vida? —preguntó Gwendolen, recordando la terrorífica noche en su alcoba—. ¿Enviaste a ese miembro del clan para que lo asesinara mientras dormía?

—Sí, pero no era un miembro del clan cualquiera. Envié a un sicario español, y ni siquiera él fue capaz de hacer lo que había que hacer.

Ella se volvió hacia su madre.

—¿Le ayudaste tú en esto? ¿Fuiste tú quien procuró la llave a ese hombre? —Gwendolen sintió que la sangre que circulaba por sus venas ardía como llamas de odio.

Onora bajó la vista.

—Lo siento, Gwendolen, pero Murdoch es mi hijo. Tuve que elegir.

La joven miró a su hermano y dijo con tono de amargo desprecio:

—¿Qué te propones ahora?

—Solo hay una forma de que muera el gran León —contestó él—. Por medio de la soga, y eso es exactamente lo que ocurrirá.

—¿Quién te ha dicho eso?

—La pitonisa.

Gwendolen retrocedió horrorizada.

—No, es un error. Estás confundido. Díselo, mamá. Dile que Raonaid está loca.

Onora se levantó.

—Basta, Murdoch, te lo ruego. No consigues sino empeorar las cosas. Háblale de Jacobo Eduardo y de la sublevación. Cuéntale lo que hiciste en Francia y en España.

—¿Jacobo Eduardo? —repitió Gwendolen—. ¿El pretendiente de la Corona de Inglaterra? ¿Estás involucrado en otra sublevación jacobita? —El silencio de su madre y de su hermano confirmó sus sospechas—. Pero nosotros no somos jacobitas —protestó ella—. Este castillo fue concedido a nuestro padre porque era un hannoveriano. Apoyó la Unión de Gran Bretaña.

Su hermano empezó a pasearse de un lado a otro de la habitación.

—Nuestro padre era nuestro padre, y yo soy yo, y la Unión nunca ha gozado de menos popularidad, Gwen. Incluso los escoceses que antes apoyaron al rey Jorge están furiosos con el gobierno de Londres. Necesitamos tener nuestro propio Parlamento aquí, en Escocia, y nuestro rey escocés para que nos lidere. Ha llegado el momento de atacar. Todo indica que Inglaterra entrará en guerra con España antes de que termine el año. En tal caso, el rey español enviará barcos y nos apoyará en un ataque en toda regla.

Onora se apresuró a intervenir:

—El rey Jacobo ha prometido a tu hermano un ducado si consigue liderar una rebelión escocesa. Imagínate, Gwendolen. ¡Tu hermano un duque!

—Pero nosotros no somos jacobitas —insistió ella con incredulidad—, y Jacobo Eduardo no es nuestro rey.

—Aún no, pero lo será —declaró Murdoch.

Ella le miró frunciendo el ceño y habló con desdén.

—¿Fue por eso que nos abandonaste hace un año? ¿Fue por eso que tú y papá os enemistasteis? Pensé que era a causa de una mujer.

Él la miró furioso y en silencio, y ella comprendió que con eso respondía a sus preguntas.

—Angus desea paz —trató de explicarle Gwendolen—, al igual que yo y la mayoría de miembros de nuestro clan. Es demasiado arriesgado entrar en guerra con Inglaterra. Muchas personas morirán. Te lo suplico, Murdoch, olvídate de esto.

Rojo de ira, su hermano replicó:

—Jamás aceptaré la tiranía de los ingleses. Debemos tener nuestro propio parlamento.

—¡Entonces presenta la debida petición! —gritó ella—. ¡Pero no nos involucres a todos en otra violenta y encarnizada batalla que no podemos ganar!

En esto sonaron unas recias pisadas en la puerta y alguien la sujetó por los brazos.

—¡Quítame tus malditas manos de encima! —bramó Gwendolen.

Onora se puso de pie.

—¡No, Slevyn! Esto es totalmente innecesario. ¡Murdoch, dile que la suelte!

Murdoch miró indeciso a Gwendolen y a Onora.

—No puedo hacerlo —respondió—. No quiero lastimarte, Gwen, pero necesito Kinloch. Ya he reunido un ejército. Esperan a que yo les abra las puertas. —Señaló a Slevyn, el hediondo bruto que arrastraba a Gwendolen hacia la puerta—. Llévala a la alcoba de mi padre y enciérrala allí. Procura que no haga ruido hasta que esto haya terminado.

—¿Hasta que haya terminado qué? ¿Qué vas a hacer, Murdoch?

Slevyn gruñó y la sujetó por la cintura.

—Ahorcaremos al gran León, muchacha, para que su hermano pueda ser el señor de Kinloch.

—¡Pero él luchará contra vosotros a muerte! —gritó ella—. ¡Os matará a todos!

—No lo hará —respondió Murdoch—, porque le hemos drogado. Lo único que tiene que hacer Slevyn es llevárselo a la azotea y acabar con él.

—¿Le has drogado? —Gwendolen tuvo la sensación de que su mundo se desintegraba ante sus ojos.

—No, muchacha, lo hiciste tú.

Al comprender horrorizada lo ocurrido Gwendolen sintió que estaba a punto de desmayarse en brazos de Slevyn.

Su madre la miró como disculpándose.

—Lo echamos en el vino, Gwendolen. Una pócima soporífera. Nos la proporcionó Raonaid.

La joven imploró a su hermano.

—Te lo suplico, Murdoch... —Pero Slevyn la sacó a rastras de la habitación—. Es mi esposo, y le amo.

Su hermano se volvió de espaldas a ella y respondió con frialdad:

—Lo sé, Gwendolen, pero estoy seguro de que lo superarás.

Angus se despertó sintiendo que la cabeza le retumbaba, como un martillo golpeando un yunque, y la vaga sensación de que tenía los brazos alzados sobre la cabeza y que lo arrastraban por un suelo frío y duro. Estaba maniatado, aunque daba lo mismo, pues tenía todo el cuerpo insensible. Apenas sentía las piedras arañándole la espalda, y no estaba seguro de si su corazón y sus pulmones funcionaban.

—Déjalo aquí. —Era la voz de un hombre.

Dejaron de arrastrarlo. Los brazos de Angus cayeron sobre el suelo. Al percatarse lentamente de que le habían hecho prisionero, abrió los ojos al instante.

Gwendolen.

Por Dios. ¿Dónde estaba?

Estaba fuera. Contemplando las estrellas.

¿Cuánto tiempo había permanecido inconsciente? Volvió la cabeza ligeramente y comprobó que yacía junto a un muro de piedra.

La volvió hacia el otro lado. Unos pies... Las piernas de un hombre pasando junto a su cabeza...

Los pies se detuvieron.

—¡Mierda! ¡Se ha despertado!

—Tranquilo, Slevyn. Está maniatado, y recuerda que eres más corpulento que él. Colócale la soga alrededor del cuello.

Alguien le pasó una soga por la cabeza y apretó el nudo contra su cuello.

Sacando fuerzas de flaqueza, Angus logró mover el cuerpo una vez, pero nada más. No podía mover las piernas. De pronto sintió que la soga le lastimaba la piel cuando lo arrastraron de nuevo sobre el suelo de piedra, esta vez por el cuello.

¡No podía respirar!

La soga le estrangulaba, y no podía hacer nada al respecto, pues estaba maniatado.

Comprendió que se hallaba en la azotea.

El hombre más menudo, el que había hablado en primer lugar, lo agarró por el cuello de la camisa y le obligó a sentarse en el suelo. Angus vio medio grogui unos ojos castaños e intensos.

—Vamos a ahorcarte —le dijo el hombre—. Te arrojaremos de las almenas y dejaremos que tu cadáver cuelgue sobre ellas para que los MacEwen puedan contemplarte unos días. A propósito, soy Murdoch MacEwen, y este castillo es mío, no tuyo.

—Gwendolen... —Fue lo único que Angus atinó a decir con voz ronca y áspera.

Murdoch le miró con ojos llenos de rencor.

—Sí, es mi hermana. La que tomaste por la fuerza, al igual que tomaste Kinloch. No me hizo gracia cuando me enteré de ello. No hubiera podido hacer esto sin su ayuda. Fue ella quien te drogó, Angus. Supuse que debías saberlo.

Angus sacudió la cabeza, y al cabo de unos instantes el otro hombre lo cargó sobre sus anchos hombros. Era vagamente consciente de un hedor insoportable, y de improviso el mundo empezó a girar vertiginosamente cuando Murdoch ató el otro extremo de la soga al muro de piedra.

Angus quería luchar. Gritó furioso en su mente. ¿Dónde estaba su espada? ¡Tenía que rajar a este hombre por la mitad!

Recordó que Gwendolen le había despojado de sus armas y las había depositado en el asiento de la ventana. Estaba desnudo con ella..., en la cama..., en sus brazos..., pero ahora llevaba puesta su falda escocesa. Alguien le había vestido.

¿Dónde estaba su espada?

Ah, sí...

Al cabo de unos momentos le empujaron desde las almenas, rodó sobre el paramento y cayó al vacío, deslizándose hacia abajo... La soga no tardaría en estrangularlo, quizá le partiera la columna vertebral. Su corazón estalló de terror, y de pronto saltó un resorte en su mente.

Capítulo 26

De pronto la cuerda se tensó, Angus dejó de caer y empezó a balancearse rígidamente colgado de la soga. Se golpeó repetidamente contra el muro de piedra exterior, pataleando y debatiéndose, mientras sentía que le faltaba el aire.

Oyó el crujir de la cuerda mientras luchaba contra la fuerza que tiraba de él hacia abajo. Las venas en su frente estaban a punto de estallar. Sentía como si sus ojos fueran a saltársele de las órbitas. El roce de la soga le producía un dolor abrasador en la piel mientras le estrangulaba, pero no cesó de patalear y de agitarse con violencia, hasta que de pronto se produjo un sonoro chasquido.

La tensión disminuyó y Angus contuvo el aliento mientras se precipitaba hacia la oscuridad más abajo.

El agua le llenó la nariz y las orejas, gélida y ensordecedora. Pataleó con furia, mientras un torrente de adrenalina le atravesaba el cuerpo, eliminando los efectos del narcótico. Recobró la conciencia de la vida y la realidad, y el deseo de vivir le infundió fuerzas. Tiró de las ataduras que sujetaban sus muñecas, arrancándose la piel, a fin de liberarse de ellas. Sacó la cabeza a través de la superficie del agua y aspiró una profunda bocanada de aire vital. Luego volvió a hundirse, débil y desorientado, mientras en sus oídos sonaba un gorgoteo.

—¿Qué diablos ha ocurrido?

Murdoch se inclinó sobre las almenas y observó las profundas aguas más abajo. Oyó un chapoteo, pero no vio nada en la oscuridad.

—¡La soga se ha roto! —Le explicó Slevyn.

—¡Las sogas no se rompen, idiota!

—Hice un nudo. Tuve que atar dos cuerdas.

Murdoch le miró furioso.

—¿Qué haces ahí plantado? Baja, sácalo del agua y mátalo.

Slevyn corrió hacia la escalera y bajó al patio del castillo. Se apresuró hacia la puerta, levantó la barra de hierro y abrió la pesada puerta de roble.

Se volvió, pensando que era preferible que tomara un caballo si tenía que perseguir al invencible León. El caballo de Murdoch estaba ensillado y atado a pocos metros, de modo que se montó en él y se lanzó a galope tendido a través del puente, empuñando su espada, pero preguntándose inquieto cómo diantres iba a matar a un hombre que solo podía morir ahorcado.

Angus salió como pudo del foso tosiendo y escupiendo tierra y lodo. Tiritando violentamente, alzó la vista y vio un caballo y a un jinete galopando hacia él como un fantasma a través de la bruma.

De repente pensó en Gwendolen y se preguntó si este era el fin de su vida. Si lo era, al menos podía decir que había descubierto la felicidad, aunque al mismo tiempo sentía una amarga e intensa furia.

¿Era cierto que ella le había drogado? ¿Era todo el resultado de una traición? ¿Un falso sueño?

Se arrodilló jadeando en la orilla cubierta de barro, con la boca abierta, observando al jinete que se aproximaba más y más. Su enemigo desenfundó la espada y la sostuvo en alto. Angus sintió un escalofrío en el vientre, y se apresuró a salir del foso. Emitió un rugido como un animal feroz, agitando los brazos, y echó a correr hacia el caballo que galopaba hacia él.

Asustado, el animal se encabritó. El jinete cayó de la silla y aterrizó en el suelo con un golpe seco.

El instinto de sobrevivir espoleó el ofuscado cerebro de Angus. Furioso y conmocionado, avanzó a la carrera antes de que el guerrero con la cabeza rapada pudiera recobrarse. Le asestó una patada en el pecho, le arrebató la espada de las manos y saltó sobre el caballo.

—¡Arre, arre!

Enloquecido, se lanzó frenéticamente a galope a través del oscuro prado hacia el bosque. Inclinado hacia delante contra el viento, oyó al guerrero gritar de rabia y comprendió que sus perseguidores no tardarían en pisarle los talones.

Angus avanzó como una centella a través de la espesura mientras las afiladas ramas le arañaban las mejillas y los brazos. Conocía este bosque como la palma de su mano. Sabía por dónde discurrían los senderos y caminos para carros, y cuáles debía evitar. Galopó como un loco hasta que el caballo empezó a resollar, entonces lo condujo hacia una densa y protectora arboleda para que descansara unos momentos.

Inclinó la cabeza hacia atrás y contempló las copas de los árboles cubiertos de hojas. Parecía como si todos los pájaros y demás criaturas del bosque supieran que estaba aquí y hubieran enmudecido.

De pronto el veneno que tenía en su organismo volvió a hacer efecto. Desmontó y se dirigió trastabillando hacia el tronco de un árbol, donde se puso a vomitar sobre unos helechos.

Mareado e indispuesto, apoyó la frente contra el árbol y cerró los ojos. Se negaba a creerlo —que Gwendolen le hubiera dado el vino con la droga—, pero él mismo la había visto escanciarlo, entregárselo y beber ella una taza de té en lugar de vino.

Una parte de su ser se aferraba a la posibilidad de que ella ignorara que el vino contenía la droga, pero luego pensó en las predicciones de Raonaid y que ésta había tratado de prevenirle.

Pero la pitonisa no había acertado en todas sus premoniciones, se dijo. Esta mañana no había muerto. Había colgado de una soga, pero de alguna forma había conseguido sobrevivir. Raonaid se había equivocado en eso, a menos que Murdoch diera con él dentro de unos minutos e incidiera en el futuro.

Tenía que seguir avanzando.

Apartándose del árbol, regresó junto a su montura... *Pero Dios santo...*, Gwendolen seguía en Kinloch. La había dejado a ella y a todos los miembros de su clan.

¿Y Lachlan? Probablemente había muerto. Murdoch no permitiría que el primo de Angus y señor de la guerra sobreviviera para que más tarde se rebelara y maquinara un complot contra él...

Angus apoyó la cabeza en el cuello de su montura, al tiempo que cada desesperado y trémulo impulso en su cuerpo le inducía a regresar. Tenía que averiguar si Gwendolen estaba a salvo. No podía abandonarla allí.

Las náuseas le acometieron de nuevo, y se rindió al hecho de que no estaba en condiciones de luchar por su clan o rescatar a su esposa; suponiendo que necesitara que la rescatase, de lo cual no estaba seguro. No sabía qué pensar. En parte la odiaba, y se odiaba también a sí mismo por dejarse encandilar por ella, por confiar en ella y ser tan vulnerable que no se había dado cuenta de que bebía un vino con una pócima.

Por otra parte, deseaba postrarse de rodillas y llorar por haberla perdido, fuera cual fuera la causa.

Solo sabía una cosa con certeza: Kinloch no pertenecía a los MacEwen. Pertenecía a los MacDonald, y esto no había terminado. Tenía que hacer acopio de todas sus fuerzas y regresar.

Un rayo de luz se filtró a través de las copas de los árboles. Más resuelto que nunca a sobrevivir y resolver esta cuestión, montó en su caballo y se adentró más en el bosque. Solo podía dirigirse a un lugar. Había llegado el momento de visitar de nuevo a un viejo amigo, y rezó que este amigo no decidiera colocarle también una soga al cuello y arrojarlo de una azotea.

Porque sin duda tenía motivos fundados para hacerlo.

Era una suerte peor que la muerte.

Gwendolen aporreó la puerta cerrada con llave con ambos puños, gritando y chillando, primero a su hermano por haber dado la orden de encerrarla en la alcoba de Angus, y luego a cualquiera que pudiera oírla y acudiera en su ayuda.

En vista que no acudía nadie y al imaginar la posibilidad de que en esos momentos estuvieran ejecutando a Angus, empezó a arrojar muebles contra la puerta y a romper las ventanas. Se hallaba en uno de los pisos superiores de la torre, por lo que no podía saltar a través de una de las ventanas. Pero siguió gritando como una posesa, confiando en que alguien, quien fuera, oyera sus gritos. Pero transcurrieron varios angustiosos minutos y ella seguía sola, incapaz de salvar a su marido y culpándose de que éste pudiera morir prematuramente.

Había sido ella quien le había drogado.

Porque él había confiado en que ella no le traicionaría.

Gwendolen cayó de rodillas sobre la alfombra trenzada. ¿Y si en estos momentos Angus estuviera agonizando? ¿Y si Murdoch y su ejército de jacobitas rebeldes estuvieran aplaudiendo y celebrándolo, mientras su esposo exhalaba su último suspiro?

Jamás había odiado a su hermano como en este momento. Era presa de una furia que nunca había experimentado con anterioridad. Ahora comprendía el odio de Angus por los ingleses después de las muertes violentas de su madre y de su hermana. Ella sentía ese rencor en su alma, y la imperiosa necesidad de luchar y proteger. Recordó el tacto de la espada de doble filo de Angus en sus manos y deseó empuñarla ahora, para utilizarla contra los verdugos de su esposo.

Murdoch tendría que matarla a ella si pretendía ser el señor de Kinloch, porque cuando la sacaran de esta habitación, no vacilaría en vengarse. Juró por Dios que se vengaría. Jamás perdonaría a su hermano por esto, por haber destruido de un plumazo su dicha.

Y todo por el absurdo sueño de obtener un ducado.

En ese momento oyó que una llave giraba en la cerradura y se incorporó. Su madre entró en la habitación y cerró la puerta tras ella. Apenas tuvo tiempo de volverse cuando Gwendolen se abalanzó sobre ella, tratando de arrebatarle la llave de las manos.

—¡Dámela! —gritó—. ¡Tengo que salvarlo!

Tenía que hacer algo. Aunque no sabía qué. Lo único que sabía y sentía era una frenética desesperación que la atormentaba como un demonio. No podía perderlo. Angus no podía morir.

—¡Espera! —exclamó Onora—. Escúchame, Gwendolen. Angus se ha escapado. Ha conseguido huir.

Cada nervio de su cuerpo se tensó, y Gwendolen sintió una renovada esperanza. No obstante, temía creerlo. ¿Y si era mentira?

—¿Estás segura?

—Sí. Trataron de ahorcarlo en las almenas, pero Slevyn ató dos cuerdas juntas y el nudo no resistió. Angus cayó al foso y huyó a caballo. Han salido en su busca, como es natural, pero pensé que debías saberlo.

Gwendolen se volvió de espaldas a su madre y se cubrió la cara con las manos.

—Gracias a Dios.

Onora esperó en silencio, mientras Gwendolen se esforzaba en calmarse y pensar con claridad. Tenía que decidir lo que debía hacer, y era inútil destrozar el mobiliario. A partir de ahora tenía que actuar con la cabeza fría.

Tragó saliva y se volvió hacia su madre.

—¿Dónde está Lachlan?

Onora palideció. Apoyó una mano en la cadera y se llevó la otra a la frente.

—Está en el calabozo y han liberado a Gordon. Lachlan está vivo, pero de milagro.

—¿Por qué? ¿Qué le han hecho?

—Slevyn le golpeó en la cabeza con un palo, de lo cual soy culpable. Yo le conduje al matadero, y jamás me perdonaré por ello. Acaban de abrir las puertas del castillo y el ejército de Murdoch ha asumido el control de la situación. Lo siento, Gwendolen. Pensé que esto era lo que yo deseaba, pero ahora me corroen los remordimientos.

Gwendolen la miró con gesto de desdén.

—Mereces el dolor que sientes, madre, y no te molestes en venir a mí en busca de comprensión o absolución, porque no la hallarás. Tendrás que vivir con lo que has hecho. —La joven apoyó una mano en su vientre y trató de reprimir las lágrimas que no había podido derramar a través del muro de ira que la consumía, pero ahora todo en su interior parecía haberse convertido en un alud de emociones—. Angus es el padre de mi hijo. Tu nieto. ¿Cómo pudiste hacerlo?

Onora se sentó pesadamente en una silla.

—Accedí a participar en este plan antes de que ocurriera todo eso. Tú misma te resististe a Angus al principio. Le detestabas. Solo pretendí ayudarte y protegerte. Dije a Murdoch que le ayudaría en todo lo que pudiera, pero no imaginé que ambas llegaríamos a amar a nuestros enemigos.

—¿Te refieres a Lachlan? ¿Crees amarlo? Tú no sabes lo que es el amor. —Gwendolen se dirigió a la ventana y miró a través del vidrio roto—. ¿Por qué no me contaste al menos lo que ocurría? Me hiciste creer que mi hermano había muerto. Me ocultaste en todo momento la verdad.

—Sabía que serías incapaz de guardar el secreto. No eres como yo, Gwendolen. Eres incapaz de mentir y manipular. La verdad siempre se refleja en tus ojos, y Angus se habría percatado de tu traición. Es muy hábil para esas cosas. Murdoch propuso que ambas distrajésemos a Angus y a Lachlan para que descuidaran la defensa de Kinloch mientras él reunía a sus fuerzas. Yo sabía que lograría mi propósito sin mayores dificultades, pero tú tenías que hacerlo... sinceramente.

Gwendolen se volvió hacia ella.

—Y así fue. —Se odiaba por haber sido tan ingenua y tonta como para dejarse utilizar como un peón por las personas en las que más confiaba—. He sido una estúpida.

Su madre se levantó.

—No eres estúpida. Tienes un corazón puro, y confías en las personas que estimas. Solo ves bondad en la gente.

—Pero tú lo utilizaste en mi contra.

—Cierto, lo cual demuestra que la estúpida soy yo, no tú, porque he perdido mi única oportunidad de ser feliz. Lachlan ha sido testigo de mi traición y me odiará.

Gwendolen reflexionó en todo ello.

—Y Angus me odiará a mí. —Regresó junto a la ventana rota y contempló la brumosa luz matutina—. Yo fui quien le drogué. Jamás creerá que no lo hice adrede. No después de todo lo que ha sucedido. Las predicciones de Raonaid se han cumplido, y yo fui quien le induje a ignorarlas y a echarla de aquí.

Onora se acercó a ella.

—Sí, pero fue ella quien hizo que se cumplieran. Fue ella quien dijo a Murdoch que Angus moriría, y Murdoch la creyó. Obró con el fin de que la profecía de Raonaid se cumpliera, mientras ésta le animaba y manipulaba con el propósito de vengarse y demostrar que estaba en lo cierto.

—Pero no dio resultado —apuntó Gwendolen—. Angus sigue vivo.

Se sentó en la cama y pronunció una oración de gratitud en silencio.

—Todos elegimos nuestro destino —dijo Onora, acercándose a ella—. Ahora lo sé. Todos tenemos la facultad de incidir en el futuro. Lo convertimos en lo que deseamos que sea. Angus no deseaba morir. Luchó contra Slevyn y consiguió huir.

Gwendolen la miró.

—¿Qué quieres tú del futuro, mamá?

Onora meditó en la pregunta.

—Quiero que seas feliz. Quiero que mi nieto tenga un padre, y quiero que Lachlan y el resto de los MacDonald me perdonen. —Bajó la vista—. Pero no es tan sencillo. No quiero que mi hijo muera o sufra.

—A veces todos tenemos que tomar decisiones difíciles.

—Pero ¿cómo poder hacerlo? —Los ojos de Onora mostraban una profunda angustia.

Gwendolen se acercó a ella.

—Es muy simple, mamá. A veces tenemos que prescindir de lo que deseamos, y hacer lo que debemos hacer.

Capítulo 27

*H*abía sido una larga jornada a caballo, y otra larga noche viajando a través de las oscuras cañadas y bosques silenciosos, deteniéndose solo brevemente para descansar y dormir durante no más de una hora seguida. En circunstancias normales, se tardaba dos jornadas a caballo en llegar al Castillo de Moncrieffe, pero Angus lo había hecho en veinticuatro horas. Estaba amaneciendo, pero la grisácea luz matutina iba acompañada de un viento frío y una lluvia torrencial. Cuando llegó a la torre de entrada, estaba calado hasta los huesos, tiritaba, tenía todo el cuerpo entumecido y se sentía débil debido al hambre y al persistente efecto de la pócima que seguía circulando por su organismo.

Con los dientes castañeteándole, su tartán cubriéndole la cabeza a modo de capucha, condujo a su agotada montura a través del puente, donde fue recibido por un miembro del clan MacLean de anchos hombros y rostro rubicundo.

El centinela desenfundó su espada y le interceptó el paso.

—¿Qué viene a hacer aquí a estas horas de la mañana, señor? El conde no espera visitas.

Angus se quitó la capucha y levantó los brazos para indicar que no iba armado.

—Soy Angus MacDonald, jefe de los MacDonald de Kinloch.

El guardia frunció sus tupidas cejas con gesto de preocupación mientras miraba a Angus de arriba abajo, tomando nota de su lamentable aspecto.

—Sígame. —El guardia atravesó rápidamente el arco de la puerta e indicó a otros dos centinelas que estaban en el patio del castillo que se acercaran. Éstos acudieron a la carrera—. Ha llegado el señor del Castillo de Kinloch. Conducidlo adentro y ocupaos de su caballo. Apresuraos. E informad de inmediato al conde.

Los dos miembros del clan miraron a Angus horrorizados.

A él no le chocó. Sospechaba que tenía el aspecto de un cadáver.

Angus se despertó al cabo de varias horas en una cálida y perfumada alcoba, cubierto con sábanas de seda y gruesas mantas. Abrió los ojos, pero estaba demasiado débil para moverse.

Alguien le aplicó un paño húmedo y fresco en la frente, y al alzar la vista vio a una hermosa mujer pelirroja con unos ojos verdes impresionantes, que estaba inclinada sobre él observándolo con curiosidad.

—Lady Moncrieffe... —Angus apenas podía articular palabras. Su voz era grave y ronca.

—¡Cielo santo! Sin duda se trata de un milagro. Bienvenido al mundo de los vivos. —La mujer le miró con gesto afable, lo cual no tenía ningún sentido para él. En cierta ocasión había amenazado con matarla. La había aterrorizado con mala fe y violencia, y para colmo había traicionado a su marido, el célebre Carnicero de las Tierras Altas. ¿Sufría alucinaciones?

—¿Cuánto tiempo llevo aquí?

—Desde primeras horas de esta mañana —respondió ella—. Ha dormido durante todo el día después de desplomarse en el pasillo del puente, pero ya se ha recuperado. Solo necesita descansar.

—Me dieron una pócima —trató de explicarle Angus, humedeciéndose sus labios secos y agrietados.

—Sí, ya no los contó. Le ha visitado el médico. Nos ha asegurado que sobrevivirá. —La dama se inclinó hacia atrás y le miró con expresión preocupada—. También nos contó usted que su cuñado trató de asesinarlo, que le colgaron de una soga sobre las almenas de Kinloch. ¿Es cierto?

—Sí. —Angus cerró los ojos—. Al parecer, no puedo evitar meterme en líos.

—Al contrario, siempre se lanza a ellos de cabeza, como Duncan.

Angus permaneció inmóvil y en silencio, analizando la insólita situación.

—Por alguna razón, Dios velaba por mí esta mañana —dijo—. Nunca comprenderé por qué. No merezco su misericordia.

De pronto pensó en Gwendolen, y su pérdida le produjo un dolor lacerante en el pecho. Respiró hondo y sintió que le invadía una intensa sensación de apremio.

Trató de incorporarse.

—¿Dónde está Duncan? ¿Me recibirá? Debo hablar con él.

—Le ruego que tenga paciencia. —La condesa le obligó suavemente a acostarse de nuevo—. No tardará en venir. —Se apartó del lecho para humedecer el paño en una palangana de porcelana.

Angus se percató de inmediato que tenía el vientre abultado.

—Va a tener un hijo.

—Sí, nuestro segundo hijo...

—¿Y su primogénito...?

—Es un varón sano y robusto. —Los ojos de la condesa traslucían felicidad mientras respondía a las preguntas.

—¿Cómo se llama el niño?

—Charles —respondió ella—, por mi padre. —Lady Moncrieffe regresó junto al lecho y volvió a enjugar la frente de Angus con el paño húmedo.

—Sí, el gran coronel escocés —dijo él—. Un buen amigo de los escoceses. Duncan siempre tuvo a su padre en gran estima.

—Cierto, y el sentimiento era mutuo.

Pero Angus sabía que el padre de la condesa había muerto. Su muerte representaba una gran pérdida para la Unión de Gran Bretaña.

—¿Desea alguna cosa? —preguntó ella, encaminándose hacia la puerta con la palangana. Angus trató de incorporarse de nuevo, pero ella dejó la palangana sobre la mesa y se apresuró hacia él—. Le ruego que descanse, Angus. Iré enseguida en busca de Duncan. Se lo prometo.

Él observó la dulzura de su rostro, la compasión que reflejaban sus ojos, y preguntó perplejo:

—¿Por qué me trata con tanta amabilidad? Hace dos años, hice cuanto pude por destruirla, y luego traté de destruir a Duncan.

—En aquel entonces las cosas eran complicadas —respondió ella.

—¿Y ahora son menos complicadas? —Él no lo creía.

—Usted es el amigo más antiguo de mi esposo —le explicó ella, alisando las ropas del lecho. Luego añadió casi como de pasada—: Y he leído su carta.

Él se recostó sobre las almohadas.

—De modo que la recibieron. No estaba seguro. No me enviaron un mensaje en respuesta.

—Duncan quería ir a verle en persona —le explicó la condesa—, pero no podía ausentarse todavía. Deseaba esperar a que naciera nuestro hijo.

Angus la observó detenidamente a la luz irisada del fuego.

—Lo comprendo.

En realidad, lo comprendía perfectamente, y sintió un nudo en la boca del estómago al pensar en su hijo que iba a nacer en el Castillo de Kinloch, sin su protección, a merced de sus enemigos.

Y en Gwendolen. Su esposa. Su amor, que le había dado el vino con la pócima...

Sentía una dolorosa opresión en el pecho. Sus emociones le confundían. No sabía qué pensar, qué sentir, qué hacer. En realidad se sentía incapaz de hacer nada. Estaba aún muy débil. Tenía que recobrar las fuerzas. Y tenía que ver a Duncan. Tenían mucho de que hablar.

Sin saber cuánto tiempo había transcurrido, Angus se despertó sobresaltado. Se incorporó en la cama y se llevó la mano al cuello, boqueando mientras reprimía el imperioso deseo de emprenderla a golpes y patadas.

La alcoba estaba en silencio, excepto por el chisporroteo del fuego en la chimenea. Un leño se movió y cayó, y Angus contempló la diabólica danza de las llamas, tratando de apaciguar los acelerados latidos de su corazón. Respiró hondo varias veces.

—Imagino que soñarás con ello durante un tiempo —dijo una voz.

Angus achicó los ojos en la oscuridad de la noche y vio a Duncan inclinarse hacia él. Estaba sentado en una butaca orejera frente al fuego, moviendo suavemente un vaso de whisky entre las palmas de las manos.

No había visto a su amigo desde hacía dos años, y su primera reacción fue de alegría —una alegría increíble—, pero esa emoción fue eclipsada de inmediato por su sentimiento de culpa y el temor de que Duncan le odiara. Quizá decidiera incluso pagarle su traición con un justo castigo. Dios sabe que se lo merecía.

Trató de relajarse sobre las gruesas almohadas de plumas, mientras se preparaba para lo que pudiera ocurrir.

—Creí que me moría —explicó a Duncan, sin apartar los ojos de él.

—Pero no has muerto. Estabas soñando.

—¿Y no quisiste despertarme?

—No. —Duncan se levantó de la butaca y se dirigió hacia el asiento de la ventana junto a la cama. Se sentó de nuevo y miró a Angus fijamente.

Duncan MacLean. Conde de Moncrieffe. Conocido por un selecto grupo de amigos como el Carnicero de las Tierras Altas. Merecía toda la fama y notoriedad que le había convertido en una leyenda escocesa, pues siempre había sido un personaje imponente: un feroz y valeroso guerrero con más honor e integridad en el meñique de una mano de lo que la mayoría de hombres consiguen alcanzar en toda su vida.

Esta noche iba vestido con el tartán de los MacLean y una amplia camisa de lino. Su pelo, negro como el azabache, estaba recogido en una coleta. En otras ocasiones lucía otro tipo de indumentaria: casacas de seda, camisas con cuellos y puños de encaje, chalecos de brocado con botones de latón, y a menudo una peluca rizada. Formaba parte de su doble identidad. De su disfraz.

En ocasiones, a los ojos de los ingleses, era un caballero.

Otras, un salvaje.

¿Qué era esta noche?, se preguntó Angus preocupado. Suponía que una mezcla de ambas cosas.

—Me sorprende que me dejaras atravesar las puertas del castillo después de lo que te hice hace dos años —dijo, incorporándose para fijar la vista en los ojos azules de Duncan—. Tienes todo el derecho de odiarme. Lo sé. Merezco abrasarme en el fuego del infierno por lo que te hice.

Había revelado a los soldados ingleses el lugar exacto donde hallarían al Carnicero, y a resultas de su traición habían capturado a Duncan, le habían azotado, encerrado en la cárcel y sentenciado a muerte. Hoy no estaría vivo de no ser por el valor de su esposa inglesa, que lo había arriesgado todo para salvarlo.

Y hoy, esa misma mujer pelirroja había atendido a Angus con delicadeza y amabilidad. A veces le sorprendía la caridad y capacidad de perdonar del corazón humano. En especial el suyo, pues jamás había imaginado que tenía un corazón. Pero esta noche sentía un profundo dolor en esa zona. Se arrepentía de lo que había hecho en el pasado, de su deslealtad y su traición, y anhelaba reunirse con la mujer que amaba, pese a dudar de su integridad.

—Sí —dijo Duncan—. Hace dos años te portaste como un cabrón y un tirano. Debería meterte una bala en el corazón.

—Es lo que haría la mayoría de hombres en tu lugar.

Se produjo un momento de tenso silencio mientras Angus se preguntaba inquieto si Duncan ocultaba una pistola en la habitación. Suponía que había soñado con este momento, mientras yacía en la celda de la prisión, sabiendo que había sido traicionado por su mejor amigo...

Duncan se llevó el vaso de whisky a los labios y lo apuró.

—Tengo una botella de mi mejor whisky allí —dijo, indicando con la cabeza la mesa situada junto al fuego—. Deberías probarlo. Quizás aplaque el furor que te corroe las entrañas.

Angus soltó una risa despectiva.

—No creo que exista ningún licor capaz de conseguirlo.

—Pero es el mejor whisky que existe. —Duncan se reclinó en el asiento—. Tienes que relajarte, Angus. He leído tu carta. Recuerdo las tensiones a las que estábamos sometidos hace dos años. Eran tiempos difíciles.

Acto seguido se levantó, sirvió un trago de whisky y se lo llevó a Angus. Éste se incorporó en la cama para aceptarlo.

—Lo único que deseaba era ver la cabeza de Richard Bennett clavada en una estaca.

Bennett era el oficial inglés que había violado y asesinado a su hermana, y Angus comprendía ahora que había estado tan consumido por el dolor y la ira, que se había obsesionado hasta el punto de enloquecer. Cuando Duncan había decidido perdonar la vida a Bennett, Angus había perdido la razón.

—Pero no debí hacer lo que hice —dijo Angus—, y no te reprocharía que ahora quisieras pagarme con la misma moneda.

Duncan emitió un profundo suspiro que hizo que sus anchos hombros se agitaran.

—Es posible que hace dos años no te hubiera franqueado la entrada, pero el tiempo suele atemperar la ira que uno siente y curar las viejas heridas. Y cuando logras hallar una forma de vivir que te satisface, resulta más fácil olvidarse de las cosas que antes te atormentaban.

Angus asintió con la cabeza.

—Yo también he empezado a comprenderlo. Desde que regresé a Kinloch, he pensado en otras cosas aparte del pasado. Me casé, y durante un breve tiempo pensé que Dios me había concedido una segunda oportunidad.

—Sospecho que ya no lo piensas —apuntó Duncan—, después de lo que te ha ocurrido recientemente. Cuando esta mañana te desplomaste en el suelo, nos dijiste que tu esposa te había drogado. Debe de ser un golpe muy difícil de encajar.

Angus apuró el whisky y dejó el vaso en la mesa. Luego apartó las mantas y apoyó los pies en el suelo.

—Así es.

—¿Crees realmente que deseaba que murieras?

A fin de poner a prueba sus fuerzas, Angus se levantó y se dirigió a la licorera que había junto al fuego para servirse otro trago.

—No lo sé. Me atormenta pensarlo, pero también me atormenta pensar que si es inocente, la he abandonado.

Duncan observó a su amigo mientras éste regresaba a la cama.

—No puedo decirte si tu esposa es inocente o no. Ignoro lo que tiene en la mente, pero puedo decirte que conozco a los MacEwen, porque he tenido espías en Kinloch desde que lo invadieron y mataron a tu padre hace dos años.

Angus estuvo en un tris de caerse al suelo.

—¿Bromeas?

—No, hablo muy en serio.

—¿Tienes espías allí ahora? ¿Cómo es que yo no lo sabía? ¿Dónde están esos observadores?

Duncan sacudió la cabeza.

—No puedo revelártelo, pero descuida, están de tu lado. Es a los MacEwen a quienes tengo vigilados. Después de la muerte de tu padre, necesitaba saber qué podía esperar de mis nuevos vecinos. Y averigüé algunas cosas que debes saber.

—¿Por ejemplo?

—Siéntate, y te hablaré sobre la política de tu difunto suegro.

Ambos se sentaron en las dos butacas orejeras situadas frente al fuego.

—¿Era un jacobita? —preguntó Angus acomodándose en el mullido asiento de la butaca.

Duncan apoyó los codos sobre las rodillas.

—No, pero su hijo lo es. Por eso se marchó de Kinloch hace un año, para reorganizar a las fuerzas jacobitas y planear otra sublevación. Él y su padre discutieron sobre el tema, pero su padre decidió guardar en secreto las tendencias políticas de su hijo.

—Lo cual tiene sentido —respondió Angus—. Kinloch le fue concedido por ser un liberal y un hannoveriano. —Fijó la vista en el fuego—. De modo que he perdido Kinloch a manos de un jacobita. Qué ironía.

Su propio padre había sido un convencido jacobita, y Angus había luchado por la causa en un sinfín de batallas, grandes y pequeñas, durante la rebelión. Sin embargo, desde su destierro había deseado tan sólo la paz. Aunque no podía considerarse un hannoveriano —seguía odiando a los ingleses— había confiado en permanecer neutral. Pero al parecer era imposible decantarse por un bando justo, ni existía una garantía de paz. Siempre habría belicistas. Él mismo lo había sido. En aquel entonces lo único que ansiaba era combatir. No conocía otro propósito, ni otro medio de aplacar su voraz sed de venganza contra el mundo entero.

—¿Y Gwendolen? —preguntó, fijando la vista en el vaso de whisky que sostenía—. ¿Averiguaste algo sobre sus tendencias políticas? Siempre dijo que apoyaba a la Unión, pero ahora ya no sé qué creer. Puede que todo fuera mentira. Todo cuanto me dijo.

Angus bebió un trago para ahogar el ruido que retomaba en su cabeza, pero comprendió que era inútil, de modo que depositó el vaso en la mesa. Solo la verdad podía ayudarlo ahora.

Duncan meneó la cabeza.

—Por lo que he podido averiguar, tu esposa ha apoyado a los hannoverianos. No hay pruebas que indiquen que estuviera al corriente de la política de su hermano. Pero quizá sea una consumada embustera. Está claro que su madre es capaz de seducir a un hombre hecho y derecho y transformarlo en un niño de teta.

—Sí, incluso lo ha intentado con mi primo.

—¿Con Lachlan MacDonald? —preguntó Duncan sorprendido. Bebió otro trago—. Según tengo entendido, es un magnífico guerrero. No parece el tipo de hombre que cae fácilmente en la trampa de una mujer seductora. Por regla general ocurre a la inversa, ¿no?

Angus asintió con la cabeza.

—Sí, es un notorio rompecorazones. Y no se si está vivo o muerto.

Ambos guardaron silencio unos momentos.

Duncan tomó el atizador de hierro y avivó las llamas en el hogar.

Angus apoyó la cabeza en el respaldo de la butaca y cerró los ojos.

—¿Y si resulta que mi esposa es culpable de esta traición? —preguntó—. Está encinta de mi hijo.

Duncan colgó el atizador del gancho.

—Si trató de drogarte y estaba detrás de este complot para hacer que te ahorcaran, la elección es bien simple. Arréstala, divórciate de ella y asume la custodia del niño.

Angus alzó la cabeza.

—¿Y si es inocente?

Duncan se reclinó en la butaca y reflexionó detenidamente sobre el dilema.

—Si crees que existe la posibilidad de que su hermano la utilizara como un instrumento en su traición, entonces tienes que mover el culo, regresar allí de inmediato y recuperar a tu esposa y tu castillo.

Angus meditó en el consejo de su amigo.

—Pero ¿cómo puedo averiguar la verdad? Raonaid siempre dijo que Gwendolen elegiría a su familia en lugar de a mí.

—¿La pitonisa? —preguntó Duncan con tono despectivo—. Reconozco que es una mujer de lo más apetecible, pero no deja de ser una bruja y una intrigante. No la escuches. Escucha sólo a tu corazón.

Angus contempló las llamas.

—Ése es el problema. Apenas sé nada sobre mi corazón. Ha permanecido insensible demasiado tiempo. Y aunque Gwendolen sea inocente en este complot, ha hecho algo que yo no quería que hiciera.

—¿A qué te refieres?

—Me ha convertido en un hombre débil.

Duncan frunció el ceño.

—Explícate.

Angus no sabía cómo exponerlo exactamente, porque todo era demasiado nuevo.

—Jamás había sentido temor —dijo—. Ahora sé muy bien lo que significa, y me siento indeciso a la hora de hacer lo que debo hacer rápida e instintivamente. Siempre estoy distraído. En parte la odio por eso, y deseo seguir odiándola el resto de mi vida. Opino que la vida sería mucho más sencilla sin las complicaciones del amor.

—Quizá fuera más sencilla —respondió Duncan—, pero tendría menos sentido. Por cierto, ¿te he oído pronunciar la palabra «amor»?

Pasando por alto la última parte de la pregunta, Angus se levantó y se acercó a la ventana, a través de la cual contempló el reflejo de la luna sobre el agua.

—Como he dicho, este maldito corazón mío ha permanecido insensible demasiado tiempo. Quizá no desee que lo reanime.

—Aun así, tienes un castillo que reclamar y un clan que te necesita.

—Sí, y estoy decidido a cumplir con mis responsabilidades a ese respecto, pero en este momento no dispongo de un ejército.

Duncan se levantó.

—No necesitas un ejército, Angus. Hay otra forma de hacer las cosas.

—¿Tú crees? —Angus no estaba tan seguro.

—Sí, pero tienes que dejar de lado de una vez por todas tus viejas *vendettas*. Entiérralas en lo más profundo, y despídete de ellas para siempre.

Angus arrugó el entrecejo, preocupado.

—¿Qué sugieres que haga, Duncan?

Su amigo le miró con ojos astutos.

—Te sugiero que formes una alianza con los ingleses. Ve al Fuerte William e informa al coronel Worthington de los planes de Murdoch para organizar otra rebelión. Caerán sobre él como un martillo.

Angus se sentó y observó las llamas en el hogar.

—¿Pretendes que traicione a otro escocés al ejército inglés? —Sacudió la cabeza con energía—. No puedo hacerlo, Duncan. Ya sabes lo que pienso de los ingleses.

Su hermana había sido asesinada por un casaca roja. La muerte de su madre en Glencoe era el resultado de una orden de los ingleses.

Angus meneó de nuevo la cabeza y se inclinó hacia delante.

—No, no puedo hacerlo. Tengo que resolverlo yo solo.

—¿Cómo? —preguntó Duncan—. Como has dicho, no dispones de un ejército. Los guerreros que te son leales han muerto o están prisioneros en Kinloch. ¿Cómo te propones conquistar a tu cuñado, que se ha presentado con sus fuerzas?

Angus apoyó los codos sobre sus rodillas y enlazó las manos.

—Pidiéndote un favor. Sé que no tengo derecho a confiar en tu generosidad después de lo que hice hace dos años, y está claro que no me debes nada, pero debo pedírtelo.

Duncan le observó con expresión perspicaz y se pellizcó el tabique nasal.

—Maldita sea. Quieres que te preste a mi ejército.

—Sí.

Duncan se recostó de nuevo en la butaca y reflexionó sobre ello.

—No puedo acompañarte —dijo—. Mi esposa va a tener un hijo.

—Lo comprendo. Lideraré yo mismo a los soldados, si acceden a seguirme.

Duncan se inclinó hacia delante y asintió con la cabeza.

—Yo lo arreglaré.

Angus sintió una extraña y tentativa alegría. Supuso que temía sentir algo que invitara a la esperanza.

Entrechocaron sus vasos y bebieron en solemne y cauto silencio, hasta que Angus se percató de que la esperanza tenía muy poco que ver con la situación en estos momentos. Tenía que liderar un ejército e invadir un castillo. Eso era lo único que importaba.

Se inclinó hacia delante y apoyó de nuevo los codos en las rodillas.

—Aparte de los hombres, ¿no tienes por casualidad un ariete que puedas prestarme?

Duncan se rió y apuró el resto de su whisky.

Capítulo 28

*L*a alcoba de Gwendolen se asemejaba a una fría tumba en las horas más oscuras e inhóspitas de la noche, mientras ella estaba acostada, incapaz de conciliar el sueño, observando fijamente el baldaquín de seda sobre su cabeza.

Habían transcurrido cuatro días desde que Angus había escapado de la soga y había desaparecido cual un fantasma en el bosque, y cuatro días de indecible tormento, pues ella ignoraba si estaba vivo o muerto. Después de su fuga, los hombres de su hermano habían regresado de una búsqueda que había durando catorce horas, la cual no había dado resultado alguno. No había señal de Angus en ninguna dirección: norte, sur, este u oeste. Quizás había muerto a causa de la pócima que ella le había administrado. Quizás se había caído del caballo y se había despeñado por un precipicio. O quizá se había ahogado en un río o un lago, y nadie sabría jamás lo que había sido de él.

Eran unos pensamientos morbosos, pero era imposible no imaginar lo peor. Toda su existencia giraba alrededor del temor de no volver a ver jamás a su esposo. Y aunque no fuera así, ¿lograría convencerlo de que ella no se había propuesto desde el principio traicionarlo? Durante los cuatro últimos días ella no había hecho otra cosa que desempeñar el papel de una hermana que había aceptado la jefatura de su hermano, librándose así de que éste la encerrara en prisión.

Por consiguiente, el éxito de una reunión con su esposo dependía de cómo se desarrollaran los acontecimientos durante los próximos días. Si todo salía como estaba previsto, en Kinloch se produciría una gran actividad, y su lealtad hacia su marido quedaría confirmada.

Gwendolen se volvió de costado y apoyó la mejilla en las manos. Quizás eso fuera prueba suficiente para convencerlo de que lo amaba, y de que Raonaid había estado equivocada desde el principio en sus profecías.

Quizás aún había esperanza, suponiendo que su hermano no la matara antes, cosa que tal vez hiciera cuando averiguara lo que ella había hecho.

Tres horas más tarde, la tenue luz grisácea del amanecer se reflejó en el suelo de la alcoba de Gwendolen. Ésta se incorporó en la cama, sobresaltada por el sonido de un cuerno que sonaba en el patio del castillo.

Ya están aquí.

Apartó las ropas de la cama y se levantó apresuradamente, corrió a su vestidor y se puso una sencilla falda de lana, unas medias y un corsé. Rápidamente, se ató los cordones por la parte delantera y se calzó unos zapatos. Al cabo de un momento, echó a correr hacia la escalera de la torre que conducía a la azotea, donde un sol rosáceo asomaba por el horizonte.

Algunos miembros del clan MacEwen estaban inclinados sobre las almenas, discutiendo entre sí. Por doquier estallaban disputas y peleas. Los hombres se gritaban unos a otros. Gwendolen sintió que el suelo debajo de sus pies temblaba debido al ruido ensordecedor del ariete al arremeter contra las puertas del castillo.

Todo le resultaba familiar, pero al mismo tiempo distinto. La última vez, nada ni nadie le habría impedido tomar un arma y unirse a la lucha para defender su hogar.

Esta vez, el castillo estaba dividido, y ella no estaba dispuesta a defenderlo. El corazón le latía con furia. Que Dios se apiadara de ella, porque ella tenía la culpa de esto.

Su mente bullía de terror, pues la batalla estaba a punto de comenzar. La violencia ya había estallado a su alrededor. Rogó a Dios que todo terminara cuanto antes y que se produjeran las menos víctimas posibles.

¡Pum! El ariete golpeó la puerta, y *¡crac!* Al oír el sonido de madera haciéndose añicos Gwendolen se acercó al borde de la azotea y miró hacia abajo.

Lo que vio hizo que contuviera el aliento. Ésta no era la invasión que esperaba que se produjera. ¡Éste no era el ejército del coronel Worthington!

—¿Qué es eso? —preguntó a un miembro del clan que estaba a su lado—. ¿Quiénes nos están atacando?

Esperaba ver aparecer al ejército inglés, pero estos hombres eran montañeses de las Tierras Altas. ¿Acaso otro clan estaba decidido a apoderarse de Kinloch? ¿Se trataba de otra *vendetta* de la que ella no sabía nada?

—¡Es el ejército de Moncrieffe! —gritó el miembro del clan a través del estrépito ensordecedor de los disparos. Tenía las mejillas pálidas de temor mientras cargaba su mosquete.

¿Moncrieffe?

Gwendolen se alzó de puntillas para asomarse de nuevo sobre las almenas, en el preciso momento en que el ariete atravesaba la recia puerta y hacía temblar los cimientos del castillo.

—¿Les acompaña el conde? —preguntó.

—¡No lo sabemos, señora! Lo único que alcanzamos a ver fueron los estandartes de Moncrieffe y el tartán de los MacLean!

En efecto, desde este elevado lugar, Gwendolen no alcanzaba a ver el rostro de ninguno de los hombres. Pero habría reconocido el de Angus desde cualquier ángulo o distancia. ¿Estaba entre ellos? ¿Había decidido invadir de nuevo el castillo, como había hecho antes? ¿Había hallado refugio en casa de su viejo amigo, Duncan, el Carnicero de las Tierras Altas, y había conseguido su ayuda? Ella se había preguntado repetidamente si se habría dirigido allí, pero no había compartido sus esperanzas con nadie, pues era una información que su hermano habría utilizado contra Angus.

El miembro del clan que se hallaba junto a ella disparó su mosquete, y el estruendo hizo que ella se sobresaltara, mientras abajo, el ejército de Moncrieffe penetraba en masa a través de la puerta hacia el patio del castillo. Gwendolen corrió hacia el otro extremo de la azotea y observó a los invasores penetrar en el corazón de Kinloch, donde hallaron escasa resistencia. Nadie parecía dispuesto a defender el castillo o a luchar por Murdoch. Tanto los MacLean como los MacDonald deponían sus armas o huían juntos. Algunos peleaban entre sí, discutiendo sobre lealtades contrapuestas.

Excepto Slevyn, el ayudante de Murdoch más burro que un arado, quien se dedicaba a abatir a un guerrero tras otro de Moncrieffe..., gritando como un gigantesco y grotesco duende.

¿Dónde estaba Angus?, se preguntó Gwendolen desesperada, recorriendo el patio del castillo con la mirada en busca de una cabellera rubia. ¿Se encontraba entre los invasores, o era esto otra cosa? ¿Una lucha política? ¿Hannoverianos contra jacobitas? ¿O se trataba de una batalla en justa venganza?

De pronto vio a su marido, al gran León de las Tierras Altas, cabalgando temerariamente a lomos de un corcel negro cubierto de espuma, pasando a través del centro de los soldados, que se apartaron para dejarlo pasar como las aguas del Mar Rojo.

Emitiendo un feroz grito de guerra, Angus se lanzó a galope hacia Slevyn blandiendo su espada en el aire, la cual relucía bajo el sol. Slevyn se volvió para encararse con él, mientras los cascos del caballo resonaban estruendosamente sobre el compacto suelo de tierra. Después de destrozar con un golpe de su espada el escudo que sostenía Slevyn, Angus desmontó a la carrera mientras su montura seguía galopando.

Gwendolen sintió que el corazón se le encogía de temor mientras observaba a ambos hombres enfrentarse y pelear con sus recias espadas de doble filo. El ruido de acero contra acero resonaba en el aire matutino, mientras los guerreros de los tres clanes presenciaban fascinados el espectáculo, inmóviles y en silencio.

En ese momento Gwendolen divisó a Murdoch, que llegaba tarde. Salía del gran salón abrochándose el cinturón alrededor de la cintura y ajustándose su decorativa espada de ceremonia. Daba la impresión de que acababa de levantarse de la cama.

Gwendolen centró de nuevo su atención en la batalla. Slevyn era un montañés gigantesco —calvo, musculoso y fuerte como un toro—, pero Angus era más delgado y ágil. Sus ataques y golpes constituían unos movimientos rápidos como el rayo. Era demasiado rápido para Slevyn, que apenas consiguió volverse cuando la punta de la espada de Angus le atravesó el corazón. El montañés cayó de costado como un inmenso árbol abatido. Rebotó sonoramente sobre el duro suelo, y se quedó inmóvil.

Gwendolen vio a Murdoch retroceder y fundirse de forma anónima entre la multitud.

Angus esgrimió su espada y gritó:

—¡Murdoch MacEwen! ¡No te escondas!

Nadie se movió ni se atrevió a emitir el menor sonido. Gwendolen se sentía también fascinada por la voluntad de hierro de su esposo, mientras por otra parte se alegraba de verlo. ¡Estaba vivo! Y se había presentado aquí como el conquistador invencible que ella siempre había sabido que era, triunfando sobre quienes le habían traicionado.

Jamás le había amado tanto, ni había sentido un anhelo y deseo tan intenso.

Ansiando desesperadamente reunirse con él, bajó a la carrera la escalera de la torre y salió al abarrotado patio del castillo, abriéndose paso entre la multitud. Tres clanes estaban congregados allí, esperando ver qué líder se impondría sobre los otros.

Gwendolen se abrió paso hasta el centro, donde se hallaba Angus empuñando su espada ensangrentada, girando lentamente en un círculo, escudriñando con sus feroces ojos las azoteas.

—¡Murdoch MacEwen! —gritó por segunda vez. Su voz grave reverberó entre los muros de piedra—. ¡Ven a pelear conmigo!

Gwendolen se abrió paso hacia el centro del círculo.

—No vendrá —le dijo—. Te teme.

Ambos se miraron a los ojos. Gwendolen sintió que sus venas pulsaban debido al repentino e inesperado terror que hacía presa en ella. Había imaginado la reunión con su esposo multitud de veces, pero no tenía nada que ver con esto. No esperaba sentir el mismo y sofocante temor que había experimentado el día que se habían conocido, cuando los ojos de él eran fríos y duros como el acero. Pero hoy, de nuevo, todo su ser denotaba estar sediento de sangre. Parecía como si se dispusiera a abalanzarse sobre ella y atravesarla también con su espada, simplemente por haberse atrevido a hablar.

—¿Entonces dónde está? —preguntó Angus.

Sus labios esbozaban una mueca de desprecio. Era como si no la conociera. Como si nunca se hubieran encontrado, como si nunca hubieran hecho el amor o hubieran permanecido abrazados en el dulce silencio de la noche. Miraba a su enemiga. Era lo único que le importaba.

Ella señaló el polvorín.

—Le vi entrar allí.

Angus la miró fijamente con expresión feroz.

—¿Es esto una trampa? ¿Me estás mintiendo, mujer?

—¡No! —La angustia que sentía Gwendolen afloró. Su marido la odiaba. Lo sentía como un gélido viento invernal. La culpaba por esto, y estaba convencido de que ella le había traicionado.

De pronto Gwendolen sintió que las fuerzas la abandonaban. Vio en los ojos de Angus que solo deseaba pelear. Necesitaba enfrentarse a su hermano, que le había arrebatado su casa y le había arrojado desde la azotea.

Angus iba a matarlo. Era un hecho ineludible, y no existía la menor posibilidad de que Murdoch consiguiera derrotarlo. Su hermano no era un consumado espadachín. Por eso mantenía siempre a Slevyn a su lado, para que luchara por él.

Por más que fuera un cobarde en muchos aspectos, ella no deseaba que muriera. Pese a todo, seguía siendo su hermano.

—Te ruego que no le mates. —Las palabras brotaron suavemente de sus labios, aunque ella sabía que era lo peor que podía haber dicho. Pero tenía que decirlo. Tenía que implorarle que perdonara la vida a su hermano. No podía enviar a su esposo al polvorín para que le hiciera pedazos con su espada.

Angus achicó sus ojos azul pálido. En su mandíbula se crispó un músculo, y apretó con fuerza la empuñadura de su espada. Señaló a dos guerreros de Moncrieffe.

—Apresadla. Conducidla a la prisión en la torre sur y encerradla allí.

—¡No, Angus, te lo ruego! —Mientras Gwendolen se debatía para soltarse, unos aguerridos y leales miembros del clan MacEwen se apresuraron a defenderla. Pero no tardaron en ser reducidos por los hombres de Moncrieffe, quienes les apoyaron unos cuchillos en sus cuellos.

—¡Deja que te lo explique! —gritó ella, mientras se la llevaban a rastras—. No sabía que iba a ocurrir esto. No te he traicionado. No sabía que el vino estuviera envenenado. ¡Formaba parte del complot que habían tramado, y me utilizaron!

Angus la señaló con su espada desde el otro extremo del patio. Su voz grave denotaba un intenso odio.

—No deseo escucharte. No en estos momentos. Lleváosla. —Hizo ademán de marcharse, pero se detuvo—. ¡No la lastiméis! ¡Lleva a mi hijo en el vientre!

Acto seguido partió en busca de Murdoch, mientras los hombres de Moncrieffe conducían a Gwendolen en dirección opuesta. Ella se debatió con energía, esforzándose en liberarse durante todo el camino. Al fin, tuvieron que intervenir cuatro forzudos guerreros para obligarla a subir la escalera de caracol y entrar en la celda, donde cayó de rodillas al suelo y rompió a llorar desconsoladamente de frustración y desespero.

Capítulo 29

*A*ngus se dirigió con paso resuelto hacia el polvorín, flexionando todos sus músculos, su mente alerta y dispuesto para otra pelea. No quería pensar en la agonía que había sentido al ver de nuevo a Gwendolen. Ahora, no. No en este momento crucial.

Abrió la puerta y entró, pero se detuvo en seco al ver a Murdoch junto a un barril de pólvora sosteniendo una antorcha encendida en una mano y su elegante espada cuajada de gemas en la otra.

—Un paso más —dijo Murdoch—, y haré saltar este castillo por los aires.

Angus le observó detenidamente durante unos tensos segundos, tras lo cual avanzó temerariamente hacia él. Murdoch contuvo el aliento al tiempo que le miraba aterrorizado.

Antes de que se le ocurriera siquiera hacer el menor movimiento defensivo, Angus le arrebató la antorcha de la mano.

—Maldito idiota —bramó. Regresó junto a la puerta y entregó la antorcha encendida a uno de sus hombres—. Llévate esto de aquí. —Luego se encaró de nuevo con Murdoch—. Debería ensartarte ahora mismo con mi espada. Eres demasiado estúpido para vivir.

Murdoch alzó su espada y se abalanzó hacia él.

—¿Qué carajo te propones? —preguntó Angus—. ¿Acaso has estado jugando a los espadachines? ¿Creíste que estarías preparado para enfrentarte a mí? —Meneó la cabeza con desdén, avanzó de nuevo con su pesada Claymore de doble filo y arrebató a Murdoch su decorativa espada de las manos, la cual cayó al suelo con un sonido seco. Murdoch levantó ambas manos en señal de rendición y retrocedió hacia la pared del polvorín.

—No me matarás —dijo con voz trémula.

—¿Eso crees?

—Sí.

—¿Por qué no iba a matarte?

—Por mi hermana. Si me pones una mano encima, maldecirá el día en que naciste y todo el mundo sabrá que estás obsesionado por ella.

—Aléjate de la pared —le advirtió Angus.

Murdoch avanzó hacia el centro de la habitación.

—De acuerdo —dijo con cautela—. Hablemos. Está claro que me sacas ventaja en un duelo a espada, pero yo tengo la ventaja de mis contactos sociales y el apoyo del bando político que gobierna. Tu padre era un conocido jacobita. Te propongo que te unas a mí. Podríamos gobernar juntos aquí, y cuando estalle la guerra entre Inglaterra y España...

—¿La guerra entre Inglaterra y España? —replicó Angus irritado—. No quiero tener nada que ver con eso.

—Es la oportunidad para que Escocia vuelva a tener un rey —insistió Murdoch.

Angus lo miró de arriba abajo.

—No, es la oportunidad para que tú luzcas una corona ducal en la cabeza. Sí, esta mañana me enteré de tu traición. Estás soñando si crees que algún día llegarás a ser duque. Jamás permitiré que utilices Kinloch, y la sangre de los miembros de mi clan, para alcanzar tus fines.

Angus apoyó la punta de su espada en el pecho de Murdoch.

Su cuñado se encaró con él.

—Si vas a hacerlo, hazlo ahora. Así todo el mundo sabrá de qué lado de la frontera está tu espada.

Angus crispó la mandíbula y sintió los viejos fuegos de la violencia y la venganza ardiendo en su cuerpo. Era una oscuridad distinta a todas, y de pronto se preguntó cuántos hombres había matado en su vida, sin detenerse una sola vez a pensar en las repercusiones. La muerte de un hombre jamás le había preocupado con anterioridad, porque no concedía ninguna importancia a la vida humana, ni siquiera a la suya. A la suya menos que ninguna.

Pero este hombre era el hermano de Gwendolen. El hijo de Onora.

Sin bajar su espada ni apartar los ojos de Murdoch, Angus retrocedió y dijo a sus hombres:

—Encerradlo. Pero llevadlo a la torre oeste. No quiero que esté cerca de su hermana.

Murdoch no opuso resistencia cuando tres miembros del clan se lo llevaron rápidamente de la estancia. Parecía como si estuviera totalmente convencido de que al fin triunfaría.

Angus cerró el polvorín y regresó al patio del castillo, donde docenas de miembros de los tres clanes —los MacEwen, los MacLean y los MacDonald— le observaron en silencio, temerosos.

¿Le estaban juzgando?, se preguntó Angus mientras se dirigía hacia el centro de la multitud. ¿Le consideraban débil por haber perdonado la vida a su enemigo?

Se detuvo ante los hombres sin decir palabra durante un largo rato mientras les miraba a los ojos. Giró en círculo, escrutando a cada uno de ellos, retando a cualquiera que alzara la voz en señal de protesta, o la espada contra él.

Nadie dijo nada. Se limitaron a observarle, esperando que ocurriera algo.

Él levantó la vista y contempló el cielo matutino, luego las cuatro torres de Kinloch, y clavó su espada en tierra.

—¡Soy Angus Bradach MacDonald —gritó—, el jefe y señor de este lugar! Si alguno de los que estáis en este patio es un jacobita, sea. Podéis luchar por el rey Estuardo si es lo que deseáis. Pero Kinloch es terreno neutral. Todas las guerras se librarán en el campo de batalla. No aquí. —Se volvió y añadió—: ¡Hombres de Moncrieffe! ¡Os doy las gracias por haberos unido a mí hoy en esta lucha! Quedaos y celebradlo esta noche con nosotros, luego podréis regresar a casa junto a vuestro señor, a vuestras mujeres y a vuestros hijos, sabiendo que tenéis en mí, el señor de Kinloch, a un aliado. ¡Todos los demás debéis jurarme ahora lealtad o marcharos!

Los hombres del clan Moncrieffe comenzaron a retroceder mientras todos los que quedaron hincaron una rodilla en tierra. Ninguno estaba dispuesto a pelear con él, y ninguno se marchó.

Angus vio a Gordon MacEwen en el umbral del gran salón. El viejo administrador cruzó una mirada con él, asintiendo con la cabeza, e hincó una rodilla en tierra.

Luego, Angus arrancó su espada del suelo y pasó a través de la muchedumbre para dirigirse a Gordon.

—¿Tanta prisa tienes por abandonar a tu jefe MacEwen, después de que te encerré en el calabozo por renegado y te acusé de traición?

Gordon le miró a los ojos.

—Murdoch MacEwen quería arrastrarnos a todos a la guerra entre Inglaterra y España. Inclusive a mí. Me dijo que tenía que luchar, o me cortaría la cabeza.

Angus escrutó su angustiado semblante.

—Es preferible que emplees la cabeza en otros menesteres, Gordon. Eres un buen administrador. Sabes manejar los números. La tesorería te necesita, y si lo deseas te restituiré en ese cargo.

Gordon le miró con gratitud.

—Es lo que deseo, señor.

Angus apoyó una mano en su hombro.

—Bien. Ahora dime, ¿dónde está Onora?

Tenía que conocer la situación en Kinloch y asegurarse de que Onora no tratara de liberar a su hijo, o seducir a uno de los hombres para que le hiciera ese favor.

Gordon palideció.

—Me temo que no la encontrará aquí.

—¿Por qué?

—Huyó del castillo hace dos días. Se fugó para casarse con el primo de usted y señor de la guerra.

Angus dejó caer el brazo y miró a Gordon con expresión interrogante.

—¿Lachlan está vivo? ¿Y dices que se propone casarse con Onora? No, eso era imposible. Era un truco. Angus conocía a Lachlan demasiado bien. Jamás se casaría con Onora, ni con ninguna otra mujer. El matrimonio no estaba hecho para él. Jamás volvería a desposarse con nadie.

—Así es —insistió Gordon—. Onora lo liberó de la prisión y escribió un largo y emotivo mensaje a su hijo, informándole del amor que Lachlan y ella se profesaban e implorándole que no les persiguiera. Decía que su felicidad dependía de ello y le prometía que no se inmiscuirían en sus planes. ¡Imagínese!

Angus sintió una extraordinaria alegría al averiguar que su primo y amigo estaba vivo.

En cuanto a ese insólito matrimonio, no era sino un astuto ardid y un medio de escapar, eso es todo. Angus estaba convencido de que el tiempo demostraría que estaba en lo cierto.

—¿Y su esposa, señor? —preguntó Gordon con cautela—. Si desea realmente que haya paz aquí, no puede mantenerla encerrada. A su clan no le gustará. ¿Cuánto tiempo piensa tenerla presa?

Angus abrió los ojos y dirigió la vista hacia la torre sur, donde Gwendolen se hallaba encerrada. ¿Dónde estaba el corazón de ella en estos momentos?, se preguntó con una punzada de temor. ¿Había cometido realmente la peor de las traiciones tratando de drogarlo para que su hermano pudiera ser duque? En tal caso, no tenía más remedio que divorciarse de ella y asumir la custodia del hijo de ambos.

¿O era posible que esta historia tuviera otro desenlace? ¿Había dicho Gwendolen la verdad al afirmar que ignoraba que el vino estuviese envenenado?

Lo único que él sabía era que debía obrar con cautela, pues ante todo deseaba creerla. Pero ¿cómo podía estar seguro? Si hablaba ahora con ella, en cuanto la mirara a los ojos y viera el dolor reflejado en sus ojos creería todo cuanto le dijera a pies juntillas, pues seguía amándola. No podía negarlo. Sin embargo, sabía mejor que nadie que el amor te nublaba la razón.

Miró a Gordon MacEwen con expresión seria y enfundó de nuevo su espada.

—Aún no lo sé —respondió—. Necesito un tiempo para meditar en el asunto.

Capítulo 30

Gwendolen se enjugó las lágrimas de las mejillas, se recogió la falda y se levantó. Se alegraba de que al menos la hubieran llevado a la prisión de la torre sur y no al calabozo de la torre oeste, que era húmedo y estaba infestado de ratas. Al menos aquí tenía una ventana con contraventanas y una silla para sentarse, el suelo era de tablas de madera seca y lo habían barrido hacía poco.

Con todo, nada de eso logró animarla, pues estaba encerrada, incapaz de salvar a su hermano de la implacable furia de su esposo. No podía explicarse ante Angus para convencerlo de que no le había traicionado. En todo caso, intencionadamente. Nadie podía confirmar su historia. Su madre había abandonado el castillo, y nada había salido como ella había confiado.

Al menos, hasta ese momento.

Se acercó a la silla y se sentó, enlazó las manos sobre su regazo y se esforzó en no pensar en el oscuro y amargo odio que había visto en los ojos de su marido cuando se había enfrentado a él en medio de la multitud hacía un rato. Al margen de lo que ocurriera, no podía perder la esperanza. Si existía justicia en el mundo, Angus averiguaría la verdad y la perdonaría por todos los perjuicios. Y si no podía perdonarla, ella tendría que replantearse entonces la posibilidad de que el amor que habían compartido nunca había sido real.

Fijó la vista en sus manos apoyadas en el regazo y se esforzó en reprimir las angustiosas náuseas que la acometían.

Aún había esperanza, se dijo. Esto no había terminado todavía.

Gwendolen se levantó de la silla, se acercó a la ventana y mantuvo los ojos fijos en el horizonte.

Angus se metió en la barreño lleno de agua caliente de su alcoba y se lavó la mugre de su dolorido cuerpo. Habían sido dos días agotadores, cabalgando a través de oscuras cañadas y frondosos bosques con el ejército de Moncrieffe, y una mañana aún más agotadora, teniendo que derribar las puertas de su propio hogar, poco después de haberlas reconstruido.

Se había enfrentado a su cuñado y había estado a punto de matarlo, pero había decidido perdonarle la vida y seguía preguntándose si había obrado bien al tomar esa decisión. Seis meses atrás, no lo habría dudado ni un segundo. Habría aniquilado al enemigo de Kinloch sin más contemplaciones. El amor por una mujer no habría jugado ningún papel en el asunto.

Pero él no era el mismo hombre, y lo cierto era que amaba a una mujer, aunque era muy posible que ésta le hubiera engañado y se hubiera aliado con su enemigo para hacer que lo ejecutaran.

Ella le había asegurado que era mentira, que la habían utilizado y que no sabía que el vino estuviera envenenado. ¿Podía creerla?

Deseaba hacerlo. No había nada en este mundo que deseara más que sentir lo que había sentido con ella antes de que apareciera Murdoch. En los brazos de su esposa, había experimentado algo parecido al éxtasis y había empezado a creer que no estaba maldito ni destinado a arder en el infierno. Jamás había imaginado que era posible sentir semejante dicha, ni semejante placer con una mujer.

Pero no cualquier mujer. Su esposa.

Inclinó la cabeza hacia atrás, la apoyó en el borde del barreño y cerró los ojos, sabiendo que tendría que verla muy pronto. Necesitaba saber la verdad. Necesitaba mirarla a los ojos y determinar qué era real y qué no lo era.

Al poco rato, con el pelo todavía húmedo debido al baño, se detuvo ante la puerta de la prisión de la torre sur, observando cómo el guardia alzaba la barra de hierro. La puerta se abrió con un chirrido y entró.

Gwendolen le miró desde el otro extremo de la habitación, con los brazos perpendiculares al cuerpo.

Él había venido dispuesto a mostrarse objetivo, pero en cuanto la vio, sintió que el corazón le daba un vuelco. Era la mujer más bella que jamás había visto, y la deseaba, aun sabiendo que debía extremar la prudencia. Lo único que deseaba era llevarla a su lecho y demostrarle que era suya y que él podía conquistar todo cuanto había entre estas paredes.

Pero otra parte de su ser, que le resultaba menos familiar, deseaba postrarse de rodillas ante ella e implorarle que jurara que siempre le había sido leal, y que, pese al hecho de ser la hermana de su enemigo, lo amaba.

—¿Has matado a mi hermano? —se apresuró a preguntarle ella.

Angus sintió que el alma se le caía a los pies cuando se impuso la cruda realidad.

—No.

—¿Lo ha matado otra persona?

—No, está vivo. Le he encerrado en el calabozo.

¿Eso era lo único que le importaba a ella?

La intensidad de los ojos de Gwendolen se suavizó un poco, y pareció respirar por primera vez desde que él había entrado en la celda.

—Me alivia saberlo —dijo—. Por supuesto, entiendo que tenías todo el derecho de luchar con él a muerte después de lo que te hizo. De modo que si tu respuesta hubiera sido distinta, no te lo habría reprochado. Pero lo celebro. Te agradezco que le perdonaras la vida. Yo te... —Gwendolen se detuvo y clavó la vista en el suelo.

—¿Tú qué, muchacha?

¡Dilo, maldita sea! ¡Repite que eres inocente en este complot! Di que nunca has dejado de amarme. ¡Y mírame a los ojos cuando lo digas!

Pero ella siguió mirando al suelo.

—Te estoy agradecida.

—¿Agradecida? —Él se acercó a ella sintiendo que le hervía la sangre—. ¿Eso es todo? ¿No tienes nada más que decir? Me diste a beber un vino envenenado y tengo suerte de seguir vivo. Debería azotarte aquí mismo. Es lo que haría la mayoría de maridos en mis circunstancias. —Tras dudar unos momentos, empezó a pasearse arriba y abajo frente a ella—. En el patio dijiste que no sabías que el vino estuviera envenenado, y que te habían utilizado. ¿Es cierto? Y si me aseguras que lo es, ¿cómo puedo saberlo con certeza?

Ella levantó por fin la vista y le miró con unos ojos como platos. Estaba pálida como la cera. Tenía los labios entreabiertos y respiraba entrecortadamente.

—Tendrás que fiarte de mí —dijo sin más.

—¿Fiarme de ti? —A Angus le costaba pensar con claridad. Sus emociones crecían como la marea y deseaba emprenderla a golpes contra algo. O salir de allí y no regresar jamás.

—Sí. —Ella se encogió de hombros, dándole a entender que no existía otra respuesta.

—¿Crees que es tan sencillo?

—Sí. Debes seguir los dictados de tu corazón, Angus. Sé que cuando llegaste aquí no creías tener un corazón, pero yo sé que lo tienes. Aunque no deseo que mi hermano muera, te soy leal. Siempre lo he sido. No sabía nada sobre este complot. Fue mi madre quien lo organizó, y se las ingenió para que yo no me enterara. Dios sabe que le resultó muy fácil. Yo estaba tan enamorada de ti, que tenía la cabeza en las nubes.

—Igual que yo —dijo él—. Y he pagado un precio muy alto por ello.

Ambos se miraron a los ojos hasta él que no pudo soportarlo más. Sentía una intensa furia y frustración debido a la desconcertante mezcla de emociones que le embargaba. Por un lado, deseaba no haber conocido nunca a esta mujer, pues le había anulado. Había perdido la dureza de carácter que le había convertido en un guerrero tan implacable como eficaz. Sus enemigos le habían tendido una trampa y lo habían pillado desprevenido, y en consecuencia había perdido su castillo.

Por otro lado, ansiaba desesperadamente saber si podía confiar en Gwendolen sin que ella tuviera que demostrárselo, simplemente creyendo en su palabra. Deseaba hacerlo, y había creído que podría reconocer la verdad —o quizá la falsedad— en sus ojos, pero no era tan sencillo, y temía fiarse de los dictados de su corazón.

Lo único que sabía era lo que deseaba: estrecharla entre sus brazos y reclamarla de nuevo como suya. Hacer que todo se doblegara ante su voluntad.

Era el tipo de hombre que era él, pensó. Se apoderaba de lo que quería por la fuerza. Siempre lo había hecho. A fin de cuentas, era como la había conquistado al principio, ¿no?

¿No?

Incapaz de seguir pensando, Angus se acercó a ella y oprimió su boca contra la suya en un apasionado beso que le excitó y provocó una erección. Deseaba acostarse con ella ahora, poseerla y conquistarla, pero una parte de él aún anhelaba y añoraba lo que habían compartido antes, cuando su relación no estaba contaminada por la política y la traición, cuando todo era dulce y placentero.

—Ay, Angus —suspiró ella—. ¿Me crees ahora? ¿Crees que no tuve nada que ver en esto?

No, aún no estaba dispuesto a creerla. Todavía no. Pero en este instante de pasión, lo único que deseaba era estrecharla contra sí. Había permanecido alejado de ella demasiado tiempo, y ahora la necesitaba. Por alguna razón, necesitaba esto, y solo esto.

La empujó contra la pared y tomó uno de sus pechos en su mano mientras la besaba con voracidad. Ella deslizó la mano por su tartán, le levantó la falda y comenzó a masajear sus partes íntimas con manos cálidas y afanosas.

—Hazme el amor —musitó ella, mientras él le besaba en el cuello y el pecho.

Por supuesto que él deseaba hacerle el amor, pero no pensaba con la cabeza ni con el corazón. Estaba total e irracionalmente seducido por el deseo, al tiempo que en su fuero interno confiaba en que el sexo le procuraría la respuesta que necesitaba.

De improviso, apoyó las manos sobre los hombros de Gwendolen y retrocedió un paso, desconcertado.

—No —dijo.

—¿Por qué? —preguntó ella consternada.

—Porque aún no lo sé con certeza, muchacha, y esto no ayudará.

En el rostro de Gwendolen se pintó una expresión de furia. O quizá fuera decepción.

—Si lo que necesitas es una prueba irrefutable —dijo—, no tardarás en tenerla.

—¿Cómo?

La ira de ella se aplacó al tiempo que se apartaba de él.

—Porque fui yo quien liberó a Lachlan de su celda en la prisión. Ordené a mi madre que escribiera una nota comunicando que iban a fugarse para casarse. Le dicté exactamente lo que debía decir, y luego los envié a ambos al Fuerte William para informar al coronel Worthington sobre las actividades desleales de mi hermano en España. Cuando regrese tu primo, él mismo lo confirmará. A propósito, el ejército inglés llegará de un momento a otro para arrestar a Murdoch y restituir Kinloch a nuestro legítimo señor, que eres tú.

Angus la miró sorprendido a la luz del mediodía.

—¿Traicionaste a tu hermano?

¿Por qué había esperado hasta este momento para decírselo?

Ella se volvió de espaldas a él.

—Prefiero no considerarlo una traición. Quiero pensar que hice lo justo, porque te era leal a ti, mi esposo, y a la Unión de Gran Bretaña. Otra rebelión contra Inglaterra no podía sino terminar mal, estoy convencida de ello. Además, después de lo que Murdoch trató de hacerte... —Gwendolen se detuvo para reprimir la emoción en su voz—. Pero supuse que tendrías más fe en mí, Angus. Que regresarías y me creerías cuando te dijese que no había tenido nada que ver con el plan de Murdoch. ¿Cómo pudiste creer que te haría algo semejante? ¿Que te envenenaría? ¿A ti, mi propio esposo?

Él avanzó un paso para tocarla, pero ella levantó una mano.

—No, por favor. Vete, y no vuelvas hasta que hayas encontrado la prueba que necesitas para confiar en mí.

Quizás él debió protestar y convencerla de que no necesitaba más pruebas, que le bastaba su palabra, pero por algún motivo, no era así. Si ella no le hubiera ofrecido esta prueba de su amor, él habría seguido dudando como cuando entró en la celda.

Deseaba no sentirse así, pero suponía que era demasiado cínico para creer de pronto en ella a pies juntillas. Le habían engañado y herido numerosas veces en su vida. Incluso había traicionado a su mejor amigo, de modo que sabía lo fácil que era engañar a alguien. Por tanto, no le resultaba fácil confiar en que no le ocurriría de nuevo. Sin duda, lo tenía merecido.

Se volvió para marcharse, pero ella le retuvo.

—Espera. ¿Qué le dirás a mi hermano?

Él se detuvo.

—Aún no lo he decidido.

—¿Ordenarás que lo ejecuten?

Angus ladeó la cabeza y escrutó detenidamente la expresión de Gwendolen.

—Quizá siga tu ejemplo y le entregue a los ingleses.

Ella relajó un poco los hombros.

—Sé que lo que te hizo fue despreciable, pero como he dicho, es mi hermano, y no quiero que muera. Por tanto, he cursado una súplica formal al coronel Worthington para que se muestre benevolente a la hora de sentenciarlo, a cambio de mi testimonio contra él. He prometido remitirle unas pruebas por escrito de las actividades de Murdoch en España.

—¿Y confías en que los ingleses le perdonen la vida cuando le condenen por traición?

Gwendolen emitió un profundo suspiro.

—Quizá me siento más dispuesta a confiar en la palabra de una persona cuando me la da. Tú mismo me enseñaste a hacerlo, ¿recuerdas?

Angus movió la cabeza con incredulidad.

—¿Incluso después de lo que tu hermano, y tu madre, te hicieron? ¿De cómo te utilizaron, Gwendolen?

Ella respondió sin vacilar:

—Sí, porque ¿qué alternativa tengo? ¿Negarme a confiar en los demás a partir de ahora? A veces la gente comete errores, pero si queremos a alguien, y esa persona se muestra auténticamente arrepentida, debemos perdonar. En ocasiones, lo único que precisa una persona para redimirse es una segunda oportunidad. Tú deberías saberlo mejor que nadie.

Él respiró hondo.

—¿Acaso no merece tu hermano una segunda oportunidad? ¿O es que ofreces tu perdón de forma selectiva?

—Trató de matarte, Angus, y creo que si tuviera otra oportunidad de hacerlo, volvería a intentarlo. De modo que mi capacidad de perdonar tiene ciertos límites. Mi hermano no se arrepiente de lo que hizo. Por eso sé que obré con justicia. No es el hombre que creí que era.

Permanecieron largo rato uno frente al otro en la celda de la prisión, sin decir nada. Al cabo de unos minutos, Angus cayó en la cuenta de que la intensa furia que había experimentado antes se había desvanecido, y sentía una gran admiración por su esposa.

Ahora tenía la certeza de que creía lo que ella le había dicho sobre el vino y todo lo demás, pero no comprendía cómo había tenido la fortuna de reclamar por esposa a una mujer como Gwendolen. Se sentía indigno de ella.

Quizás era esto lo que le frenaba. ¿O era otra cosa? Puede que fuera incapaz de entregar su corazón a otra persona. Quizá le habían herido demasiado profundamente, y era imposible que sintiera un amor total, sin reservas. Quizá no llegara a sentirlo nunca. Quizá solo era capaz de amar con cautela.

En ese momento pensó en su madre, y evocó fugazmente el recuerdo de su rostro mientras yacía muerta sobre la nieve. Él tenía solo cuatro años cuando se la habían arrebatado.

Angus se fijó en el abdomen de Gwendolen, donde su hijo crecía en su útero. De alguna forma sabía que esta criatura, ya fuera un varón o una niña, sería valiente, fuerte y sensata. ¿Cómo no iba a serlo teniendo como madre a esta mujer?

Miró serenamente a Gwendolen desde el otro lado de la habitación.

—Puedes irte —dijo—. No seguiré teniéndote encerrada.

—Supongo que debo darte las gracias.

Él salió de la habitación y ordenó al guardia que no atrancara la puerta tras él, pues su esposa iba a regresar a sus aposentos privados. Luego bajó la escalera y se dirigió a la tesorería. Necesitaba hablar con Gordon MacEwen y enviar un importante despacho.

Una hora más tarde, después de que retiraran el ariete del puente levadizo y recogieran los escombros de la puerta que habían derribado, Angus subió a la azotea para ver al mensajero partir a caballo del castillo. El joven miembro del clan cruzó el puente al trote y se lanzó a galope a través del prado iluminado por el sol del mediodía. Giró hacia el este, en dirección al Fuerte William.

Angus se paseó sobre las almenas de piedra, observando cómo el mensajero se desvanecía a lo lejos, y aunque acababa de partir, ya estaba impaciente por que regresara.

Capítulo 31

Gwendolen se quitó los zapatos y las medias y se sentó en la mesita en su alcoba, que había acercado al fuego. Una sirvienta de la cocina le había subido la cena en una bandeja. Consistía en un suculento asado de conejo acompañado de trozos de pan rústico para mojar en la salsa, y unos pastelitos de higos de postre, pero apenas tenía apetito, pues no dejaba de pensar en Angus y en lo que había ocurrido aquel día entre ellos.

Estaba enfadada con él. En parte deseaba gritarle y echarle en cara su conducta, diciéndole que era un idiota por haber pensado mal de ella y no percatarse del amor que sentía por él.

Pero otra parte de su ser, menos temperamental, comprendía que se mostrara tan cauto. A fin de cuenta, su madre y su hermano habían tratado de envenenarlo. Para colmo, él había llevado una existencia violenta, y no solo había presenciado numerosas crueldades, sino que él mismo había causado graves crueldades a otros. Era un hombre feroz, despiadado y brutal, y no tenía reparo en reconocer que había hecho cosas de las que no se sentía orgulloso. Debido a ello, su carácter se había torcido. Por esa razón, Gwendolen creía que debía ser paciente y concederle un tiempo para aceptar la idea de que ella jamás le causaría dolor intencionadamente.

Sonaron unos golpes en la puerta, y ella se inclinó hacia delante en su silla, sintiendo que el corazón le latía con furia. ¿Era demasiado esperar que Angus hubiera venido por fin para reconciliarse con ella?

Se enjugó la boca con la servilleta y se esforzó en no alimentar sus esperanzas. Retiró la silla hacia atrás, se levantó y atravesó descalza la habitación, pues el suelo era de madera.

—¿Quién es?

—Tu madre.

Gwendolen contuvo el aliento, sorprendida, y se apresuró a abrir la puerta.

—Has vuelto. ¿Qué ha ocurrido? ¿Has traído contigo a todo el ejército inglés? Por favor, dime que no has cambiado de parecer sobre...

Su madre entró y cerró la puerta tras ella.

—No, no he cambiado de parecer, y sí, hemos traído al ejército inglés. El coronel Worthington está aquí, y se han llevado preso a Murdoch. —Sus ojos se ensombrecieron debido a los remordimientos—. Pero no sé si podré vivir conmigo misma, Gwendolen. ¿Qué he hecho? Es mi único hijo varón.

Gwendolen comprendió el inmenso sacrificio que había hecho su madre y la abrazó.

—No debió de ser fácil, pero hiciste lo que debías. Murdoch nos habría arrastrado a todos a una guerra absurda en beneficio propio. Has salvado muchas vidas y has asegurado la paz para nuestro clan. Es lo que papá habría deseado. Nunca creyó en la causa jacobita. Era un hannoveriano. —Gwendolen retrocedió un paso y miró a su madre a los ojos.

Onora se enjugó una lágrima de la mejilla.

—Ven a sentarte —dijo Gwendolen—. Cuéntamelo todo. ¿Qué sabes de Lachlan? ¿Ha regresado contigo?

Onora se sentó delante del fuego.

—Sí. En estos momentos está con Angus y con Worthington. Están analizando la situación frente a una botella de whisky. Se da la circunstancia de que tu marido envió un despacho al fuerte, confirmando lo que nosotros ya le habíamos dicho a Worthington sobre Murdoch, y de camino aquí nos cruzamos con el mensajero. El coronel envió a su ejército de regreso al fuerte y siguió avanzando con un grupo más reducido de hombres para arrestar a Murdoch. Al parecer, la ardua tarea de derribar las puertas del castillo ya la habían hecho otros.

—En efecto. —Angus comprobaría ahora que ella le había dicho la verdad al asegurarle que había enviado a Lachlan al Fuerte William—. ¿Sabes algo de Raonaid? —preguntó Gwendolen—. Nadie la ha visto desde que Angus huyó.

—No sé nada, salvo que prometió maldecir a Lachlan por haberle arrebatado a Angus.

Ambas guardaron silencio unos minutos, sumidas en sus respectivas reflexiones acerca de los acontecimientos de la última semana.

—¿Qué ha ocurrido entre Lachlan y tú durante estos últimos días? —inquirió Gwendolen—. ¿Te ha perdonado por lo que ocurrió en el pasillo?

Onora fijó la vista en sus manos, apoyadas en el regazo.

—Estaba enfadado conmigo, como es natural. En cuanto nos alejamos del castillo, temí que fuera a retorcerme el pescuezo. Por fortuna, estaba pendiente de escapar y ayudar a Angus a reclamar Kinloch. Cuando logramos huir y alcanzamos el bosque, al menos tuvo el detalle de darme las gracias por haberle ayudado. En cuanto a conseguir su perdón... La verdad es que... —Onora meneó la cabeza—. Ha aceptado mis disculpas. De momento, me conformo con eso.

Gwendolen sirvió a su madre una copa de vino y le concedió un momento para que serenara sus emociones.

—¿Hay alguna esperanza de que exista algo más profundo entre vosotros? ¿Quizás en el futuro?

Onora parecía haber meditado largo y tendido sobre esa pregunta y había aceptado la respuesta.

—Ninguna, cariño —contestó—. No existe ninguna, y, curiosamente, no me duele. Al fin y al cabo, esta semana hice algo que requería valor. Me enfrenté a mi hijo. —Bajó los ojos y los fijó en su regazo—. Confío en que Murdoch comprenda que había tomado un camino equivocado y se enmiende. Creo que es posible, porque acabo de descubrir que soy algo más que simplemente una mujer atractiva. Empiezo a comprender que no tengo que depender siempre de mis encantos femeninos para ejercer cierta influencia sobre el mundo. Antes no lo creía, pero ahora sí. Las personas pueden cambiar. —Alzó la vista y miró a Gwendolen esbozando una pequeña sonrisa—. Quizá yo también aprenda a manejar una espada Claymore.

Gwendolen miró a su madre sonriendo y levantó su copa.

Esa noche, el león se apareció en los sueños de Gwendolen, un hermoso espíritu dorado que caminaba a través de un exuberante y verde prado. Se sentó entre la alta hierba y esperó a que ella se acercara.

Gwendolen se arrodilló y sonrió, acariciando su suave melena leonada. El león le olisqueó la oreja y restregó el hocico contra su cuello.

—No sé por qué estás tan enfadado conmigo —dijo ella—. No he hecho nada malo.

El león soltó un rugido en su cara. Era tan estruendoso, que ella lo sintió retumbar en su pecho y tuvo que taparse los oídos y cerrar los ojos.

Gwendolen se incorporó y miró alrededor de su alcoba. Todo estaba oscuro. El corazón la latía aceleradamente.

—¿Angus? ¿Estás aquí?

Pero la puerta estaba cerrada. En la habitación reinaba el silencio. Apoyó de nuevo la cabeza en la almohada y trató de volver a conciliar el sueño.

Al día siguiente Murdoch MacEwen fue sacado del Castillo de Kinloch en un carromato de la prisión. Gwendolen se hallaba en las almenas sobre la torre este, observando cómo se llevaban a su hermano, escoltado por el coronel Worthington, unos cuantos oficiales y una pequeña compañía de soldados de a pie.

En parte se sentía increíblemente avergonzada, pues había sido ella quien había organizado la captura y arresto de su hermano. Pero por otra, más lógica, sabía que había tomado la decisión justa. De haber permitido que Murdoch siguiera persiguiendo sus egoístas aspiraciones de obtener un ducado, la tragedia habría caído sobre el clan. Ella tenía que pensar en el bienestar de sus gentes, así como del hijo que iba a tener, y no había dudado un instante en que era absoluta e incondicionalmente leal a su esposo.

Confiaba en que algún día Angus comprendería que ella le era leal y que deseaba lo mismo que él. Ante todo, la paz. A fin de cuentas, había sacrificado a su hermano por ella.

—Ya la tengo —dijo una voz a su espalda.

Sobresaltada, Gwendolen se volvió y vio a su marido, el gran León escocés. Llevaba el pelo recogido en una pulcra coleta. Lucía una camisa blanca inmaculada, y el broche que sujetaba su tartán había sido pulido y emitía un hermoso resplandor verde.

—¿Qué es exactamente lo que tienes? —preguntó ella, resuelta a desafiarle, al igual que él la había desafiado a ella durante los últimos días.

—La prueba de tu lealtad a Kinloch. Y a mí.

Angus se acercó, pausadamente, y una cálida ráfaga de aire agitó un mechón de pelo que le caía sobre la sien.

—Lo celebro por ti —replicó Gwendolen fríamente—. Ahora puedes descansar por las noches sabiendo que tu esposa no va a envenenarte o apuñalarte mientras duermes.

Observó que sus ojos dejaban entrever una expresión divertida. Lo cual la sorprendió, pues no esperaba esa reacción ni solía verla a menudo. Por regla general, Angus mostraba un talante francamente amenazador.

—A menos que reanude mi relación con Raonaid, o con otra mujer —añadió él, decidido a corregirla sobre ese punto—. En cierta ocasión me amenazaste con hacerlo, si la memoria no me falla, y me tomé tu amenaza muy en serio.

Ella se acercó lentamente.

—Ah, sí, ya lo recuerdo. Fue después de que me levantaras las faldas y me tomaras sobre un escritorio. No fue tu mejor momento, Angus. Acababas de acusarme de haberte mentido sobre el hecho de estar esperando un hijo tuyo, y sospechabas que había participado en un complot para matarte.

—Pero gozaste con nuestra apasionada sesión de sexo, ¿no? —preguntó él, pasando por alto el resto—. Estoy seguro de ello.

Se hallaban uno frente al otro en la azotea, a un palmo de distancia, y Gwendolen se preguntó si era posible que una mujer se desmayara debido al abrumador efecto de unas emociones contrapuestas, pues pese a todo, su marido seguía siendo el hombre más guapo y fascinante que existía, y en esos momentos ella habría hecho lo que fuera con tal de tocarlo.

—Puede que gozara con ello —respondió—, pero lo cierto es que pensabas lo peor de mí. No creías en mi lealtad. Más tarde creíste que te había administrado a sabiendas una copa de vino envenenado cuando no era así. Jamás habría hecho algo semejante, y te lo dije, pero no te fiabas de mí.

Él respiró hondo, haciendo que su poderoso pecho se expandiera, luego desenvainó su espada. Gwendolen retrocedió un paso, alarmada al ver a Angus el León como si estuviera dispuesto a entablar batalla. Para su sorpresa, él hincó una rodilla en tierra y apoyó la punta de su espada en el suelo de piedra, sosteniendo la empuñadura con ambas manos.

—Soy Angus Bradach MacDonald —dijo suavemente—, y juro que te seré fiel, Gwendolen MacEwen, mi esposa, la madre de mi hijo. Hice mal en dudar de ti.

Cerró los ojos, como si esperara que ocurriese algo.

—¿Qué pretendes que haga? —preguntó ella—. ¿Darte una palmada en el hombro y decir que estás perdonado?

Él alzó la vista.

—Exactamente.

Ella frunció el ceño y le propinó una colleja.

—¿Estás loco? Te juré lealtad reiteradamente y procuré satisfacerte en la cama, también reiteradamente. Era lo bastante fértil para convertirte en un padre en ciernes al cabo tan solo de un mes de matrimonio, pero nada de eso bastó. No. Reconozco que mi madre fue una astuta arpía y mi hermano un canalla que sólo buscaba su propio beneficio, pero jamás hice nada para traicionarte. Fui una buena esposa, a la que engañaron, como te engañaron a ti. Sin embargo, me trataste como a una mujer que merecía ser castigada. Me encerraste como a una delincuente y no me creíste cuando te dije que era inocente. ¡Lo menos que merezco es que te arrodilles ante mí! ¡Debería obligarte a permanecer así un año!

Su marido alzó la vista y la miró sorprendido, luego esbozó una amplia sonrisa y se dobló hacia delante, riendo a carcajada limpia.

Era la primera vez que ella veía a su marido sonreír de esa forma, y menos aún reírse. No le había visto reírse nunca. Ni una sola vez.

Gwendolen arrugó el entrecejo.

—¿Te estás riendo de mí?

Él asintió con la cabeza, mientras las lágrimas rodaban de las esquinas de sus ojos azules y luminosos.

—¡Sí, muchacha! Acabo de darme cuenta de que estás más loca que la bruja con la que conviví en las Hébridas durante más de un año. ¡Estás como una chota!

Gwendolen rompió también a reír, preguntándose cómo era posible que le hubiera perdonado con tanta facilidad por todo el dolor que le había causado.

—No tiene gracia —dijo, sintiéndose a un tiempo profundamente ofendida, irritada y divertida—. Yo cumplí mi juramento, por lo que no tenías ningún derecho a enojarte conmigo. No hice nada malo.

Él se levantó lentamente, y la sonrisa se borró de su rostro.

—Tienes razón en eso, muchacha. Yo era el que estaba equivocado, y no tenía nada que ver contigo. Era un problema personal. —Angus se detuvo—. Yo... jamás he amado a nadie, de modo que... soy un novato en la materia.

El corazón de Gwendolen se ablandó al instante al oírle decir sin ambages la palabra «amor». ¡Cuántas veces había soñado con oírle pronunciarla siquiera una vez! ¡Cómo había deseado sentir que la amaba!

—Sí, eres un novato.

—No es que no te creyera sobre lo del vino —prosiguió él—. Te creía. Sabía que decías la verdad, y que tu hermano te había engañado. Creo que lo supe desde un principio, pero temía creerlo, temía llevarme un chasco, porque mi vida ha sido muy dura, muchacha. Perdí a las únicas dos mujeres que había querido en el mundo.

—Tu madre y tu hermana... —apostilló ella.

—Sí. Toda mi vida no he buscado sino venganza. Incluso cuando te conocí y te reclamé como mi esposa, una parte de mí quería lastimarte, ser cruel contigo, porque te consideraba mi enemiga. Consideraba a todo el mundo mi enemigo, incluso a las personas que más quería. Pero desde que estoy contigo, muchacha, mi deseo de luchar y vengarme del mundo ha remitido. Es una parte de mí que se ha vuelto muy...

Gwendolen avanzó un paso, picada por la curiosidad.

—¿Que se ha vuelto qué, Angus?

Él achicó los ojos y dirigió la vista hacia el horizonte.

—Muy pacífica.

Ella extendió una mano temblorosa y le acarició la mejilla.

—Me alegro.

Él oprimió los labios contra la palma de su mano, sosteniéndola con fuerza, y la besó. Luego la atrajo hacia sí y la abrazó durante unos largos y emotivos momentos. Por fin la besó en la boca. Sus labios eran dulces y cálidos como la miel, su lengua como un vino embriagador que hizo que ella se derritiera de gozo. La acorraló contra las almenas de piedra, la besó en el cuello y tomó su cabeza entre sus manos.

—Oh, Angus —suspiró ella—, quería seguir enfadada contigo, pero no puedo. Cuando dices estas cosas, haces que me flaqueen las piernas, porque es como una revelación. El primer día que te vi, estaba aterrorizada. En muchos aspectos, aún lo estoy.

—Ya no tienes por qué temerme, muchacha. Jamás te lastimaré. Moriría para protegerte de cualquier daño.

Gwendolen lo atrajo hacia sí para besarlo de nuevo. Fue un beso tierno y profundo, y se sintió como si se ahogara en un éxtasis infinito. Movió las manos lentamente sobre los tensos músculos de sus brazos y las apoyó en sus poderosos hombros. Luego deslizó la palma hacia abajo, sobre el tartán que lucía drapeado sobre el pecho.

—Anoche soñé con el león —le dijo, recordando su quimérico encuentro con el animal en el prado—. He llegado a la conclusión de que no soy una pitonisa.

Él apartó la cara y la miró.

—¿Por qué?

—Porque soñé que le decía que no tenía derecho a enfadarse conmigo, y el león soltó un rugido que hizo que me echara a temblar. Pero tú no me ruges, Angus. Me besas y me amas.

Él la miró al intenso resplandor del sol matutino.

—Sí, pero puedo hacerte temblar de muchas formas, mi querida muchachita escocesa. —Le levantó las faldas y deslizó la mano sobre su pierna—. Como ésta, por ejemplo.

Ella sintió que el deseo inundaba todo su ser.

—Creo que tienes razón...

Él le masajeó suavemente el trasero.

—¿Y esto?

Ella cerró los ojos y asintió. Luego su fiero león restregó su nariz contra su oreja y la besó en el cuello hasta que unas oleadas de exquisita agonía hicieron presa en ella.

—¿Sabes lo que ocurre a continuación? —preguntó él.

—Creo que sí.

—Eso indica que sigues teniendo premoniciones.

Gwendolen sonrió.

—Lo creeré cuando me hagas gritar de éxtasis debido a la intensa pasión que aún ha de producirse.

Él introdujo un dedo en sus ardientes partes íntimas y la acarició con consumada habilidad.

—En tal caso será mejor que me afane, porque está claro que debo demostrarte algo.

En efecto, ese día, en la azotea, Gwendolen MacDonald, esposa del gran guerrero escocés, Angus el León, se echó a temblar de pies a cabeza sacudida por el deseo, y su temblor se prolongó posteriormente en los aposentos privados del señor de Kinloch —sobre el lecho, sobre el suelo y sobre el escritorio— hasta bien avanzada la noche.

www.titania.org

Visite nuestro sitio web y descubra cómo ganar
premios leyendo fabulosas historias.

Además, sin salir de su casa, podrá conocer
las últimas novedades de
Susan King, Jo Beverley o Mary Jo Putney,
entre otras excelentes escritoras.

Escoja, sin compromiso y con tranquilidad,
la historia que más le seduzca
leyendo el primer capítulo de cualquier libro
de Titania.

Vote por su libro preferido y envíe su opinión
para informar a otros lectores.

Y mucho más...